Michelle Paver

Schneegrab

MICHELLE PAVER

Schnee grab

Roman

Aus dem Englischen
von Karin Dufner

PIPER

Mehr über unsere Autorinnen, Autoren und Bücher:
www.piper.de

Wenn Ihnen dieser Roman gefallen hat, schreiben Sie uns
unter Nennung des Titels »Schneegrab« an *empfehlungen@piper.de*,
und wir empfehlen Ihnen gerne vergleichbare Bücher.

Von Michelle Paver liegen im Piper Verlag vor:
Teufelsnacht
Schneegrab

Unser Versprechen für mehr Nachhaltigkeit
Klimaneutrales Produkt
FSC®-zertifiziertes Papier
Hergestellt in Europa

FSC
www.fsc.org
MIX
Papier | Fördert gute Waldnutzung
FSC® C083411

ISBN 978-3-492-06345-6

Titel der englischen Originalausgabe: »Thin Air«,
First Published by Weidenfeld & Nicolson,
an imprint of The Orion Publishing Group Ltd, London 2016

Redaktion: Christiane Pöhlmann
Satz: Satz für Satz, Wangen im Allgäu
Gesetzt aus der ITC Stone Serif
Druck und Bindung: CPI Books GmbH, Leck
Printed in the EU

War es ein Fehler, den Kangchenjunga bezwingen zu wollen? Manche würden das mit Ja beantworten. Es sei eine Sünde, dem höchsten Berg der Welt zu Leibe zu rücken. Zumal es sich beim Kangchenjunga nach Ansicht erfahrener Alpinisten um den gefährlichsten der drei höchsten Gipfel weltweit handelt, zu denen auch der Mount Everest und der K2 zählen. Abseits des restlichen Himalaya ragt er empor; seine Lawinen sind berüchtigt; und seine dünne Luft bedingt eine Empfindsamkeit der Nerven, die man beinahe Widerwillen nennen könnte und die selbst die tapfersten Männer auf eine harte Probe stellt.
Trotz alledem bin ich weiterhin der felsenfesten Überzeugung, dass es die allerhöchste Vollendung der hehren Ziele des britischen Empires bedeuten würde, sich diesen Berg untertan zu machen: den Sieg gegen das Unbekannte, den Triumph des Menschen über die Natur. Ja, unser Sturm auf den Kangchenjunga ist gescheitert. Ja, unsere Expedition endete in einer Tragödie. Und dennoch denke ich, dass wir, die Überlebenden, das Recht haben, erhobenen Hauptes dazustehen. Wir haben den widrigsten Umständen die Stirn geboten, und es ist uns gelungen, unsere gefallenen Kameraden dem eisigen Griff des Berges zu entreißen und sie so zu bestatten, wie es sich für einen Engländer geziemt. Mit allen Ehren und im Andenken an den hohen Preis, den sie dafür bezahlt haben.

General Sir Edmund Lyell,
Besiegt, doch voller Kampfesmut: Die Schlacht um den Kangchenjunga (1907)

Edmund Lyell ist ein aufgeblasener Windbeutel und außerdem ein drittklassiger Bergsteiger. Dass er den Kangchenjunga auf fatale Weise unterschätzte, war ursächlich für das Scheitern unserer Expedition. Ferner wäre an dieser Stelle sein Hang zur Selbstbeweihräucherung zu erwähnen, denn es ist ihm gelungen, sich mithilfe seines mit Blick auf den Geschmack der Massen hingeschmierten »Berichts« über diese Tragödie zum Nationalhelden zu stilisieren. Was dieses Buch verschweigt – und was mich bis heute, viele Jahrzehnte später, verfolgt –, ist der Umstand, dass der Berg fünf unserer Kameraden das Leben genommen hat. Beerdigt haben wir jedoch nur vier.

Private Erinnerungen von
Captain Charles Tennant (unveröffentlicht)

1

Darjeeling, Westbengalen, April 1935

»Ach, hier sind Sie also, Dr. Pearce!« Charles Tennants Tochter kommt, gefolgt von zwei englischen Springer-Spaniels, über den Rasen gehastet. »Dieser grässliche Nebel. Jetzt kriegen Sie den Berg gar nicht zu sehen, was *jammerschade* ist!«

»Vielleicht klart es ja noch auf«, erwidere ich und bücke mich, um die Hunde zu streicheln.

»Darauf dürfen wir leider nicht hoffen. Offenbar hat es sich endgültig zugezogen. Am besten kommen Sie wieder rein. Schließlich können wir es uns nicht erlauben, dass sich der Expeditionsarzt eine Erkältung einfängt, bevor Sie überhaupt aufgebrochen sind.«

»Danke für Ihre Sorge. Einen Moment, ich rauche nur noch meine Zigarette zu Ende.«

»Wie Sie meinen«, entgegnet sie mit einem biestigen Lächeln.

Millicent Tennant ist über vierzig und in ihrem Tweedkostüm eine stattliche Erscheinung. Vom jahrelangen tadelnden Schürzen der Lippen haben sich in ihrem Gesicht tiefe Falten zwischen Mund und Kinn eingegraben, sodass sie an die Puppe eines Bauchredners erinnert. Außerdem scheint sie Freude daran zu haben, ihren Mitmenschen den Spaß zu verderben, und es gefällt ihr gar nicht, dass ich mich aus ihrem Teekränzchen verdrückt habe. Vielleicht befürchtet sie ja, ich könnte hinter ihrem Rücken zu ihrem Vater vordringen. Sie bewacht Charles Tennant nämlich wie eine Löwin ihr Junges und hat es sichtlich genossen, uns zu eröffnen, der alte Herr habe kurz vor unserem Eintreffen einen »Anfall« erlitten und könne mindestens eine Woche lang weder uns noch sonst jemanden empfangen. »Und bis dahin sind Sie bereits unterwegs in der Wildnis, wirklich *jammerschade.*«

Während die anderen ziemlich enttäuscht waren, stört es mich nicht weiter. Ich bin einfach nur außer mir vor Glück, weil ich überhaupt hier bin. Noch immer kann ich es kaum fassen, dass ich nach der mehrwöchigen Anreise nun tatsächlich auf einer Kuppe des Himalaya stehe. Auf über zweitausend Metern Höhe, im Rosengarten von Charles Tennant. *Charles Tennant,* der letzte Überlebende der Lyell-Expedition.

Vielleicht liegt es ja am Schlafmangel, dass mir meine gesamte Umgebung auf so überwältigende Weise beeindruckend erscheint: der Duft der feuchten Rosen, der Ruf eines Vogels irgendwo im Dunst. Und die magische Anziehungskraft des Berges, den wir besteigen werden.

»Vorsicht, die Felskante, Dr. Pearce«, ruft Millicent Tennant aus. »Da geht es ziemlich weit nach unten.«

Als ich mich über die niedrige Steinmauer beuge, stockt mir der Atem. »Gütiger Himmel, wie recht Sie haben.« Durch den Nebel kann ich in schwindelerregender Tiefe gerade noch die rötlich schimmernden Umrisse eines Dorfes ausmachen. Die Baumwipfel unter mir sind abweisend und reglos. Doch dort, beinahe in Reichweite, bewegt sich eine winzige, schemenhafte Gestalt auf einem Ast. Vielleicht einer der Makaken, vor denen man mich gewarnt hat.

Wie gerne würde ich einen Blick auf den Berg erhaschen. Als ich verspätet in Darjeeling eintraf, wurde ich im Planter's Club von einer in überschwänglichen Worten abgefassten Nachricht von Kits erwartet, der mich zum »Tee mit Charles Tennant!!!« einlud. *Wer weiß, vielleicht gelingt es mir ja, ihn zu überreden, sein berühmtes Schweigen zu brechen!!!* Doch als ich durchgerüttelt nach einer Fahrt in einem Pferdefuhrwerk, einer sogenannten *tonga*, über in Nebel gehüllte Teeplantagen das einstöckige Haus des alten Herrn erreicht hatte, konnten mir die anderen nur noch die »atemberaubende Aussicht« schildern, die eine Stunde zuvor hier zu genießen gewesen war. Und als ich endlich aus dem Salon in den Garten zu entfliehen vermochte, waren dichte Wolken aufgezogen und hatten den Berg verschluckt.

Und das sind Wolken, wie sie im Buche stehen, die mich da von allen Seiten umwabern. Eine feuchte, stumme Invasion, die den Nachmittag viel zu früh verdunkelt.

»Habe ich schon erwähnt, dass ich die Familie Ihrer Verlobten kenne?«, fährt Millicent Tennant fort und weist das angebotene Zigarettenetui mit einem abermaligen verkniffenen Lächeln zurück. »Oder sollte ich besser *Ex*-Verlobte sagen?«

»Ach, wirklich?«, murmle ich. »Das ist mir völlig neu.«

»O ja, die arme, liebe Clare ist mein *absoluter* Liebling. Soweit mir bekannt ist, hat sie sich untadelig verhalten. Sie hat kein böses Wort über Sie verloren.« Mit neugierig glitzernden Knopfaugen mustert sie mein Gesicht.

Die arme Clare, ganz richtig. Doch dass ich Millicent Tennant nun Abbitte leiste, kommt überhaupt nicht infrage. Ich habe mich in London genug entschuldigt.

»Kam ja schrecklich überraschend, dieser Schritt«, spricht sie weiter. »Nur knapp eine Woche vor dem großen Tag.«

»Ich fürchte, Sie haben recht. Doch Clare teilt meine Ansicht, dass es so das Beste ist.« *Und nein, nur über meine Leiche werde ich dir unter die Nase reiben, warum ich die Verlobung gelöst habe, damit du es in ganz Darjeeling herumtratschen kannst.* Was soll ich auch sagen? Dass ich gerade noch rechtzeitig bemerkt habe, wie ich kurz davor war, mich in meinen Bruder zu verwandeln?

Die Stille dauert an. Die nachgezogenen Augenbrauen meiner Gastgeberin heben sich. »Tja«, meint sie mit aufgesetzter Fröhlichkeit. »Die anderen fragen sich sicher schon, wo Sie stecken. Ihr Bruder, der arme Junge, scheint ein wenig niedergeschlagen.«

Diese Untertreibung bringt mich zum Schmunzeln. Kits hat sich mächtig ins Zeug gelegt, um sich eine Audienz bei Charles Tennant zu erschmeicheln. Sein Scheitern hat ihm gründlich die Laune verhagelt.

»Kits ist ein bisschen enttäuscht«, antworte ich. »Er verklärt die Lyell-Expedition, seit er ein kleiner Junge ist, und kann ganze Passagen von *Besiegt, doch voller Kampfesmut* auswendig aufsagen. Er hatte sich so darauf gefreut, Captain Tennant kennenzulernen.«

»Ach, wie schade.« Sie pflückt ein Blatt von ihrem Rock. »Tja, jetzt muss ich mich wieder um meine anderen Gäste kümmern. Vergessen Sie nicht, dass wir uns hier in den Tropen befinden, Dr. Pearce. Es wird viel schneller dunkel, als Sie es gewöhnt sind.«

»Danke, ich werde darauf achten.«

Als sie endlich weg ist, zünde ich mir noch eine Zigarette an und warte, bis Nebel und feuchter Rosenduft die Erinnerung an sie vertrieben haben.

Ich beuge mich über die Mauer. Kaum vorstellbar, dass sich dort unten ein dampfender, malariaverseuchter Dschungel befindet. Laut Kits sind es gerade einmal fünfundsiebzig Kilometer bis zu unserem Berg. Allerdings werden wir drei Wochen lang stramm marschieren müssen, um ihn zu erreichen.

Vor Aufregung zieht sich mir der Magen zusammen. Du hast es getan, Stephen, du hast es wirklich getan. Schluss mit London, Schluss mit Clare, Schluss mit den Rechtfertigungen. Von nun an gibt es bloß noch Schnee, Eis und Felsen. Meilenweit entfernt von den grässlichen Verwicklungen, zu denen zwischenmenschliche Gefühle mitunter führen.

So seltsam es klingen mag, aber ich habe mir, seit mein Schiff in Southampton in See stach, kaum gestattet, an den Berg selbst zu denken. Vielleicht habe ich ja befürchtet, damit ein Unglück heraufzubeschwören. Ich habe mir einfach den sinnbildlichen weißen Gipfel ausgemalt. So wie den *Glasberg* im Märchenbuch, als wir Kinder waren.

Aber jetzt ist der Berg unvermittelt in greifbare Nähe gerückt. Er hat diese Wolken geschickt, er macht sich bemerkbar. Ich spüre seinen kalten, klammen Hauch auf der Haut.

In drei Tagen geht es los. Ich kann es kaum noch erwarten.

Sie hatte recht: Die Nacht ist so überfallartig hereingebrochen, als habe jemand eine Tür zugeschlagen.

Als ich über den Rasen zurückstolpere, bewegt sich etwas in der Dunkelheit hinter mir. Im nächsten Moment lugt ein Kopf über die Mauer, und eine schemenhafte Gestalt huscht davon. Die Makaken übernehmen das Kommando über den Garten.

Ich steuere auf das Licht zu, das durch die Terrassentüren auf die Veranda strömt. An der Vortreppe geraten meine Schienbeine leider mit einem Steinhaufen in Konflikt. Ich schimpfe vor mich hin.

»Wer da?«, ruft eine Männerstimme – scharf im Ton, gebildet, alt.

Ach herrje, das sind ja gar nicht die Türen zum Wohnzimmer. Ich bin falsch abgebogen. »Verzeihung, ich …«

»Stehen Sie nicht da draußen rum wie ein begossener Pudel! Kommen Sie rein und machen Sie die verdammte Tür hinter sich zu!«

Ich finde mich in einem großen, verwohnten Arbeitszimmer wieder, in dem es nach abgestandenem Zigarrenrauch stinkt. Im Kamin knistern Holzscheite, ein räudiges Tigerfell bedeckt den Boden. Die Lampe hat Fransen am Schirm und spendet ein schummriges Licht. Überall stehen Raucherutensilien herum: Tischfeuerzeuge, Humidore, Messingaschenbecher. Die Papierstapel auf dem gewaltigen Schreibtisch aus Sandelholz sind mit indischem Nippes gegen das Wegfliegen gesichert: ein mörderischer Krummdolch, eine gruselige Holzmaske mit hervorquellenden Augen und – auf einem Kästchen aus Mahagoni liegend – eine primitive Trompete, geschnitzt aus einem Material, das eindeutig früher ein menschlicher Oberschenkelknochen war.

Den Besitzer der Stimme entdecke ich zusammengekauert in einem Lehnsessel in der düstersten Zimmerecke, mit einer Decke über den Knien. Trotz seines Alters scheint er noch gut bei Kräften zu sein: breite Schultern, drahtiges silberweißes Haar und schwarze, stechende Augen, die mich abschätzend mustern. Sein grobknochiges Gesicht ist von geplatzten Äderchen durchzogen und hat sich seit dem berühmten Foto, auf dem er, in die Kamera grinsend, neben Edmund Lyell steht, auf erschreckende Weise verändert. Dennoch sind das Nussknackerkinn und die dunklen, über der Nasenwurzel ein Dreieck bildenden Augenbrauen unverkennbar.

Schlagartig bin ich wieder ein kleiner Junge, der ehrfürchtig vor seinem Helden steht. »Sie sind Charles Tennant«, platzt es wenig geistreich aus mir heraus.

»Sie haben es erfasst«, entgegnet er mit rauer Stimme.

»Es tut mir entsetzlich leid, Sir, ich war auf der Suche nach dem Wohnzimmer ...«

»Lassen Sie das Tamtam. Ich verabscheue Tamtam. Jetzt sind Sie hier, also bleiben Sie!«

Mein Gott, er ist es wirklich. Als ich vortrete und ihm die Hand entgegenstrecke, kämpfe ich mit einem nicht sehr edlen Anflug von Schadenfreude. Der arme Kits. Er wird grellgelb werden vor Neid. »Stephen Pearce, Sir. Wie geht es Ihnen?«

»Für einen Arzt sehen Sie noch ziemlich jung aus«, knurrt er und straft meine Hand mit Nichtachtung.

Ich gestatte mir den Anflug eines Lächelns. »Ich bin vierunddreißig.«

»Mit dem eigentlichen Medikus gab es doch irgendwelche Schwierigkeiten, richtig?«

»Ich bin in letzter Minute eingesprungen, Sir. Er hat sich drei Tage vor der Abreise bei einem Autounfall das Bein gebrochen …« Verlegen halte ich inne. Tennant sitzt gar nicht in einem Lehnsessel, sondern in einem altmodischen Rollstuhl, den man mithilfe von hölzernen Griffrahmen an den Rädern vorwärtsbewegen kann. Charles Tennant hat durch Erfrierungen beide Füße verloren.

Als er bemerkt, wie peinlich mir dieser Lapsus ist, grinst er spöttisch. Dann verlangt er, den Grund meiner Schimpfkanonade vorhin auf der Veranda zu erfahren. Ich erwähne den Steinhaufen, worauf er freudlos auflacht. »Das ist ein Grab, ist Ihnen das nicht aufgefallen? Der Foxterrier meines Enkels. Der dumme kleine Fratz ist vor eine *tonga* gelaufen. Der Hund, nicht der Junge.«

Ich presse die Lippen zusammen und nicke. Im nächsten Moment entdecke ich an der Wand hinter dem

Schreibtisch ein großes, gerahmtes Foto, und alles andere ist vergessen.

Der Anblick ist wie Musik, ein dunkler, kräftiger Klang, der mich durchpulst. Der Berg unterscheidet sich grundlegend vom Everest, Annapurna oder K2. Er ist kein einsamer, keilförmiger Gipfel, sondern besteht aus einem gewaltigen, breiten Massiv, gespickt mit verschiedenen Satellitengipfeln. Ein einzelner spitzer Reißzahn erhebt sich über die anderen ... Der Kangchenjunga.

Niemand weiß genau, was der Name bedeutet. Aber man hat sich auf »die fünf Juwelen des Schnees« geeinigt. Was das allerdings heißen soll, bleibt ebenfalls rätselhaft. Bezieht es sich auf die Gipfel? Die fünf riesigen Gletscher, die sich die Hänge hinab ergießen?

Jedenfalls berührt mich das Bild, und ich verspüre dieselbe Mischung aus Vorfreude und Grauen wie vor jeder Expedition. Wir werden diesen Berg bezwingen. Wir werden die ersten Menschen weltweit sein, die je auf seinem höchsten Gipfel gestanden haben.

Tennant späht mit zusammengekniffenen Augen hinauf zu dem Foto, als bereite ihm allein das Hinschauen Schmerzen. Im nächsten Moment wendet er sich mit einem eigenartig krampfhaften Erschaudern ab. »Die Lepcha nennen ihn *Kong Chen*«, murmelt er. »Das heißt ›Großer Stein‹. Was die Dummköpfe aber nicht davon abhält, ihn anzubeten.«

»Kann man ihn von hier aus sehen, Sir?« Obwohl hinter den Terrassentüren jetzt alles dunkel ist, habe ich den Verdacht, dass sie nach Norden zeigen.

»Das Foto wurde dort gemacht, wo Sie jetzt stehen«,

antwortet Tennant überraschend unwirsch. »Man weiß nie, wann er sich zeigt.« Er umklammert seine Knie. Tennant hat große, kräftige Hände, an denen dicke blaue Adern hervortreten. Seine Fingerknöchel verfärben sich vor Anspannung weiß.

Ich frage mich, wie er es aushält, den Berg tagtäglich vor Augen zu haben. Eine ständige Erinnerung an die Kameraden, die nie zurückgekehrt sind. Was mag er wohl sehen, wenn er das Foto betrachtet?

Außerdem wünsche ich mir allmählich, die anderen wären ebenfalls hier im Raum, denn ich fühle mich wie ein schlecht vorbereiteter Schuljunge. Eigentlich hatte ich vorgehabt, auf der Reise alles über Lyell zu lesen. Nur dass die Gepäckträger in Southampton meine Büchertasche verschlampt haben, weshalb mein Wissen, was die tatsächlichen Ereignisse angeht, recht lückenhaft ist: ein Schneesturm, eine Lawine und fünf Tote.

Der alte Mann sitzt zusammengesunken in seinem Rollstuhl. Ich hätte ihn mir ganz anders vorgestellt. In *Besiegt, doch voller Kampfesmut* wird Charles Tennant als echter Tausendsassa geschildert. Als guter Kumpel, mit dem jeder befreundet sein will. Wie konnte er sich in ein derart verbittertes, von Dämonen gequältes menschliches Wrack verwandeln?

Aber vermutlich hätte das, was er durchmachen musste, jedem den Rest gegeben. Obwohl es Edmund Lyell nicht geschadet zu haben schien. Der hat zwar ein Bein und eine Hand verloren, seinen Erfolg im Leben aber dennoch errungen. Ein Buch, Vortragsreisen, die Erhebung in den Adelsstand …

Tennant entgeht nichts. »Da habe ich Ihnen wohl Ihre Illusionen geraubt, was? Sind Sie etwa auch einer dieser jungen Rotzlöffel, die uns ihre ganze Kindheit lang angehimmelt haben?«

»Nein«, erwidere ich trocken. »Nur, bis ich neun war. Dann hat mir mein älterer Bruder meine Ausgabe von *Besiegt, doch voller Kampfesmut* weggenommen. Übrigens trinkt er gerade in Ihrem Wohnzimmer Tee. Er würde alles dafür geben, Sie kennenzulernen.«

»Ist er etwa der Schwachkopf, der entschieden hat, die Route über die Südwestflanke zu nehmen?«

Ich zucke zusammen. »Davon weiß ich nichts.«

»Was? Sie wissen nicht einmal, wohin es geht?«

Verdammt, Kits, das hättest du mir wenigstens verraten können. »Wie gesagt, Sir, bin ich in letzter Minute eingesprungen. Ich ... ich nehme an, man hat diese Strecke gewählt, weil es die beste ist.«

»Stimmt. Aber Sie werden es nie schaffen.«

»Warum nicht? Sie haben es doch auch fast geschafft?«

Er zögert, und seine Miene nimmt einen argwöhnischen Ausdruck an. »Das hätten wir, wenn Lyell nicht gewesen wäre. Glauben Sie bloß kein Wort von seinem Geschreibsel. Er war ein schlechter Bergsteiger, als Expeditionsleiter eine Niete und außerdem eitel. Das sind *Helden* übrigens häufig.«

Sein Tonfall trieft von Hass, und ich halte mir vor Augen, dass er weit über sechzig ist. Außerdem steht es seiner Tochter zufolge um seine Gesundheit nicht unbedingt zum Besten.

»Die Südwestflanke, Sir«, wage ich mich vor. »Gibt es damit ein Problem?«

»… ein Problem?«, wiederholt er murmelnd. Wieder huscht sein Blick zu dem Foto, und er zuckt erschaudernd zusammen. Kurz malt sich ein sonderbarer Ausdruck auf seinem Gesicht. Offenbar hat er Angst.

Doch schon im nächsten Moment ist es vorbei, und Tennant hat sich wieder im Griff. »Was für *Probleme* könnte es wohl auf dem gefährlichsten Berg der Welt geben?«, knurrt er. »Sie kennen doch den Himalaya, oder? Schon mal dort geklettert?«

»Nein, Sir, bin zum ersten Mal in Indien.«

»Gütiger Gott, steh uns bei!« Sein mitleidiger Blick lässt mich rot werden.

Trotzdem schlage ich sämtliche Vorsicht in den Wind und stelle die Frage, die mir unter den Nägeln brennt. »Warum haben Sie nie selbst einen Bericht über die Expedition geschrieben, Sir?«

»Was, zum Teufel, bilden Sie sich ein, mich so etwas zu fragen?« Trotz seines streitlustigen Tonfalls wandert sein Blick zum Schreibtisch. Mir stockt der Atem. Könnte es sein, dass er doch etwas zu Papier gebracht hat?

»Tut mir leid, ich wollte Ihnen nicht zu nahe treten«, entschuldige ich mich. »Aber Sie können vermutlich nachvollziehen, warum wir alle so entsetzlich neugierig sind. Es ist fast dreißig Jahre her, und Sie haben niemals darüber gesprochen oder geschrieben …«

»Zwei Brüder, die miteinander in die Berge gehen«, unterbricht er mich mit rauer Stimme. »Da können Sie sich wohl blind vertrauen, oder?«

Der plötzliche Themenwechsel trifft mich wie eine Ohrfeige und knallt die Tür für weitere Fragen zu.

»Wir klettern schon seit Jahren gemeinsam«, erwidere ich kühl.

Ein ungläubiges Schnauben. »Und die anderen?«

»Die habe ich erst heute kennengelernt. Wir sind getrennt angereist.«

»Und warum wollen Sie zu diesem Gipfel hinauf?«

»Verzeihung?«

»Sie haben mich sehr wohl verstanden. Warum?«

»Braucht man dazu einen Grund?«

Überraschenderweise scheint ihm die Antwort zu gefallen. Seine Mundwinkel verziehen sich zu einem grimmigen Lächeln. »Ihnen ist schon bewusst, dass Norton ihn als schwieriger einschätzt als den Everest?«

»Ja, das habe ich gelesen.«

Das nun eintretende Schweigen macht mich glauben, die Geister von Nortons bedauernswerten Begleitern Mallory und Irvine befänden sich mit uns im Raum.

Die Stille dauert an. Der alte Mann scheint mich vergessen zu haben. Er umklammert noch immer seine Knie und spannt das Nussknackerkinn an. »Er tötet einen, wenn man ihm die Gelegenheit gibt«, stößt er zwischen zusammengebissenen Zähnen hervor »O ja, das tut er. Sie haben ja keine Ahnung ...«

Wieder wirft er einen hastigen Blick auf das Foto – und fährt mit jenem seltsamen, krampfartigen Erschaudern zurück.

Inzwischen bin ich mir sicher. Er hat Angst. Charles

Tennant, einer der zähesten Alpinisten, die je gelebt haben, hat *Angst* vor diesem Berg.

»Geben Sie mir das Kästchen auf dem Tisch«, herrscht er mich auf einmal an, sodass ich vor Schreck zusammenzucke.

»Äh ... welches, Sir?«

»Das, auf dem der *kangling* liegt.«

»Tut mir leid, ich verstehe nicht ganz.«

»Die Trompete, verdammt!«

Ich entferne die Knochentrompete vom Deckel und reiche ihm das Mahagonikästchen. Als es auf seinem Schoß liegt, bedeckt er es mit beiden Händen.

Mein Herz beginnt, laut zu pochen. Hat er mich aus einem bestimmten Grund aufgefordert zu bleiben? Um mich auf die Probe zu stellen? Um den Mut zu fassen, mir etwas – nur was genau – mitzuteilen?

Oder vernebeln Müdigkeit und Aufregung mir schon das Hirn?

Das Schweigen wird unerträglich. Dennoch macht er keine Anstalten, es zu brechen.

Ich halte nach wie vor die Knochentrompete in der Hand. Das Mundstück besteht aus schwarz angelaufenem Silber, das andere Ende ist mit schmuddeligen Türkisen besetzt. Nur um etwas zu sagen, frage ich ihn, wie das Ding klingt.

Sein Kopf fährt herum, und er starrt mich mit unverhohlenem Entsetzen an. »Was?«, stößt er mit zitternder Stimme hervor. »Wie es klingt? Was, zum Teufel, meinen Sie damit?«

Herrgott, was habe ich jetzt schon wieder angerichtet?

Das Blut weicht aus seinem Gesicht, selbst seine Lippen nehmen einen fahlen Farbton an. Meine arglose Frage scheint ihm den letzten Rest Fassung geraubt zu haben.

Er wiegt sich hin und her. Sein Blick ist nach innen gerichtet. Auf die Vergangenheit. »*Jede* Nacht«, flüstert er. »*Jede* Nacht, verstehen Sie? Ich sehe sie … meine Kameraden am Kangchenjunga. Ich sehe ihre ausgestreckten Arme … ich höre ihre Hilfeschreie … Ja … ich werde sie immer sehen …«

Verzweifelt halte ich Ausschau nach etwas, das ich ihm einflößen kann. Wasser, Scotch, irgendetwas. Da, eine Karaffe auf dem Bücherregal. Brandy, dem Geruch nach zu urteilen. Ich kippe etwas davon in ein Glas und halte es ihm an die Lippen. Doch er stößt mich mit erstaunlicher Kraft weg.

»Raus!«, brüllt er. »Verschwinden Sie und lassen Sie sich niemals wieder blicken!«

2

Während der Fahrt in der *tonga* zurück nach Darjeeling kocht Kits vor Wut.

»Wie konntest du einfach bei Captain Tennant hereinplatzen? Und warum hast du mich nicht geholt, verdammt?«

»Das hätte er niemals gestattet«, erwidere ich. »Er ist ziemlich ... herrschsüchtig.«

»Tja, das kann ich nicht beurteilen, denn ich habe ihn ja nicht kennengelernt, und vermutlich werde ich es nun auch nicht mehr. Herrgott, Stephen, was hast du bloß zu ihm gesagt?«

»Nichts. Er hat von früher erzählt und sich dabei in diesen Zustand hineingesteigert. Warum hast du mir nicht verraten, dass wir die alte Route von Lyell nehmen?«

»Ich dachte, das hättest du mittlerweile mitgekriegt.«

Wie denn?, würde ich am liebsten entgegnen. Vor seiner Abreise nach Bombay haben wir uns nur einmal gesehen. Ich steckte wegen Clares Familie ziemlich in der Bredouille, während er dringend einen Expeditionsarzt brauchte. Über Routen haben wir nie gesprochen.

Nun sitzen wir nebeneinander und entgegen der Fahrtrichtung in der *tonga*. Kits' Blick ist starr auf die Straße gerichtet. Seine Augen sind glasig vor Zorn, und er zieht die Mundwinkel nach unten wie eine Bulldogge die Lefzen. Diese Angewohnheit hatte er schon in unserer Kindheit, ein Warnzeichen, dass ich gerade Prügel riskierte.

Ich bin versucht, ihm unter die Nase zu reiben, dass der alte Tennant ihn für einen Schwachkopf hält, weil er die Südwestflanke nehmen will, doch habe ich mir fest vorgenommen, mich nicht mit ihm zu streiten. Das wäre doch albern, schließlich sind wir beide erwachsene Männer.

Der Straße ist ein dunkler, sich verengender Tunnel aus tropfnassen Himalaya-Zedern und knarzenden Bambusstauden. Bis jetzt regnet es zwar nicht, doch es ist kalt, und die dichten Wolken ringsum, diese Gäste aus einer anderen Welt, ziehen sich immer weiter zusammen.

Ich bin aufgewühlt und habe wegen des alten Mannes ein schlechtes Gewissen. Obwohl ich beim besten Willen nicht sagen kann, warum ihn meine harmlose Frage nach einem angeschmuddelten, folkloristischen Souvenir so aus der Fassung gebracht hat.

Ständig habe ich vor Augen, wie Millicent Tennant ihm »seine Tropfen« verabreicht und mich mit einem Blick, der einem das Blut in den Adern gefrieren lassen kann, zum Teufel schickt. Meine medizinischen Kenntnisse waren hier eindeutig nicht verlangt. Ich erinnere mich an die Todesangst im Blick des alten Mannes.

Und diese Todesangst macht mir zu schaffen. Die Vorstellung, dass ein weißer Mann – ein Sahib – Angst vor einem Berg hat.

Natürlich ist Angst beim Bergsteigen immer mit von der Partie. Ebenso wie Sehnsucht, Ehrfurcht, Respekt, ja sogar Liebe. Übermächtige, alles andere verschlingende Panik hat darin allerdings nichts zu suchen. Ich bin mir sicher, dass Tennant nicht senil ist. Was also steckt dahinter?

Und da wäre noch etwas. Ich werde den Verdacht nicht los, dass er doch irgendeinen Bericht über die Expedition niedergeschrieben hat.

Woraus sich ein zwingender Schluss ergibt: Diese Vermutung sollte ich Kits gegenüber tunlichst mit keinem Wort erwähnen. Der Himmel weiß, was er anstellen würde, wenn er herausfände, dass wir diesen Bericht nun niemals in die Hände bekommen werden, nur weil ich ins Fettnäpfchen getreten bin.

»Warum genau folgen wir Lyells Route?«, frage ich. »Ich muss zugeben, dass mir ein wenig mulmig dabei ist. Wir dürften doch ständig an die Katastrophe von damals erinnert werden.«

»Wieso musst du immer alles zerpflücken? Hoffentlich fängst du während der Expedition nicht wieder damit an. Der Rest der Mannschaft wäre davon nämlich nicht sehr begeistert.«

»Schon klar. Und warum folgen wir nun Lyells Route?«

»Weil es die beste Route ist.«

»Mehr steckt nicht dahinter?«

»Was soll das heißen?«

»Ach, ich weiß nicht«, frotzle ich. »Dass du dich an die Fersen deines Abgotts heftest und zu Ende bringen willst, was er begonnen hat …«

»Schon gut, spotte du nur, das kannst du schließlich am besten.«

Beschwichtigend hebe ich die Hände.

Aber ich kenne meinen Bruder. Vor einigen Jahren hat jemand am Nordwesthang des Everest Irvines Eispickel gefunden. Kits war wochenlang übellaunig. Warum war *er* es nicht gewesen, der über das Ding gestolpert und berühmt geworden war? Auch jetzt hat er ein klares Ziel vor Augen: Hinterlassenschaften der Lyell-Expedition aufspüren. Das Werk des großen Meisters vollenden. Der erste Mensch der Welt sein, der einen Achttausender bezwingt. Könnte er den Union Jack auf dem Gipfel aufpflanzen und damit den elenden Deutschen zuvorkommen, wäre dies das Sahnehäubchen.

Ich bedauere es, dass ich mich von dem alten Mann habe aus der Fassung bringen lassen. Dennoch sollte ich meine Lektion daraus lernen. Niemals darf ich vergessen, dass sich alles, was ihm damals zugestoßen ist, vor knapp dreißig Jahren ereignet hat. Seine Furcht darf ihren Schatten nicht auf meinen Berg werfen. Sie darf mich nicht anstecken.

Der Verlust meiner Bücher war deshalb in gewisser Hinsicht ein Segen. Und nur über meine Leiche würde ich mir welche von Kits ausleihen. Kein einziges Wort werde ich über die Lyell-Expedition lesen. Ich will rein gar nichts über die Geschichte von damals wissen. Sie sind Vergangenheit. *Sie haben nichts mit uns zu tun.*

Der Geruch von Holzkohle und Dung steigt mir in die Nase, und in der Ferne höre ich Hunde kläffen. Wir nähern uns Darjeeling.

»Ich habe gehört, dass es dort einen netten Basar gibt«, meine ich, ohne den Kopf zu wenden. »Warst du schon mal dort?«

Kits schnaubt verächtlich. »Der übliche Eingeborenenkitsch. Ich habe ein paar Kleinigkeiten entdeckt, die Dorothy und den Jungen gefallen könnten.«

»Wie geht es ihnen?«

»Harry hat natürlich Heimweh, aber er wird sich schon eingewöhnen. Und Ronnie wird bald Kapitän der Schulelf.« Er verzieht den Mund. »Der Apfel fällt nicht weit vom Stamm. Dorothy hat natürlich alle Hände voll zu tun. Dorffest und so weiter. Zurzeit ist eine Menge los auf dem Gut.«

»Natürlich.«

Krähen fliegen mit flatternden Schwingen von etwas Kleinem und Totem am Straßenrand hoch.

»Ich fürchte, Clares Vater wird mich wegen des gebrochenen Eheversprechens vor den Kadi zerren«, sage ich zu Kits.

Er wirft mir einen unwilligen Blick zu und starrt dann weiter mit finsterer Miene auf die Straße.

Das tut er immer. Entweder reden wir über ihn, seine Familie und das Klettern. Oder wir reden gar nicht.

»Hat Captain Tennant noch etwas zu der Route angemerkt?«, fragt er.

Ich zögere. »Nur, dass wir es seiner Ansicht nach nicht schaffen werden.«

Er dreht sich zu mir um. »Und warum nicht?«

»Das habe ich ihn auch gefragt, aber er hat mir nicht darauf geantwortet.«

Die weiß gekalkten Steine, die die Straßenbegrenzung markieren, weisen hier und da dunkelrote Flecken auf. Sie sehen aus wie Blut. Als ich mich bei Kits danach erkundige, erwidert er *pan*. Ich ziehe ein verständnisloses Gesicht, worauf er die Augen verdreht. »Betelsaft! Die Eingeborenen kauen das Zeug und spucken es wieder aus. Gütiger Himmel, Stephen, was hast du all die Wochen auf dem Schiff nur getrieben? Als ich dir angeboten habe, mitzukommen, habe ich dir einen Rettungsanker zugeworfen, vergiss das nicht! Es wäre doch das Mindeste gewesen, dass du dich, verdammt noch mal, mit dem Land vertraut machst, in das du reist!«

»Das war durchaus meine Absicht, aber die Gepäckträger haben meine Bücher verloren.«

»Das ist wieder mal typisch für dich!«

Ich blicke ihn an. »Kits. *Pax*.«

Übellaunig fixiert er die Straße und verpasst mir plötzlich eine Kopfnuss. »Manchmal kann man an dir wirklich *verzweifeln*, kleiner Bruder!«

Erstaunlich, was ein gutes Abendessen und einige Whisky Soda bei einem Mann bewirken können. Mein Unbehagen, was Charles Tennant betrifft, hat sich mehr oder weniger gelegt. Außerdem habe ich Kits besänftigt, indem ich mich nach seinem neuen Billardzimmer und danach erkundigt habe, wie sich der kleine Ronnie bei seiner ersten Jagd geschlagen hat.

Inzwischen haben wir es uns im Rauchersalon des Planters' Club gemütlich gemacht und harren unseres Expeditionsleiters Major Cotterell, der einen »Kriegsrat« einberufen hat. Wir haben beide keinen blassen Schimmer, was das zu bedeuten hat.

Unsere Sessel stehen nah am Kamin. Hinter uns verbreiten gewaltige Palmen in Messingkübeln eine angenehm intime Stimmung. Als ich die anderen Sahibs durch einen Nebel aus Zigarrenqualm betrachte, fühle ich mich nicht mehr so ganz wie der Neue in der Schule.

McLellan ist ein pummeliger junger Schotte mit karottenrotem Haar und Sommersprossen. Ich werde darauf achten müssen, dass er sich keinen Sonnenbrand holt. Er hat sich von seinem Regiment in Punjab beurlauben lassen. Sein Auftreten ist ein wenig wichtigtuerisch, weshalb er als Verantwortlicher für Träger und Ausrüstung vermutlich den richtigen Posten hat. Außerdem spricht er fließend Nepalesisch, dazu noch etwas, das er als »Basar-Hindi« bezeichnet, und offenbar hat er als Einziger von uns Klettererfahrung im Himalaya. Allerdings weist sein Akzent darauf hin, dass er nicht ganz zu unseren Kreisen gehört, sosehr er sich auch bemüht, diesen zu unterdrücken.

Garrard kenne ich oberflächlich aus dem Internat in Winchester, wo er Kits' bester Freund war. Er zeichnet verantwortlich für unsere Öffentlichkeitsarbeit, also für Presseerklärungen und Fotos, und wird sich zudem um die per Funk aus Darjeeling übermittelten Wetterberichte kümmern. Garrard ist Atheist, Snob sowie Salonsozialist und darüber hinaus mit seinem schütteren Haar, den zu eng beieinanderstehenden, dunkel umränderten Augen und der riesigen Hakennase eine beeindruckend hässliche Erscheinung. Trotz seiner Klugheit und Belesenheit hängt er sehr an Kits. Es ist eine jener sonderbaren Freundschaften, die, warum auch immer, sämtlichen Widrigkeiten trotzen. Als ich ihn beim Essen gefragt habe, warum er sich an der Expedition beteiligt, ist er errötet. »Warum? Weil Kits mich eingeladen hat. Aus keinem anderen Grund.«

In Winchester haben ihn seiner Nase wegen alle bloß »Beak« – Schnabel – genannt, doch wir drei haben zuvor beschlossen, bei der Expedition auf Spitznamen zu verzichten, damit die anderen Teilnehmer sich nicht ausgeschlossen fühlen. Deshalb heißt Garrard Garrard, und ich heiße auch nicht mehr »Bodge« – Tollpatsch. Was für ein Glück, denn ich hasse diesen Spitznamen, seit Kits ihn mir an meinem ersten Schultag verpasst hat.

Kits bleibt natürlich weiter Kits. Seit seiner Geburt hat niemand mehr Christopher zu ihm gesagt. Als unser bester Schütze wird er uns unterwegs in den Bergen mit Wildbret versorgen. Und da er auch der beste Bergsteiger von uns allen ist, haben wir dank seiner eine höhere Chance, den Gipfel zu erreichen.

Als Major Cotterell hereinmarschiert kommt, springen wir alle auf. Er bedeutet uns, wieder Platz zu nehmen, und wirft sich dann auf dem Teppich vor dem Kamin in Positur.

»Habe heikles Thema anzusprechen«, beginnt er und

stopft stirnrunzelnd seine Pfeife aus Bruyèreholz. »Eingang: Schreiben von Captain Tennant mit unmissverständlicher Aufforderung, nicht Route von damals über Südwestflanke zu nehmen.«

Es herrscht entsetztes Schweigen.

Zu meiner eigenen Überraschung ergreife ich als Erster das Wort. »Es ist mir bewusst, dass ich weniger bewandert bin als Sie, aber ... wenn wir uns stattdessen für den Nordgrat entscheiden würden, müssten wir doch einen völlig anderen Weg festlegen, oder?«

»Ja, natürlich müssten wir das!«, herrscht McLellan mich an, sodass ich erschrocken zusammenzucke. »Und ich müsste eine neue Mannschaft aus Kulis und Yak-Treibern zusammenstellen. Kommt also überhaupt nicht infrage!«

»Warum könnte er wollen, dass wir unsere Pläne ändern?«, erkundigt sich Garrard und zupft an seiner Hakennase, eine Geste, an die ich mich noch aus der Schule erinnere.

»Das sagt er nicht.« Cotterell spricht mich direkt an. »Hat er Ihnen gegenüber Gründe erwähnt, Dr. Pearce?«

»Nur, dass wir seiner Ansicht nach scheitern werden, Sir. Er hat jedoch nicht ausdrücklich davon abgeraten, es zu versuchen.«

»Könnte er womöglich recht haben?«, wendet Garrard ein. »Schließlich haben es die meisten Gruppen über den Nordgrat ...«

»Wieso fängst du jetzt damit an?«, fährt Kits ihn an. »Das haben wir doch schon eine Million Mal durchgekaut. Die Route von Lyell ist die beste!«

Garrard wirft ihm einen entschuldigenden Blick zu. »Kits, ich habe doch nur laut überlegt. Smythe hat dem Nordgrat den Vorzug gegeben. Und manche sagen, die Südwestflanke sei unbesteigbar.«

»Wer sagt das?«, faucht Kits ihn an.

»Tja, Bauer zum Beispiel.«

»Der ist ein *Deutscher*«, höhnt Kits. »Das hier ist unsere Gelegenheit, dafür zu sorgen, dass ein Engländer als Erster den Gipfel erklimmt!«

»Hört, hört«, erwidert Cotterell. Er ist als Einziger von uns alt genug, um noch im Krieg gekämpft zu haben. Vermutlich ist es ihm ein persönliches Anliegen, den Hunnen zu zeigen, was eine Harke ist.

»Angeblich will Bauer nächstes Jahr einen neuen Anlauf unternehmen«, fügt Kits hinzu. »Würden Sie nicht zu gerne dabei sein, Sir, wenn er erfährt, dass wir vor ihm am Ziel waren?«

Cotterell lacht in sich hinein. »Und trotzdem, mein Junge ... Vielleicht warnt Captain Tennant uns ja deshalb, weil er aus bitterer Erfahrung weiß, dass die Südwestflanke unbezwingbar ist.«

»Oh, Sir ...«

»Oder«, spricht der Major weiter, »und selbst wenn das wie hanebüchener Unsinn klingt, er könnte das Gefühl haben, dass die Route gewissermaßen Lyell *gehört*. Sollten wir da nicht zumindest in Erwägung ziehen, seine Wünsche zu respektieren?«

McLellans sommersprossiges Gesicht verfärbt sich rosig. »Ich muss doch bitten, Sir. Ich begreife nicht, warum wir diese Frage überhaupt erörtern. Wir haben keine

Zeit! In sieben Wochen wird der Monsun diesen Berg in eine Todesfalle verwandeln ...«

»Sie meinen, in eine noch grauenvollere Todesfalle«, unterbricht Garrard grinsend.

Der Schotte achtet nicht auf ihn. »Ende Mai müssen wir aufbrechen, Sir. Wir können nicht in letzter Minute alles umwerfen.«

Ich weiß keine Lösung für dieses Problem und bin gespannt, wie Major Cotterell sich entscheiden wird.

Er entspricht dem Bergsteigerideal jedes Schuljungen: hochgewachsen, kräftig gebaut, mit einer prachtvollen, an den Schläfen leicht ergrauten Löwenmähne und grünen Augen, die gewisse Journalisten als »stechend« bezeichnen würden. Er hat die vierzig längst hinter sich und ist somit einige Jahre älter als wir anderen. Aufgrund seiner militärischen Erfahrung ist ihm die Rolle eines Expeditionsleiters auf den Leib geschnitten. Allerdings hat er einen schuppigen Hautstreifen am Haaransatz, und ich frage mich, ob er womöglich zum Grübeln neigt.

»Nun«, meint er und streicht sich über den Schnurrbart.

»Ich möchte, dass diese Unternehmung nach demokratischen Regeln abläuft, und bitte deshalb um Handzeichen.«

Ehe ich mich's versehe, haben er und Garrard für eine Änderung der Route gestimmt. Kits und McLellan sind dagegen. Jetzt sind alle Augen auf mich gerichtet. Verdammt, ich bin das Zünglein an der Waage.

Im Kamin zischen die Scheite, und draußen stößt ein

Nachtvogel einen unheimlichen Ruf aus. Wenn ich an Omen glauben würde, dann würde ich das als Warnung betrachten, nicht Lyells Route zu folgen. Und, Omen hin oder her, mir missfällt die Vorstellung, in die Fußstapfen von Toten zu treten.

Allerdings fixiert Kits mich mit einem finsteren Blick. Mir ist nur allzu klar, dass sich hinter seinem frischen Lausbubengesicht eine grausame Ader von gewaltigem Ausmaß verbirgt. *Dass du überhaupt hier bist, hast du nur mir zu verdanken, kleiner Bruder. Also gnade dir Gott, wenn du mir in den Rücken fällst.*

Und da gibt es noch etwas, das jedoch nichts mit Kits zu tun hat: Charles Tennant glaubt nicht, dass wir es schaffen werden. Ich will ihm das Gegenteil beweisen.

»Los, Stephen«, stößt Kits mit zusammengebissenen Zähnen hervor. »Wofür bist du?«

Es ist so still, dass man fast den Zigarrenrauch aufsteigen hören kann.

Ich denke an das Foto in Tennants Arbeitszimmer. Der Kangchenjunga, wie er majestätisch über den Wolken schwebt.

»Meiner Ansicht nach haben wir keine andere Wahl«, sage ich schließlich. »Entweder nehmen wir die Südwestflanke, oder wir blasen das Ganze ab. Das heißt, wir bleiben bei unserer Entscheidung. Auf zur Südwestflanke.«

3

Ich weiß, dass ich träume. Nur dass mir das nichts nützt. Ich habe eine Schneekugel in der Hand. Gerade habe ich sie geschüttelt, und ein Schneesturm hüllt das winzige Häuschen und das Männchen auf der Veranda ein.

Dieses Männchen bin ich. Gefangen im weißen Schweigen. Und dennoch sehe ich mich von außen. Bis zu den Oberschenkeln stecke ich im Schnee. Dichte Flocken verstopfen mir Augen, Nase und Mund. Nun fängt mein Gesicht an, sich zu verändern. Es verwandelt sich in das von Kits …

Jäh schrecke ich hoch und vergrabe aufstöhnend den Kopf im Kissen.

Ich habe diesen verdammten Traum so satt! Nacht für Nacht sucht er mich heim! Seit zwei Monaten. Man möchte doch meinen, dass mein Unbewusstes auch ein bisschen weniger offensichtlich mit dem Zaunpfahl winken könnte. Schneekugel – das steht für: gefangen in einem Leben, das ich nicht will. Und diese Verwandlung in Kits … Ich verstehe sie, aber können wir sie aufhalten?

In London hatte zunächst alles geklappt wie am

Schnürchen: eine ausgezeichnete Stellung in der Harley Street, der Ärztemeile der Stadt. Die Freundin Tochter des Praxisinhabers. Und dann, nur eine Woche später, war ich plötzlich verlobt, und Clares Papa bot mir an, sein Teilhaber zu werden. Ich wurde das Gefühl nicht los, dass da etwas nicht stimmte, kam jedoch nicht dahinter, was.

Die Schneekugel war ein Verlobungsgeschenk. »Ist er nicht niedlich!«, rief Clare aus und begrub das Männchen in einer Schneewehe.

In jener Nacht hatte ich zum ersten Mal diesen Traum. Sollte ich Clare tatsächlich heiraten, würde ich enden wie mein Bruder. Kits mit seinem sorglosen Leben. Eine Ehefrau mit guten Beziehungen. Wohlgeratener Nachwuchs. Sosehr ich mich auch in dem Glauben gewiegt hatte, dass ich das alles ebenfalls wollte, fühlte ich mich bald eingesperrt und meinte, mir würde die Luft abgeschnürt. Ich musste raus aus der Schneekugel, bevor es zu spät war.

Am nächsten Tag hatte Clares Großmama zum Abendessen gebeten. Ich teilte meiner bedauernswerten Verlobten bei der Suppe meine Entscheidung mit. Sie war eher empört als traurig und im Grunde nicht sonderlich überrascht. Anschließend eröffnete ich es ihrem Papa. Und zu guter Letzt sagte ich es der versammelten Runde. Mal wieder hatte ich alle Brücken hinter mir verbrannt. Meine Tante Ruth fand ja schon immer, dass ich zu Extremen neige.

Kits hat sich nie nach dem Grund erkundigt. Und auch Cotterell und McLellan haben das Thema bis jetzt nicht angeschnitten. Nur Garrard hat mich gestern Abend vor dem Essen darauf angesprochen, weshalb ich es ihm erklärt habe.

»Ich war in Gefahr, mich in eine jüngere Version von Kits zu verwandeln«, sagte ich.

»Wäre das denn so schlimm?«, hakte er leise nach.

»Ach, du weißt doch genau, was ich meine.«

Wie ein nachdenklicher Geier strich er sich über die Nase. »Aber dann ... Warum besteigst du dann mit ihm den Berg?«

Ich zuckte zusammen. »Das ist doch etwas völlig anderes. Ich *will* auf diesen Berg. Kits hat ihn nicht gepachtet.«

Garrards eng beieinanderstehende Augen funkelten. »Und alles, was er schafft ...«

Ich lachte schnaubend auf. »Das ist nicht der Grund! Es ist die Chance meines Lebens! Immerhin sprechen wir hier vom Kangchenjunga!«

Es ist noch dunkel, und das Gebell der Hunde könnte Tote wecken. Jetzt weiß ich, warum sie den ganzen Tag schlafen: damit sie die Nacht durchbellen können. Laut Leuchtzifferblatt meiner Armbanduhr ist es vier. In zwei Stunden geht es los.

Ich habe ein flaues Gefühl im Magen. Ich war noch nie auf einer Expedition. Die meisten meiner Bergtouren fanden in den Alpen statt. Aufstieg und Abstieg an einem Tag und danach zurück ins Hotel, um ein Bad zu nehmen. Hoffentlich blamiere ich mich nicht.

Zitternd vor Kälte, überprüfe ich ein letztes Mal meine Ausrüstung. Seesack, Schlafsack, meine geliebten Schweizer Bergstiefel, der bewährte norwegische Rucksack, Verbandskasten aus lackiertem Metall. Gott sei Dank, dass ich meine Approbationsurkunde nicht in die Büchertasche, sondern dort hineingepackt habe.

Inzwischen weiß ich auch, was mich beunruhigt. Nicht der Traum, sondern die Erkenntnis, wie schauderhaft abergläubisch die Kulis sind. Vorgestern haben sie aufgeschnappt, dass wir Lyells Route folgen werden, und jetzt haben sie ordentlich Fracksausen. Keine Ahnung, warum. Jedenfalls hat es einen ziemlichen Aufstand gegeben: Der Morgen ist wolkenverhangen gewesen (und kein Berg in Sicht). Die Leute erwarteten uns auf einem ebenen Gelände am Stadtrand …

Ich hätte nicht mit so vielen gerechnet. »Du hast doch gesagt, es sei eine kleine Expedition«, meinte ich zu Kits. »Wozu brauchen wir *sechzig* Träger?«

Er zuckte die Achseln. »Für den Himalaya sind das wenig. Dyhrenfurth und Smythe hatten über vierhundert Mann.«

Zu meiner Verwunderung waren auch einige ältere Männer und sogar ein paar Frauen dabei, kleine und zierliche Menschen mit hohen Wangenknochen, von Wind und Sonne gegerbten Gesichtern und vom *pan* fleckigen Zähnen. Sie blickten verängstigt drein. Die meisten waren mit Ohrringen aus Türkisen oder Korallen geschmückt, und an ihrer Brust baumelten Amulette aus angelaufenem Silber. Manche waren europäisch gekleidet (offenbar ein Hinweis auf die gesellschaftliche

Stellung), aber der Großteil trug bunte, wadenlange Gewänder, die nackte, magere Schienbeine freigaben.

Dass die meisten von ihnen barfuß waren, bereitete mir Sorgen, weshalb ich McLellan darauf ansprach. Er erwiderte, er werde in Nepal Stiefel ausgeben, sobald die »Bummelanten« ausgeschieden seien. Mein Vorbehalt schien ihn sogar zu kränken. (Ich fürchte, er kann sich als Leuteschinder entpuppen. Hoffentlich wird das nicht zum Problem.)

Der Streit brach aus, als ich gerade auf die Hütte mit dem Blechdach zusteuerte, in der ich meine »Klinik« eingerichtet hatte. Cotterell stand neben einem Berg aus großen, hölzernen Packkisten und plauderte mit dem stellvertretenden Bezirkskommandanten und einem Burschen aus dem Himalayan Club. McLellan saß unter einem Baum auf einem Klappstuhl. Ein weißer Tropenhelm zierte seinen karottenroten Haarschopf, und er genoss es sichtlich, Namen zu notieren und sich den Empfang von Löhnen und Rationen, ausgeteilt von Garrard und Kits, mit einem Fingerabdruck quittieren zu lassen.

Plötzlich sprang der Schotte auf und begann, in einer unverständlichen Sprache zwei Eingeborene herunterzuputzen, die mit respektvoll abgewandtem Blick vor ihm verharrten.

Wie sich herausstellte, handelte es sich um den *sirdar* – den Vorarbeiter – und seinen Gehilfen. Die beiden weigerten sich strikt, wie geplant am nächsten Tag loszumarschieren, da dieser mit dem Datum zusammenfiele, an dem Lyell im Jahr 1906 aufgebrochen sei.

»Das *behaupten* die Kerle wenigstens!«, tobte McLellan, der unter seinen Sommersprossen puterrot angelaufen war. »Was für ein mieser Trick, um uns zusätzliche Rationen aus den Rippen zu leiern!«

»Können wir nicht einfach einen Tag warten?«, schlug ich vor.

Er starrte mich entgeistert an. »Wenn man einem Kuli den kleinen Finger reicht, Dr. Pearce, nimmt er die ganze Hand!«

»Aber was *stört* sie denn so an dem Datum?«, wunderte sich Kits. »Mir gefällt die Idee recht gut, am selben Tag loszumarschieren wie Lyell.«

»Der Plan«, fauchte McLellan, »lautet, dass die Kulis morgen zu Fuß aufbrechen und wir am nächsten Tag mit dem Wagen nachkommen. Und so wird es auch gemacht.«

Er überschüttete die beiden Eingeborenen mit einem weiteren Wortschwall, worauf die Lage sich zuzuspitzen schien. Nach einer Weile glätteten sich die Wogen aber offenbar, und zu guter Letzt lächelten die Männer breit.

»Ich schicke einen Boten mit ihren Hüten voraus«, brummelte McLellan. »Ein bodenloser Schwachsinn, aber wenn ihre *Hüte* sich heute noch auf den Weg machen, ist es für sie, als seien sie schon unterwegs. Das schlechte Karma ist somit abgewendet. Was für Trottel!«

»Ein schlauer Kompromiss«, merkte ich an.

Er musterte mich voller Geringschätzung. »Ich kenne diese Leute, Dr. Pearce. Der Kuli ist halb Kind, halb Teufelsbraten und außerdem ein ausgekochter Lügner. Ich würde Ihnen raten, sich das hinter die Ohren zu schreiben.«

»Wie können wir sie überzeugen, dass es ungefährlich ist, Lyells Route zu folgen?«, fragte Garrard und kratzte sich den zerzausten Blondschopf.

»Das ist nicht nötig«, entgegnete der Schotte. »Sie werden einfach vergessen. So sind sie nämlich.«

»Hoffentlich haben Sie recht, alter Junge«, murmelte Garrard.

In meiner Klinik, wo ich vom zwiebelduftgeschwängerten Dunst ungewaschener Leiber empfangen wurde, warteten bereits die Patienten. McLellan hatte mich in spitzem Ton angewiesen, »die Kulis zu entwurmen«. Mein Vorgänger, der bedauernswerte Hewett, hatte noch die nötigen Seren für Massenimpfungen gegen Pocken, Typhus und Fleckfieber beschafft. Bis auf den letzten Mann (oder Frau) nahmen die Kulis die Dosen Santonin und Castoröl höflich entgegen – und verweigerten, ebenso höflich, die Impfung.

In meiner Verzweiflung krempelte ich den Ärmel hoch und impfte mich selbst. Erfolglos. Allmählich wollte mich schon der Mut verlassen, als plötzlich einer von ihnen vortrat und sich als Versuchskaninchen zur Verfügung stellte.

Er war schätzungsweise fünfzig, ein kleiner, gedrungener Gnom mit runzeligem mahagonifarbenem Gesicht. Zähne und Lippen waren vom *pan* längst violett geworden. Er trug ein grünes, vor der Brust übereinandergeschlagenes Gewand und eine gelbe Strickmütze mit einem scharlachroten Bommel. Ein schwarzer Zopf fiel ihm über den Rücken. Hinter seinem Gürtel steckten eine Rohrflöte und ein gefährlich wirkender Krummdolch, ähnlich wie der auf Charles Tennants Schreibtisch (alle Eingeborenen haben so einen). In einem von starkem Akzent gefärbten Englisch teilte er mir mit, sein Name sei Nima. Dann entblößte er mit einem breiten lilablauen Lächeln seinen muskulösen Arm.

Nachdem ich ihn geimpft hatte, reihten sich die anderen rasch hinter ihm ein und holten sich lachend und scherzend ihre Spritze ab. McLellan nennt sie alle Kulis. Keine Ahnung, ob es sich dabei um eine Bezeichnung ihrer Herkunft oder um eine Stellenbeschreibung handelt. Zumindest aber erkannte ich nun, dass sie unterschiedlichen Rassen angehörten, und sprach Nima darauf an: Es seien in der Tat Bhutia, Lepcha, Limbu und Sherpa. Nima war ein Sherpa. Stolz fügte er hinzu, die Sherpas stammten aus Nepal und seien die besten Kletterer von allen. Offenbar schaute er deshalb auf die anderen herab.

Zu schade, dass ich nicht mehr über diese Menschen weiß. Das Bild, das McLellan von ihnen zeichnet, überzeugt mich nun kaum noch. Sobald nämlich ihre Befürchtungen in Sachen Lyell aus der Welt geschafft waren, machten sie einen ziemlich fidelen Eindruck auf mich, freundlich und mit viel Sinn für Humor.

Wenn sie nur nicht so abgrundtief abergläubisch wären! Die meisten trugen weiße, schmale, schärpenähnliche Schals, die mit zarten schwarzen Kringeln bemalt sind. Als ich mich bei Nima danach erkundigte, schenkte er mir wieder ein violettes Grinsen. »Gebete, Doctor Sahib.«

»Zu wem?«

Er lächelte tapfer weiter. »Sie halten schlimme Dinge fern.«

»Schlimme Dinge?«

»... in den Bergen, Doctor Sahib.«

Das mulmige Gefühl, das mich daraufhin ergriff, erschreckte mich selbst. Mir wurde ein wenig flau im Magen. Warum eigentlich? Schließlich glaube ich nicht an diesen Hokuspokus. Ich bin Arzt. Und ebenso wie Garrard gebe ich nichts auf »übersinnliche Mächte« ...

Die Hunde bellen immer noch. Der erste Tag unserer Expedition kündigt sich mit seinem Morgenrot an. Darjeeling liegt jedoch weiterhin unter einer Wolkendecke. Ich frage mich, ob Nima das als gutes oder als schlechtes Vorzeichen einstuft.

Wir haben unsere Expedition schlank und beweglich geplant: zwölf Sherpas und fünfzig Kulis aus der Tiefebene. Ein krasser Unterschied zu den riesigen, aufgeblähten Massenprozessionen zum Everest. Major Cotterell hat die Angelegenheit mit militärischer Präzision ausgearbeitet. Gestern Abend sind wir die Route noch einmal durchgegangen. Durch die Dschungel der Vorgebirge von Sikkim nach Norden, von dort aus nach Westen über den Sningalalila-Kamm (knapp fünftausend Meter), dann hinunter nach Nepal und zum Yalung-Gletscher an der Südwestseite des Berges. Die ersten vier Nächte werden wir in *dak*-Bungalows verbringen – staatliche Schutzhütten, wenn ich es richtig verstanden habe –, danach schlafen wir in Zelten.

Was den Berg selbst angeht, hat Kits mich schon in London gewarnt, ich solle mir keine allzu großen Hoffnungen darauf machen, in den engeren Kreis der Gipfelstürmer aufgenommen zu werden. Gestern Abend hat er das noch einmal bekräftigt. Obwohl es mir sauer aufgestoßen ist, in dieser Weise vor den anderen bloßgestellt zu werden, mache ich gute Miene zum bösen Spiel, schließlich will ich einfach klettern. Ich hoffe bloß, dass ich den anderen nicht zur Last falle.

Vermutlich fühle ich mich noch immer ein wenig wie das fünfte Rad am Wagen. Kits, Garrard und Cotterell sind gemeinsam angereist, McLellan kennt Land und Leute. Ich hingegen habe nur meine medizinischen Fachkenntnisse vorzuweisen. Also das, was Kits als – nicht sehr hilfreich – »vergeistigten Kram« bezeichnet.

Trotzdem empfinde ich die Aussicht auf einen Gletscher als ungeheuer verlockend. Ich sehne mich nach glitzernden Eiszapfen und tiefblauen Gletscherspalten. Nach einer schlicht strukturierten Welt, ganz weit weg von der Harley Street und Schneekugeln.

Inzwischen weiß ich auch, weshalb der Aberglaube der Kulis bei mir einen solchen Widerwillen auslöst. Er erinnert mich an Charles Tennant. Deutlich sehe ich ihn vor mir, zusammengekauert in seinem Arbeitszimmer, umgeben von seinen gruseligen Souvenirs: die fratzenartige Maske und die Knochentrompete. Die Kulis haben Angst vor dem Berg. Ebenso wie er. Das ist der Grund für meinen Vorbehalt. Ich will, dass der Berg sauber und rein ist. Niemand darf ihn mir beschmutzen.

McLellans Trick mit dem Hut war schlau, aber dennoch unklug. Indem er dem Aberglauben der Kulis Nahrung gegeben hat, hat er Lyell eine Bedeutung beigemessen, die ihm nicht zusteht. Das ist etwas, das wir unter allen Umständen vermeiden müssen. Unsere Expedition darf in keinerlei Zusammenhang mit der vor neunundzwanzig Jahren gebracht werden. Die darf uns auf gar keinen Fall beeinflussen. Und das wird sie auch nicht, solange wir es nicht zulassen.

Inzwischen fühle ich mich schon sehr viel besser. Darjeeling scheint meilenweit entfernt.

Gleich nach dem Frühstück ist es losgegangen. Drei Autos der Marke Austin, gefahren von einem Trio junger, gut gelaunter englischer Teeplantagenbesitzer, die einverstanden waren, uns »nach Singla Bazaar zu kutschieren«. Uns, das heißt fünf Sahibs, den Koch Pasang (das ist der gut aussehende junge Gehilfe des *sirdar*) sowie zwei weitere Sherpas, die sich um unser Wohl kümmern werden, bis wir heute Abend am ersten *dak*-Bungalow die übrigen Kulis treffen.

Während wir die kurvige Straße hinunter und durch feuchte grüne Hügel fuhren, hörte ich den Ruf eines Kuckucks, der überhaupt nicht in diese Breitengrade zu passen schien. Wo immer der Nebel es zuließ – also nur an wenigen Stellen –, konnte ich einen Blick auf terrassenförmig angelegte Teepflanzungen erhaschen.

»Ein Jammer aber auch«, meinte der Bursche am Steuer. »Normalerweise ist die Aussicht eine Pracht.« Allmählich hängt mir dieser Satz zum Hals raus.

Inzwischen ist es Mittag. Die Autos sind weg, und wir haben unsere Ponys abgeholt. Meines ist klein, mager und grau. Sein Zaumzeug schmückt eine schlaffe Feder. Da ich seinen Namen nicht aussprechen kann, nenne ich es Flick. Offensichtlich hat es jede Menge Spaß daran, mir seinen Schweif ins Gesicht zu schnippen.

Mein Sattel ist schauderhaft unbequem, doch das stört mich nicht weiter. Wir sind im Dschungel. Rings um uns ist die Luft erfüllt vom Surren der Moskitos und dem Kreischen nicht auszumachender Vögel. Es riecht süßlich nach Verwesung, außerdem ist es brütend heiß. Mein Buschhemd ist klatschnass, und ich erinnere die anderen daran, ihre Hüte aufzusetzen und ihr Chinin zu nehmen.

Vor uns erstreckt sich ein jadegrüner Fluss, über den sich eine wackelige Hängebrücke einheimischer Bauart spannt. Sie besteht nur aus zerschlissenen Seilen und nicht gerade vertrauenerweckenden Brettern. Wenn wir sie hinter uns haben, sind wir in Sikkim, und die Expedition fängt richtig an.

Die Brücke wird von Hunderten winziger, fröhlich flatternder Fähnchen in Blau, Weiß, Rot, Grün und Gelb flankiert.

»Hört euch das an!«, trötet Garrard, seinen gewaltigen Zinken in ein Buch gesteckt. *»Die Fähnchen sind jeweils mit einem buddhistischen Gebet beschriftet, das bei jedem Windstoß zum Himmel aufsteigt. So etwas nenne ich Faulheit in höchster Vollendung.«*

Ich seufze innerlich auf. Der Titel des Buches in seiner Hand lautet *Besiegt, doch voller Kampfesmut.* Ich frage mich, ob er uns auf Schritt und Tritt mit Zitaten aus diesem Werk beglücken wird.

Zwischen uns und der Brücke erhebt sich ein Gegenstand, der an eine gewaltige Urne erinnert, ebenfalls ein Heiligtum, das Garrard als Chörten bezeichnet. Als ich auf Flicks Rücken daran vorbeitrotte, hastet ein Sherpa heran, nimmt mir respektvoll die Zügel aus der Hand und will uns auf der anderen Seite darum herum führen.

Es ist Nima, der Mann, der sich freiwillig hat impfen lassen. »Immer nach links, Doctor Sahib«, sagt er mit einem schüchternen Lächeln. »Links wie die Sonne.«

Unser altes Kindermädchen pflegte im Zusammenhang mit Kirchen auf dem gleichen Ritual zu beharren: stets im Uhrzeigersinn, nie dagegen. Doch da ich nicht dulden darf, dass solche Mätzchen einreißen, wende ich mich in strengem Ton an Nima. »Danke, aber ich reite rechts herum, wie ich es eigentlich vorhatte.«

Er tritt mit einer Verbeugung zurück und beobachtet mich, als ich meinen Weg »auf der falschen Seite« fortsetze. Auf seinem braunen Trollgesicht malt sich ein mitleidiger Ausdruck, als wäre ich ein tapsiger Welpe und im Begriff, von einer Klippe zu purzeln.

»Wusstest du«, meint Garrard, immer noch lesend, »dass auf dem Kangchenjunga ein Gott wohnt? Und dass dieser Fluss von den Gletschern des Berges gespeist wird?«

»Bringen sie deshalb Opfer dar?«, fragt Kits.

Jeder Kuli wirft einige Körner aus dem eingerollten Stoffstreifen, der seine Essensration enthält, ins Wasser.

»Tja, mein Zigarettenstummel muss wohl genügen.«

Garrard schnippt ihn gähnend weg, während er sein Pony über die Brücke führt.

»Von mir kriegt er nichts«, verkündet McLellan, ein tiefgläubiger Presbyterianer.

»Von mir auch nicht«, pflichte ich ihm im Brustton der Überzeugung bei.

Die Brücke schwankt beängstigend, als ich Flick weiterführe, doch das Pony lässt sich nicht beirren, und bald sind wir auf der anderen Seite angekommen.

Verärgert stelle ich fest, dass Kits eine Handvoll Annas ins Wasser geworfen hat.

»Warum, um Himmels willen, tust du so etwas?«, rufe ich aus.

»Warum denn nicht? Ein paar Münzen zur Feier des Tages! Schließlich ist Lyell auf den Tag genau heute vor neunundzwanzig Jahren hier vorbeigekommen.«

»Aber Kits, doch nicht vor den Eingeborenen!«

»Dr. Pearce hat recht«, sagt Cotterell leise. »Kits, alter Junge, es ist unklug, sich auf ihr Niveau zu begeben. Man hält besser einen angemessenen Abstand.«

Kits läuft rot an. »Entschuldigung, Sir, wird nicht wieder vorkommen.« Sobald der Major uns den Rücken zukehrt, bedenkt er mich mit einem giftigen Blick.

Und was das Dämlichste ist: Er hat die alberne Opferzeremonie vermasselt. Einige der Münzen sind nämlich gar nicht im Wasser gelandet, sondern auf der Brücke.

Sofort huschen ein paar Makaken einen Baumstamm hinunter und nähern sich vorsichtig, um sie einzusammeln. Kit ist schon weitergeritten und bemerkt es nicht.

4

Ein Glück, dass Flick trittsicher ist, denn der Fluss fließt zwischen zwei mörderisch steilen Ufern dahin, und der Pfad selbst ist eine Schlammpiste.

Kurz nachdem wir Sikkim erreicht hatten, setzte Regen ein. Heißer, gewittriger, tropischer Regen. Seit Stunden sitzen wir nun schon im Sattel, quälen uns eine steile bewaldete Kuppe hinauf und rutschen auf der anderen Seite wieder hinunter. Dann geht es über die nächste wackelige Brücke und über die nächste Kuppe, und so kämpfen wir uns immer weiter voran.

Eigentlich würde mir das nichts ausmachen, wären da nicht Egel. Winzige, tückische schwarze Würmer, die, von jedem Blatt baumelnd, über uns herfallen. Mittlerweile saßen sie mir schon auf den Knien, Handgelenken, und zu meinem Entsetzen haben sie sogar schon einmal an meinem Hals geklebt. Ich mache den widerlichen kleinen Dingern mithilfe einer brennenden Zigarette den Garaus. Doch unsere barfüßigen Kulis pflücken sie im Gehen ab, ohne dabei innezuhalten. Mein armes Pony leidet, und ich muss ständig absteigen, um seine Fesseln und Ohren zu überprüfen. Kits' Bemerkung, Lyell habe es mit keinem einzigen Egel zu tun bekommen, da das Wetter während seiner Expedition den ganzen Weg lang »prachtvoll« gewesen sei, ist auch nicht sonderlich hilfreich.

Kits reitet, den treuen Garrard an seiner Seite, vorneweg. McLellan, das sommersprossige Gesicht unter dem *topi* puterrot, bleibt immer in Major Cotterells Nähe. Das heißt, dass ich auf mich allein gestellt bin, aber das stört mich nicht, denn so muss ich wenigstens keine Konversation betreiben.

Ich empfinde den Dschungel als ziemlich bedrückend. Diese Schwüle und der Gestank von Verwesung. Dazu die Vögel, die man kaum je zu Gesicht kriegt – und wenn doch, sehen sie ausgesprochen sonderbar aus. Vorhin ist eine Elster vorbeigeflitzt. Die Vögel sind hier *blau*. Und der Schwanz dieser Elster war etwa einen Meter lang und noch dazu gelb gestreift.

Die Bäume sind noch schauderhafter. Jeder Stamm, jeder knorrige Ast und jede verschlungene Wurzel ist mit Kletterpflanzen und Moosen bewachsen. Überall nichts als übel riechendes Chaos. Man fühlt sich wie in einem Albtraumwald.

Selbst vertraute Pflanzen wirken fremdartig. Die Blätter der Nesseln sind von wuchernden grünen Blasen bedeckt. Und soll dieser riesige Busch mit den pulsierend roten Blüten etwa ein *Rhododendron* sein? Cotterell, der ein begeisterter Amateurbotaniker ist, gerät beim Anblick der Magnolien und der wachsweißen Orchideen in regelrechte Verzückung. Gerade hat er mich gerufen, damit ich eine enorme »Blume« bewundere. Ihr trompetenförmiger Kelch ist von einem fleckigen Grünviolett und neigt sich wie der Kopf einer angriffsbereiten Kobra. Er bezeichnet das Gewächs als Schlangenwurz. Ich finde es abstoßend.

Wenigstens lässt der Regen nun nach. Unter einem Baum werden wir von drei Jungen erwartet. Sie sind schätzungsweise zehn Jahre alt, haben rasierte Schädel und tragen scharlachrote Gewänder. Offenbar handelt es sich um buddhistische Mönche, die uns zu ihrem Kloster bringen wollen, um uns dort zu segnen. Oder, um den Berg anzuflehen, uns am Leben zu lassen. Ich bin nicht sicher, was von beidem zutrifft.

Obwohl wir alle Sehnsucht nach unserem Nachtquartier haben, willigt Cotterell zu meiner Überraschung ein, die Mönche zu begleiten. »Aus Respekt vor dem Maharadscha sozusagen.« Wie sich herausstellt, brauchten wir die Genehmigung des Maharadscha, um den Berg überhaupt besteigen zu dürfen. Und die hat er uns nur unter der Bedingung erteilt, dass wir den Gipfel nicht betreten, um den Geist, Gott oder was auch sonst dort oben haust, nicht zu beleidigen.

Ich bedaure, dass Cotterell eingewilligt hatte. Soll uns der Aberglaube selbst während des Aufstiegs auf Schritt und Tritt verfolgen? Er muss doch begreifen, dass wir riskieren, uns mit der Angst vor dem Berg anzustecken, wenn wir uns auf dieses Denken einlassen.

Wenigstens ist es zum Kloster nicht weit. Das Gebäude ist zwar verfallen, aber auf seltsame Weise beeindruckend. Düstere, kalte Räume, erfüllt von Weihrauchdunst und erleuchtet von kleinen Butterlampen aus schimmernder Bronze. Unsere Kulis lassen ihr Gepäck draußen stehen, werfen sich auf den Bauch und berühren mit der Stirn den Boden. Ihre Frömmigkeit ist offenbar grenzenlos. Ich wünschte, es würde mich nicht so beklommen machen.

Wir Sahibs nehmen auf Hockern in einem schlammigen Hof Platz und harren der Dinge, die da kommen mögen. Nima erklärt mir im Flüsterton, man wolle uns den rechten Weg nach dem Tode zeigen. McLellan bezeichnet es als »Teufelstanz«, denn für ihn als Presbyterianer sind Geister natürlich indiskutabel. Doch wie man die Sache auch dreht und wendet, mir gefällt sie nicht.

Die Gesänge beginnen: monoton und an- und abschwellend wie ein Fluss. Ein Mönch schlägt mit einem schmalen Messinghammer auf eine grüne Trommel. Ein anderer bläst in ein endlos langes Horn. Es erzeugt einen tiefen, außerweltlichen Ton, der an das hallende Dröhnen der Berge gemahnt.

Nun springen die »Teufel« hervor. Perücken aus struppigem Stroh, flatternde Gewänder und winzige klappernde Knochen, bei denen es sich ziemlich sicher um menschliche Mittelfußknochen handelt. Die meisten der »Teufel« tragen weiße Schädelmasken mit großen gruselig schwarzen Augen. Doch einer scheint ein »Gott« zu sein. Seine Maske ist von einem stumpfen Blaugrün, dazu gelbe Reißzähne und grellrote Augen, die mich unangenehm an die Maske in Tennants Arbeitszimmer erinnern. Zur Hölle mit Tennant. Warum muss ich ausgerechnet jetzt an ihn denken?

Schneller und schneller wirbeln die Teufel herum und stampfen in einem durchdringenden Rhythmus, der mir bis ins Mark geht, mit den nackten Füßen.

Plötzlich macht der »Gott« einen Satz auf mich zu und hält mir seine Maske ins Gesicht. Mit einem Aufschrei fahre ich zurück. Einen Moment lang hätte ich schwören können, dass es die stechenden Augen von Charles Tennant waren, die mich aus den bemalten Augenhöhlen anstarrten.

Inzwischen sind die Tänzer weitergewirbelt, aber mein Herz rast noch immer, und die anderen Sahibs starren mich an.

McLellan lacht brüllend auf. »Gütiger Himmel, Dr. Pearce! Sie lassen sich doch nicht etwa von diesem Hokuspokus Bange machen?«

»Natürlich nicht«, zische ich. Meine Wangen glühen. Welchen Eindruck müssen sie jetzt von mir haben?

Als wir den ersten *dak*-Bungalow erreichen, dämmert der Abend. Die Hütte steht in etwa fünfzehnhundert Metern Höhe auf einer bewaldeten Kuppe oberhalb der verstreuten Häuser eines Eingeborenendorfes. Der *chaukidar* – der Hausmeister – ist ein missmutiger alter Morphinist mit gelben Augäpfeln. Der Bungalow ist für uns Sahibs reserviert. Die Kulis haben sich aus Ästen und Bambus Unterstände gebaut.

Wie sich herausstellt, ist Nima mein Leibdiener. Jeder von uns Sahibs hat einen. In Windeseile hat er meine Sachen ausgepackt und mir ein Becken mit heißem Wasser gebracht. Dann eilt er los, um Flick zu versorgen.

Von den drei Betten im größeren der beiden Räume

hat er mir das beste gesichert, ein schlichter Akt der Nächstenliebe, der mich sehr aufmuntert. Nicht, dass ich Aufmunterung nötig hätte. Aber ich ärgere mich über mich selbst, weil ich mich von einer Maske habe in Panik versetzen lassen.

Unser Abendessen, bestehend aus zähem grauem Fleisch, gedünstetem Gemüse und Dosenerbsen mit Kondensmilch, nehmen wir auf der Veranda ein. Ohne den Scotch zum Dessert würde ich mich angesichts der Verpflegung fühlen wie damals im Internat. Inzwischen regnet es wieder. Das Prasseln auf dem Blechdach ist ohrenbetäubend, was die anderen nicht daran hindert, mich wegen meiner, wie Kits es schadenfroh nennt, »tranceähnlichen Anwandlung« zu hänseln. Das stört mich nicht weiter. Allerdings weiß McLellan nicht, wann man aufhören muss. Nach einer Weile wünsche ich deshalb allen eine gute Nacht und ziehe mich zurück.

Der Wolkenbruch ist vorüber, die Nacht erfüllt von Plätschergeräuschen unbekannten Ursprungs.

Bisher ist mir gar nicht aufgefallen, was für eine Katastrophe dieser Bungalow ist. Die grünen Wände strahlen Feuchtigkeit aus. Über allem liegt der Geruch von schimmelnder Leinwand. Durch geborstene Fensterläden dringt der Dschungel ein.

Mein Bett ist ein wackeliger *charpoy*, bespannt mit zusammengeknoteten Stoffstreifen. Nima hat mein Moskitonetz über die vier an den Beinen festgebundenen Bambusstangen gehängt. Als ich meinen Schlafsack ausschüttle, fällt etwas zu Boden und huscht an meinem

Fuß vorbei. Ein Skorpion. Ich zerquetsche ihn unter meinem Stiefel.

Da ich plötzlich keine Lust mehr habe, mich hinzulegen, schlendere ich nach draußen, um eine letzte Zigarette zu rauchen.

Die Feuer der Kulis flackern rot in der Dunkelheit. An einem kauert Nima, eine Schale mit *tsampa* in der Hand, dem Gerstenbrei, von dem die Eingeborenen sich ernähren. Sein Blick ist wie im Gebet nach innen gerichtet. Bevor er zu essen anfängt, schnippt er ein Bröckchen in die Dunkelheit.

Herrje, was für eine Art, zu leben! Muss er denn vor jeder Mahlzeit ein Opfer darbringen? Wie kann er auch nur annehmen, dass ihm das etwas nützt?

Jemand hat den Kopf einer Ziege auf einen Felsbrocken in der Nähe gestellt. Vermutlich der Überrest unseres Abendessens. Im Dämmerlicht kann ich die dicke graue Zunge des Tiers ausmachen, die zwischen den Zähnen hervorlugt. Die halb geöffneten Augen beobachten mich tückisch. Daneben liegen ein Schlangenwurz und einige der weißen Friedhofsorchideen. Nicht schon wieder eine verdammte Opfergabe!

Mir reißt der Geduldsfaden. »Nima!«, rufe ich laut. »Komm sofort her und nimm das widerliche Ding da weg!«

Er springt auf und gehorcht.

Hinter ihm leuchtet die Spitze einer Zigarre auf. Cotterell schlendert zu mir herüber. »Schwierigkeiten, Dr. Pearce?«

»Jetzt nicht mehr«, entgegne ich spitz. Leider rast

mein Herz trotzdem. Als ich mir eine neue Zigarette anstecke, zittert meine Hand.

Cotterell verzieht das Gesicht, während er beobachtet, wie Nima den Ziegenkopf fortbringt. »Wahrscheinlich eine Opfergabe für den Berg«, murmelt er. »Die armen Teufel geben ihm die Schuld an allem: Unwetter, Sturmfluten, Erdbeben. Wenn ich richtig informiert bin, hat man sich früher nicht nur auf Ziegen beschränkt. Ist mit Ihnen auch sicher alles in Ordnung?«

»Bestens. Wirklich.«

Er streicht sich über den Schnurrbart und räuspert sich. »McLellan hat es beim Abendessen mit den Späßchen ein wenig übertrieben. Aber Sie dürfen sich das nicht zu Herzen nehmen. Der Mann hat nie eine Universität von innen gesehen, und das wurmt ihn. Doch er ist ein tüchtiger Offizier und ein guter Mensch.«

Cotterell ist zwar auf dem Holzweg, aber ich bin froh über den Themenwechsel und erkundige mich, warum McLellan sich der Expedition angeschlossen hat.

»Er ist Pfarrerssohn«, erwidert Cotterell und neigt sein Löwenhaupt. »In irgendeiner Gemeinde in Glasgow aufgewachsen. Sein Vater ist noch als Geistlicher tätig. McLellan hat mir erzählt, er selbst lese auch jeden Abend in der Bibel. Offenbar glaubt er, das Bergsteigen brächte ihn näher zu, äh, Gott.«

»Aha. Und Sie, Sir? Den Hunnen eins auswischen, richtig?«

Er lacht in sich hinein. »Tja, irgendwer muss sie ja zurechtstutzen! Die Brüder wollen Revanche, weil sie den Krieg verloren haben. Und das dürfen wir ihnen nicht durchgehen lassen. Wozu haben wir sonst gekämpft? Erst ging es um den Eiger. Und jetzt um diesen Berg hier. Sie haben es dreimal versucht und glauben deshalb jetzt, sie hätten ihn gepachtet.«

»Wie wir den Everest?«

Wieder lacht er. »Touché, Dr. Pearce. Und Sie? Kits sagt, Sie seien früher viel geklettert.«

»Wir sind von einer Tante großgezogen worden, die eine Schwäche für gescheiterte Helden hatte. Whymper und das Matterhorn und so weiter. Außerdem war sie selbst eine ziemlich versierte Bergsteigerin, und so haben wir die Ferien stets in den Alpen verbracht.«

»Und trotzdem ist nur Kits bei der Stange geblieben.«

»Da war die unbedeutende Kleinigkeit, dass ich meinen Lebensunterhalt verdienen musste, Sir.«

»Ach ja, natürlich. Also ist Kits gewissermaßen für Sie beide geklettert?«

Nein, würde ich ihm am liebsten antworten. Kits klettert nur für sich allein, und zwar weil er als Ältester ein Vermögen geerbt und zudem reich geheiratet hat.

»Wissen Sie«, fährt Cotterell fort, »ich habe schon mein Leben lang Berichte über den Himalaya gelesen. Im Schützengraben hatte ich eine Ausgabe von Freshfields *Alpine Journal* dabei.« Er kratzt sich am Haaransatz. »Ich war fünfzehn, als Lyell sich auf den Weg gemacht hat. An der Wand hatte ich eine Landkarte hängen. Da habe ich seine Positionen mit Stecknadeln markiert.«

»So wie ich bei Captain Scott.«

»Ja, bei Lyell waren Sie vermutlich noch zu jung.«

Ich lächle. »Knapp fünf.«

Wir rauchen schweigend.

Cotterell ist mir sympathisch. Ich halte ihn für einen Romantiker, so seltsam das nach seinen Erlebnissen im Schützengraben auch klingen mag. Allerdings scheint er diese Zeit einigermaßen unbeschadet überstanden zu haben. Mir kommt er noch immer vor wie der Schuljunge, der die Fortschritte seines Helden anhand einer Landkarte verfolgt.

»Kits hat mir erzählt, Sie hätten Ihre Bücher verloren«, meint er. »Ich habe etwas von Freshfield und von Smythe bei mir. Und natürlich Lyell. Ich leihe sie Ihnen gern, wenn Sie möchten.«

Meine heftige Reaktion trifft mich völlig unvorbereitet. Allein die Vorstellung erfüllt mich mit körperlichem Ekel. »Das ist wirklich nett von Ihnen, Sir«, erwidere ich mit mühsam beherrschter Stimme. »Aber ich halte das für wenig hilfreich. Wenn Sie mir die Bemerkung erlauben, betrachte ich diese Lektüre sogar als äußerst schädlich. Wir müssen uns auf die Aufgabe konzentrieren, die vor uns liegt, und dürfen uns nicht mit den Katastrophen der Vergangenheit verrückt machen. Insbesondere nicht mit der von Lyell.«

Er zieht an seiner Zigarre und nickt. »Vernünftig. Sehr vernünftig … Danke, Dr. Pearce. Ich gebe es weiter.« Er wünscht mir eine gute Nacht und schlendert ins Haus.

Ich folge ihm wenig später. Eine gründliche Suche mit der Taschenlampe fördert keine weiteren Skorpione zutage, sodass ich in meinen Schlafsack schlüpfe.

Trotz meiner Erschöpfung bin ich hellwach. Der Dschungel, der Teufelstanz, der Ziegenkopf auf dem Felsen ... Nicht zu vergessen Lyell. Ich kann die Vorstellung nicht ertragen, in die Fußstapfen von Toten zu treten. Ebenso wenig ertrage ich übrigens den Gedanken, dass Charles Tennant mich mit seinen völlig unbegründeten Ängsten angesteckt haben könnte.

Ein Glück, dass ich mit Cotterell gesprochen habe. Ein Glück, dass jetzt Schluss ist mit Lyell.

5

Inzwischen sind wir seit sieben Tagen unterwegs, und das Wetter geht mir auf die Nerven. Obwohl ich die Gegenwart der Berge in der dünnen Luft spüren kann, habe ich sie noch immer nicht gesehen.

Allerdings sind wir ihnen auf Gedeih und Verderb ausgeliefert. Bis jetzt haben sie uns Schneeregen, Hagel, Regen und Schnee geschickt, manchmal innerhalb einer Stunde alles nacheinander. Das Wetter schlägt ohne Vorwarnung um. Es spielt mit unserer Wahrnehmung und macht mich ganz kirre.

Im Moment haben wir eiskalten Nebel. Zwei Sherpas sind vorangegangen, um den Weg mit Steinhaufen zu markieren. Sie nennen sie »Steinmänner«. Wie geisterhafte Schemen erheben sie sich immer wieder aus dem Dunst. Vielleicht ist meine Stimmung deshalb im Keller, weil die Kulis schon wieder darüber murren, dass wir Lyells Route folgen. Es hat eine Ewigkeit gedauert, sie halbwegs zu beruhigen.

Die Ponys haben wir bereits im letzten Dorf zurückgelassen. Danach haben wir uns höher und höher vorangearbeitet, bis wir den Dschungel hinter uns hatten und uns einen Weg durch wirres Gestrüpp aus Zwergrhododendren schlagen konnten. Auf diese Weise haben wir eine triste Geröllandschaft erreicht. Ich werde das Gefühl nicht los, das alles könnte bloß ein Traum sein. Die Märchenwälder liegen weit unter uns. Inzwischen befinden wir uns in einer gespenstischen Welt, in der nicht auszumachende Geschöpfe herumspuken: Schneeleoparden, wilde Blauschafe, nicht zu vergessen die Geister und Hirngespinste, die der Fantasie unserer Kulis entspringen.

Für sie wimmelt die Wildnis nur so von diesen Kreaturen. Jeder Felsen, jeder Bach ist von seinem eigenen Dämon beseelt. Aus Angst vor den Feuergeistern weigern sie sich, Abfälle zu verbrennen, und nach Einbruch der Dunkelheit wagen sie sich kaum noch hinaus.

Selbst uns Weißen fällt es schwer, die gewaltigen Dimensionen unserer Umgebung zu erfassen. Wie Ameisen tasten wir uns um riesige Felsbrocken herum und überqueren tosende Gewässer, deren Dröhnen uns bis in die menschenleeren Täler verfolgt. Wir alle spüren unsere eigene Bedeutungslosigkeit. Nur dass wir dieses Gefühl mithilfe eines streng geregelten Tagesablaufs in Schach halten.

Um fünf weckt Nima mich mit einem Tee, während die Kulis schon umherhuschen wie Schatten, um das Lager abzubauen. Nach einem zweistündigen Marsch legen wir eine Frühstückspause ein: Eier mit Speck und *chuppaties* – das ungesäuerte einheimische Brot –, dick mit köstlicher Butter und Oxford-Orangenmarmelade bestrichen.

Unser Gepäcktross erinnert an das Gefolge eines mittelalterlichen Königs. Wir Sahibs tragen nur, was wir den Tag über brauchen (mein Rucksack ist allerdings wegen des Verbandskastens schwerer als der der anderen). Die Kulis jedoch leisten wahrhaft Erstaunliches. Jeder (und jede) trägt entweder eine hölzerne Packkiste oder Brennholz in einem spitz zulaufenden Korb, dem *doko*, auf dem Rücken. Eine Ladung wiegt sage und schreibe vierzig Kilo und ist an einem quer über die Stirn verlaufenden Gurt befestigt. Die Sehnen an ihren Hälsen treten hervor wie Seile. Die Auswirkungen auf die Halswirbelsäule der Armen male ich mir lieber nicht aus.

Das Mittagessen besteht aus Plasmon-Keksen mit Pâté aus der Dose und Kendal-Pfefferminzzucker. Danach marschieren wir weiter bis um vier, dann schlagen die Kulis das Lager auf. Cotterell und McLellan sichten den Proviant, während Garrard sich mit seinen Kameras und Kits sich mit seinen Gewehren beschäftigt. Gestern hat er zum Zeitvertreib einen Kleinpanda geschossen, meistens erlegt er aber Steinböcke und wilde Ziegen.

Da mich das ständige Zusammensein mit anderen Menschen anstrengt, mache ich mich oft allein mit dem Hund auf den Weg. Im letzten Dorf ist mein Pony ihm auf die Pfote getreten, und als ich abstieg, um mich zu vergewissern, dass nichts gebrochen war, hat er das offenbar falsch verstanden und ist mir gefolgt. Mit seinem unglaublich buschigen Fell sieht er aus wie eine Mischung aus Collie und Schaf, und er apportiert alles, was ich ihm zuwerfe, solange es kein Stöckchen ist. Ich nenne ihn Cedric, denn er hat die Angewohnheit, den

Kopf zur Seite zu neigen, was mich an den Ehemann meiner Cousine erinnert.

Um sieben nehmen wir, auf Packkisten sitzend, im Messezelt unser Abendessen ein. Da wir uns das Dosenfleisch für den Berg aufsparen, schlachten wir entweder eines der mitgebrachten Schafe oder laben uns an dem, was Kits erbeutet hat. Alles schmeckt nach Holzkohle und den Yakdung-Zigaretten unseres Kochs.

Es ist ein gutes Stück Arbeit, die allgemeine Verdauung auf Trab zu halten. Ich bestehe darauf, dass unsere *chuppaties* aus englischem Mehl gebacken werden müssen, da das der Eingeborenen vom Abrieb des Mahlsteins strotzt. Außerdem verordne ich Leberpillen wegen der Eisenversorgung und gekochten wilden Rhabarber fürs Vitamin C. Gestern schlug die Verstopfung zu, sodass ich Livingstone Rousers, Tabletten aus Chinin und Rhabarberextrakt, verteilen musste wie Bonbons.

Nachts ist es zu kalt zum Ausziehen, weshalb sich unsere Waschungen auf das beschränken, was Garrard so reizend als »Baden wie eine französische Hure« bezeichnet: nur unter den Achseln und im Schritt. Um acht liegen wir in unseren Zelten und schlafen wie die Toten.

Zumindest die anderen. Ich bin halb wach und führe noch immer Debatten mit Clare. Das ist einzig und allein meinem schlechten Gewissen geschuldet. Das arme Mädchen hat mich zwar nicht geliebt, aber es dennoch nicht verdient, in dieser Weise abserviert zu werden.

Auch die Albträume setzen mir unverändert zu. Inzwischen ist die Schneekugel von einem Charles Tennant mit Teufelsmaske abgelöst worden. Auch tagsüber schleicht er sich in meine Gedanken. Ich kann das Grauen in seinem Blick nicht vergessen.

Diese entsetzlichen Albträume. Ich glaube nicht, dass ich damit schon jemanden geweckt habe. Allerdings habe ich selbst hin und wieder jemanden im Nachbarzelt im Schlaf aufschreien gehört. Ich glaube, es war Cotterell. Vielleicht sitzt ihm der Schützengraben doch noch mehr in den Knochen, als ich dachte.

Möglicherweise liegt es jedoch auch an diesem Land, so wie bei mir. An der unwirklichen Atmosphäre.

Ich kann mir noch immer nicht erklären, wie es passiert ist.

Gestern haben wir auf knapp viertausend Metern in einer tristen Moorlandschaft namens Dzongri campiert, wo McLellan die meisten Kulis aus der Tiefebene ausbezahlt und die Yak-Treiber übernommen hat.

Ich war froh, Dzongri den Rücken zu kehren. Angeblich spukt es dort besonders schlimm, außerdem gefielen mir die Chörten nicht, die uns aus den Hügeln zu beobachten schienen.

Mit den Yaks schloss ich jedoch sofort Freundschaft. Sie ähneln kleinen, unbeschreiblich struppigen Rindern mit gewaltigen Hörnern und pferdeähnlichen Schwänzen. Am dumpfen Scheppern ihrer Glocken erkennt man immer, wo sie gerade sind, und sie sind so gutmütig wie Ochsen. Allerdings gibt es auch hier Ausnahmen …

Wir befanden uns auf halber Höhe einer steilwandigen Schlucht, als eines der Tiere in Panik geriet. Ich konnte alles genau beobachten. Das Yak hatte offenbar weiter oben in der Wand etwas bemerkt, fing aus heiterem Himmel an zu toben, bockte und rollte mit den weiß geränderten Augen. Ehe die Kulis es aufhalten konnten, stürmte es los und stürzte den ganzen Weg in die Tiefe, wo es zuckend und blökend liegen blieb. Ein Treiber kletterte schlitternd hinab und schnitt ihm mit seinem *kukri* die Kehle durch.

Die Kiste, die es getragen hatte, war völlig zerschmettert. »Gottverdammte Scheiße!«, fluchte Garrard. »Da waren das Funkgerät und die Filmkamera drin! Scheiße!«

»Das reicht«, rügte Cotterell, dessen Abneigung gegen Kraftausdrücke etwas Altjüngferliches hatte. »Auf dem Berg hätten wir vermutlich ohnehin keinen Empfang gehabt. Es hätte schlimmer kommen können.«

Allerdings nicht für den Yak-Treiber. Diese Männer sind so arm, dass sie nicht einmal eine Bettdecke besitzen und sich zum Schlafen in die Satteldecke ihrer Tiere einwickeln. Ich steckte dem Mann zwanzig Rupien zu, etwa drei Wochenlöhne, worauf er sich, das Geld mit beiden Händen umklammernd, vor mir verbeugte. Seine Unterwürfigkeit beschämte mich.

Das Yak wurde an Ort und Stelle zerlegt, und bald waren nur noch die Knochen und einige bläulich schimmernde Eingeweide übrig, die selbst die Kulis verschmähten. Außerdem natürlich ein großer scharlachroter Fleck auf den Felsen.

Gleichsam aus dem Nichts erschienen Raben. Sie

krächzten wie Unglücksboten, und ich musste Cedric festhalten, damit er ihnen nicht nachjagte.

Nima erklärte mir, dass Raben auf Nepalesisch *gorak* heißen. »Weiter oben gibt es noch mehr von ihnen, Doctor Sahib.« Ich konnte nicht feststellen, ob er das gut oder schlecht fand.

Noch immer frage ich mich, was das Yak so erschreckt hat. Da war nichts. Das weiß ich deshalb, weil ich exakt diese Stelle im Blick hatte, als das Tier durchging. Wodurch also war es derart in Panik geraten?

Noch dazu so *plötzlich*.

Eben hatte das Yak gelebt, nun war es tot. Das muss uns eine Warnung sein: Dieses Land ist gefährlich.

Nur dass es sich um eine *körperlich greifbare* Gefahr handelt. Und die schreckt mich nicht.

Ich kann mich an die Enge in meinem Zelt nicht gewöhnen.

Außerdem verabscheue ich es, wie sich der Strahl meiner Taschenlampe in die Dunkelheit bohrt, wenn ich mich in meinen Schlafsack winde. Hinzu kommen die in einem geschlossenen Raum gefangenen Geräusche: das Rascheln und Atmen. Wenn ich die Kordel um mein Gesicht zuziehe, bekomme ich Beklemmungen. Deshalb befindet sich mein Kopf zu guter Letzt stets außerhalb des Schlafsacks, und ich stülpe mir zusätzlich noch eine Sturmhaube über.

Zu allem Überfluss stinkt es heute Nacht in meinem Zelt. Mein Seesack gehörte auch zur Fracht des toten

Yaks. Nima hat sich zwar redlich Mühe gegeben, aber er riecht trotzdem noch nach Blut. Wenigstens ist der Inhalt unversehrt.

Vielleicht schlafe ich ja deshalb noch schlechter als sonst. Gedämpfte Stimmen und undeutlich wahrzunehmende Laute mischen sich in meine Träume, sodass ich mir ständig einbilde, vor meinem Zelt wäre jemand und würde dort – schweigend und bedrohlich nah – lauern. Obwohl das nur an meinem schlaftrunkenen Zustand liegt, ist es auf sonderbare Weise beängstigend. Genau das ist es, was ich an Zelten am allermeisten hasse: Man kann nicht sehen, was sich davor tut.

Gerade dämmere ich wieder ein, als ich von Hufgetrappel und dem Scheppern von Yak-Glocken aufgeschreckt werde.

Benommen lausche ich den unterdrückten Rufen und den raschen Schritten der barfüßigen Kulis. Es klingt, als liefe eines der Tiere im Lager Amok. Nun, ich bin zu schläfrig, um mich zu rühren. Außerdem kann mir in meinem Zelt nichts passieren.

Nein, falsch! Was, wenn das Yak über eine Zeltschnur stolpert? Und mich zerquetscht …?

Also quäle ich mich aus dem Schlafsack. Inzwischen ist das Tier aber davongetrampelt. Im Nachbarzelt murmelt Garrard etwas im Schlaf. Dann wird es erneut still.

Als ich das nächste Mal aus meinem Dämmerschlaf auftauche, ist es noch immer dunkel, und neben meinem Kopf bewegt sich etwas. Die Zeltwand hängt durch, sodass kaltes, muffiges Tuch mein Gesicht berührt. Aufstöhnend drücke ich den Stoff mit beiden Fäusten weg.

Im nächsten Moment bin ich hellwach. Doch es ist nur der Hund. Weil er nicht ins Zelt konnte, hat er sich unter den Zeltboden gezwängt.

»Hau ab, Cedric«, murmle ich, während sich mein Herzschlag wieder normalisiert. Draußen vor dem Zelt stemmt der Hund sich hoch und lässt sich wieder fallen, diesmal in der Nähe meiner Füße.

Den beißenden Geruch verbrennenden Rhododendrons in der Nase, liege ich da und lausche dem Knacken des Feuers und den leisen Stimmen der Kulis. Obwohl es erst in einer Stunde tagt, beschließe ich aufzustehen. Ich habe genug von Zelten.

Jeder Schatten lässt mich zusammenzucken. Das muss an der Höhe liegen. Inzwischen sind wir auf knapp viertausenddreihundert Meter. Bald erreichen wir den Kang La, den Pass, der hinüber zum Singalila-Kamm führt. Von dort aus geht es hinunter nach Nepal und auf den Gletscher.

Da werde ich sicher besser schlafen.

Milchige Wirbel aus Raureif bedecken den Pfad, und es herrscht leichter Schneefall, als wir das letzte Stück des Weges zum Kang La zurücklegen. Der Pass befindet sich auf knapp fünftausend Metern Höhe. Das ist fast so hoch wie der Mont Blanc. Bis jetzt schlage ich mich ziemlich wacker und bin nur ein wenig kurzatmig. Cedric, der neben mir hertrottet, scheint auch gut in Form zu sein. Ich mache mir lediglich Sorgen um die Kulis, denn die meisten von ihnen sind noch immer barfuß.

Die anderen Sahibs scheinen ebenfalls zu schwächeln. Cotterell keucht heftig, Garrard klagt über Kopfschmerzen, und Kits stürmt vorneweg, um seine Atemlosigkeit zu verbergen.

Als ich ihn eingeholt habe, erkundige ich mich nach seinem Befinden. »War noch nie besser«, japst er. Allerdings hat er Mundgeruch, was in mir den Verdacht weckt, dass er sich gerade hinter einem Felsen übergeben hat.

Da ich ihn nicht dazu aufstacheln will, sich noch mehr zu verausgaben, bleibe ich ein Stück zurück. »Wir sollten Rast machen und die Stiefel verteilen«, sage ich zu McLellan.

»Erst in Nepal«, stößt er atemlos hervor.

Fassungslos starre ich ihn an. So viel zum Thema christliche Nächstenliebe. »Jetzt übertreiben Sie es mal nicht, mein Guter! Es schneit, und diese Leute brauchen ...«

»Herrgott im Himmel, das können Sie getrost mir überlassen!« Inzwischen trägt er statt seines *topi* eine mit Schaffell gefütterte Pilotenkappe, mit der er aussieht wie eine übellaunige Version von Biggles, dem Fliegerass aus den Bildgeschichten. Außerdem ist ihm im Auge ein Äderchen geplatzt, das nun grellrot und sauerstoffgeschwängert leuchtet.

»Haben Sie Kopfschmerzen?«, frage ich streng. »Übelkeit?«

»Nicht jeder, der anderer Meinung ist als Sie, muss deshalb gleich krank sein!«

Ich drehe mich um und mache mich auf die Suche

nach Cotterell. »Lassen Sie bitte anhalten, Major. Die Kulis brauchen Stiefel.«

»Ist nicht mehr weit bis zum Pass«, keucht er. »Kann das also nicht ...«

»Nein, ich fürchte, es kann nicht, verdammt!«

McLellan kommt angetaumelt. Sein sommersprossiges Gesicht ist vor Zorn hochrot. »Was bilden Sie sich eigentlich ein, hinter meinem Rücken ...?«

»Das reicht«, unterbricht Cotterell. Ohne weiteres Wenn und Aber lässt er unter einem Felsvorsprung Rast machen und weist den Schotten an, die Stiefel zu verteilen.

Die Dankbarkeit der Kulis beschämt mich. Außerdem sorgt die Zwangspause dafür, dass sich McLellans Laune rasch bessert. Immerhin besitzt er den Anstand, verlegen zu wirken. Das ist gut, weil ich ihn als Übersetzer brauche. »Ich muss eine Ankündigung machen. Die Sahibs sollten sich das auch anhören«, füge ich vielsagend hinzu.

Nachdem sich die gesamte Mannschaft, von einer pelzigen Wand aus Yaks vor den Elementen geschützt, unter dem Felsvorsprung versammelt hat, bitte ich um Aufmerksamkeit.

»Die Höhenkrankheit«, rufe ich und halte inne, damit McLellan übersetzen kann, »schlägt *völlig wahllos* zu. Sie trifft ohne Unterschied Alte, Junge und Starke. Man ist kurzatmig. Man hat Kopfschmerzen. Man erbricht sich. Man kann nicht schlafen. Man träumt schlecht. Man wird reizbar.« Als ich McLellans Blick auffange, errötet er. »Ich kann etwas tun, damit es besser wird. Aber wenn sich der Zustand verschlimmert, ist die einzige Lösung, ein paar hundert Meter abzusteigen. Wer trotzdem weiter nach oben geht, stirbt.« Ich warte ab, bis sich das gesetzt hat. »Wer sich also krank fühlt, muss es mir sagen! Man ist dadurch nicht weniger Mann … oder Frau.« Ich gerate ins Stammeln, als ich die spöttische Miene einer hübschen Sherpani bemerke. »Hat das jeder verstanden?«

Allgemeines Gemurmel und Füßescharren.

»Gut. Ende des Vortrags.«

Damit wäre auch das erledigt. Ich fühle mich auch gleich um einiges besser. Dieser ganze Hokuspokus. Von wegen »unsichtbare Geister« oder »gefiederte Unglücksboten«. Und mich in meinem eigenen Zelt zu fürchten! Ich habe mir dieses Land zu nah kommen lassen. Das wird mir nicht wieder passieren.

Nachdem ich Garrard und McLellan Phenacetin gegen ihre Kopfschmerzen und Kits Bromid gegen Brechreiz verabreicht habe, marschieren wir weiter. Und dann, endlich, verdammt, hatten wir den Kang La hinter uns. Die Aussicht von dort oben soll ja »prachtvoll« sein – was auch sonst? –, wir aber kriegen nur wirbelnde Schneemassen zu Gesicht.

Es ist eine unbeschreibliche Erleichterung, wieder bergab zu gehen. Schon nach einigen Kilometern wird es wärmer. Im Schnee klaffen Lücken, hier und da lugen winzige blaue Enziane hervor. Cotterell lässt an einem einigermaßen ebenen Punkt zwischen einigen verkrüppelten Birken anhalten.

In meiner Erschöpfung bemerke ich erst nach einer Weile, dass der Wind auffrischt und dass die Kulis beim Aufschlagen des Lagers Tempo vorlegen. Der Himmel hat einen unheilverkündenden glasig-grünen Farbton angenommen, und von Norden her ziehen zusammengeballte dunkelgraue Wolken heran. Der Kangchenjunga schickt uns einen Sturm, damit wir seine Anwesenheit ja nicht vergessen.

Nicht einmal zum Abendessen bleibt genug Zeit. Ich höre bereits das Grollen des Donners, der sich entlang der Berge an uns anschleicht. Wir Sahibs schnappen uns unsere Teetassen und ein paar Stücke Früchtekuchen und flüchten uns in unsere Zelte.

Im nächsten Moment stimmt der Wind ein Geheul an, und Schnee peitscht mein Zelt, das flattert, als wäre es lebendig. Nein, das ist kein Schnee – das ist Hagel. Durch das winzige Zelluloidfensterchen in der vorderen Zeltklappe beobachte ich eine Birke, die sich, im grellblauen Schein eines Blitzes dem Dunkel entrissen, biegt wie ein Zweiglein. Ich verkrieche mich in meinem Schlafsack und umfasse mit beiden Händen meine Teetasse, während Cedric versucht, sich unter meinen Beinen zu verstecken. Blitze zucken, und der Donner lässt den Boden unter mir erbeben. Aber ich habe keine Angst. Stattdessen bin ich in Hochstimmung. Warum sollte ich mich fürchten, wenn ich ohnehin machtlos bin? Wenn mich der Blitz trifft, ist es im Handumdrehen aus und vorbei.

»Stephen!«, brüllt Kits aus dem Nachbarzelt. »Du solltest besser die Tasse wegstellen!«

Herrje, die Tasse ist aus Blech. Wahrscheinlich hat Kits im Schein eines Blitzes meinen Schatten gesehen. Nun lacht er laut und ich auch, während ich die Tasse von mir schleudere. Im nächsten Moment wird mir klar, wie unsinnig es ist, eine Blechtasse wegzuwerfen und dabei in einem Zelt mit Metallstangen zu sitzen, und ich muss noch lauter lachen. Die in ihren Zelten zusammengedrängten Kulis lachen ebenfalls, denn sie haben ebenso viel Spaß an dem Unwetter wie wir. Außerdem freut es mich diebisch, das Lyell, dieser Fatzke, auf seiner Expedition nie ein Gewitter erlebt hat. Nicht bei seinem »prachtvollen« Wetter. Dieser Sturm gehört nur uns allein.

Das Unwetter tobt weiter, und offenbar bin ich eingeschlafen, denn Nima weckt mich mit Tee und heißen, gebutterten *chuppaties*.

Es ist noch dunkel. Meine Zeltschnüre sind gefroren. Ich kann mich zwar nicht daran erinnern, aber anscheinend habe ich sie letzte Nacht mit einem Diebesknoten gesichert, weshalb ein kräftiger Ruck genügt, um sie zu öffnen.

Ich zwänge meine Füße in die steifen, kalten Stiefel und krabble, begleitet von Wolken aus gefrorenem Atem, hinaus ins Freie.

Das Lager ist unter einer glitzernden Schneedecke verborgen. Der Himmel ist klar, und unzählige Sterne funkeln so strahlend hell, dass ich keine Taschenlampe brauche.

Der Himmel ist klar! Endlich kann ich die dunklen Umrisse der Berge rings um mich herum ausmachen.

Schade, dass ich nicht weiß, welcher davon der Kangchenjunga ist.

Das Unwetter war Balsam für meine angespannten Nerven. So gut wie jetzt habe ich mich schon seit Monaten nicht mehr gefühlt. Und zum ersten Mal seit meiner Abreise aus England habe ich überhaupt nicht geträumt.

6

Seit dem Kang La sind die Kulis reizbar.

Immer wenn ich Nima nach dem Grund frage, erhalte ich eine andere Antwort. Es gefiele ihnen nicht, auf Lyells Spuren zu wandeln. Oder das *tsampa* werde knapp – »Und Ihr Essen können wir ja nicht essen, Doctor Sahib«. Eine andere Erklärung lautet schlichtweg: »Dieser Weg ist nicht gut.« Aber *warum nicht*? Ich werde den Verdacht nicht los, dass er mir etwas verschweigt.

Morgen kehren die Yak-Treiber in ihr Dorf zurück, und fünf unserer Sherpas wollen sich ihnen anschließen. Cotterell und McLellan geben sich größte Mühe, sie umzustimmen. Ich halte mich raus, denn ich würde die Angelegenheit nur verkomplizieren oder mit McLellan über Kreuz geraten.

Wir haben unser Lager etwas westlich vom Gletscher aufgeschlagen. Obwohl wir ihn wegen des hohen Rands der Moräne an seiner Flanke nicht sehen können, schickt er uns einen eisigen Wind, der unsere Zelte zum Flattern bringt. Der Lärm hat uns die ganze Nacht wach gehalten. In rund fünfzig Metern Entfernung am Fuß der Moräne markiert eine große Steinpyramide den Weg ins

Eis. Morgen werden wir daran vorbei und hinauf in den Gletscher steigen. Wenn man fliegen könnte wie ein *gorak*, wären es nur noch wenige Kilometer zur Südwestflanke des Kangchenjunga.

Wegen der Satellitengipfel können wir auch sie nicht sehen.

Heute Morgen sind wir jedoch zum ersten Mal hinter Darjeeling bei einem klaren Himmel aufgewacht – und da waren endlich all die gewaltigen Wächter vor uns, die den Weg zum Berg beschützen.

Cotterell hatte Tränen in den Augen. Der Traum vom Himalaya hat ihn in den Schützengräben am Leben erhalten. McLellan nahm den *topi* ab und stand wie gebannt da. Seine Lippen bewegten sich lautlos. Wäre er allein gewesen, wäre er sicher auf die Knie gefallen, um zu beten. Unterdessen torkelten Garrard, Kits und ich herum wie Betrunkene. Garrard lachte. Kits rief die Namen der Gipfel laut aus: »Jannu! Bokroh! Schau, Beak, da sind der Kabru und der Rathong. Und, mein Gott, der Koktang!«

»O mein Gott, o mein Gott«, flüsterte ich. Wohin ich mich auch wandte, aus allen Richtungen stürmten schwindelerregend hohe Spitzen aus Eis auf mich ein, die sich grellweiß vom kräftig blauen Himmel abhoben. Was für eine gewaltige Pracht! Ich fühlte mich wie erschlagen und konnte es kaum fassen. Die Vorstellung, dass jeder einzelne dieser Gipfel Tausende von Metern *niedriger* war als »unser« Berg, verschlug mir den Atem.

Bis zum heutigen Tag hatten sich besagte Gipfel gut versteckt. Dem Sturm auf dem Kang La waren viele regnerische und neblige Tage gefolgt. Wir waren durch in Wolken gehüllte Nadelwälder in Richtung Yalung River abgestiegen. Dieser floss zwar ruhig und trüb dahin, doch das Gewirr toter Bäume entlang der Ufer vermittelte uns einen beängstigenden Vorgeschmack auf den reißenden Strom, in den er sich während des Monsuns verwandeln wird. Also in wenigen Wochen …

Da die Brücke eingestürzt war, kämpfte sich der junge Pasang mit einem Seil auf die andere Seite. Beim Waten durch das eiskalte Wasser klammerten wir uns mit Leibeskräften an den gespannten Strick. Die Yaks stapften ungerührt vorwärts, und Nima trug Cedric in einem *doko*. Cotterell, den der Rheumatismus plagt, setzte auf dem Rücken seines Dieners über: ein eins achtzig großer Engländer huckepack auf einem zierlichen, schwankenden Sherpa …

Gestern sind wir an der Ruine eines Klosters vorbeigekommen, den letzten Spuren menschlichen Lebens auf unserem Weg. Obwohl es schon vor Jahrzehnten aufgegeben worden war, hatten wir den Eindruck, die Mönche seien gerade erst fortgegangen. Bemooste Inschriften schienen längst verstummte Gebete an den Berg zu raunen: *Bitte lass unsere Ernte nicht verderben! Bitte ertränke unser Dorf nicht …!* Das ist der Grund für die Angst der Kulis: Wir nähern uns dem Berg …

Während meine Kameraden weiter mit den Kulis debattieren, schlendere ich davon in Richtung Moräne. Der Gletscher übt eine unwiderstehliche Anziehung auf mich aus. Ich muss hinaufklettern und ihn mir ansehen.

Auf meinem Weg zur Steinpyramide liegt nur noch

hier und da Schnee, sodass häufig Grasbüschel aus dem Weiß ragen. Es ist das letzte Grün, das wir in den nächsten Wochen zu Gesicht kriegen werden. Cedric trottet hinter mir her und unternimmt gelegentlich einen vergeblichen Angriff auf einen *gorak*. Die Raben lassen ihn auf Schnappnähe an sich heran und erheben sich im letzten Moment unter höhnischem Gekrächze in die Luft.

Ich weiß nicht, was ich mit Cedric machen soll. Seit mein Pony ihm auf die Pfote getreten ist, fühle ich mich für ihn verantwortlich. Allerdings ist ein Gletscher kein Ort für einen Hund.

Zum ersten Mal seit Tagen ist mir heiß. Ich spüre, wie die Sonne mir durch das Flanellhemd auf die Schultern und trotz des Anglerhuts aus Leinen auf den Kopf brennt. Ich habe zwar alle dazu verdonnert, sich die Gesichter mit Gletschercreme von Penaten einzureiben, aber dummerweise meine Schneebrille im Zelt vergessen, sodass mir das grelle Licht jetzt Tränen in die Augen treibt. Hinzu kommt, dass ich schon kurzatmig bin, obwohl ich die Steinpyramide noch gar nicht erreicht habe. Liegt es an der Höhe? Schließlich geht es seit dem Fluss bergauf, und wir befinden uns inzwischen auf viertausendfünfhundert Metern.

Der Gipfel des Kangchenjunga ist über *achttausendfünfhundert Meter* hoch. Die Vorstellung versetzt mich in eine nahezu fiebrige Erregung, halb Vorfreude, halb Grauen.

Da sich der Wind weitgehend gelegt hat, schnappe ich Gesprächsfetzen aus dem Lager auf. »Nein, wir haben nicht für jeden eine Schneeausrüstung.« »Aber ich habe Ihnen doch gesagt, dass wir mehr als genug *tsampa* haben!«

Ich kehre den anderen den Rücken zu und bin wieder allein mit den Gipfeln. Sie haben etwas Wildes und Ungezähmtes an sich, das ich so in den Alpen nie empfunden habe, und scheinen Lichtjahre von mir entfernt zu sein.

Vermutlich liegt meine Stimmung daran, dass ich aus der modernen Welt der Telegramme, Flugzeuge und mehrerer täglicher Postzustellungen komme. Noch immer mutet es mich unwirklich an, hier einem Boten einen Brief mitgeben und mindestens einen Monat auf Antwort warten zu müssen.

Doch so außerweltlich mir dieser Ort auch vorkommen mag, er ist von Grund auf irdisch. Am meisten beunruhigt mich das völlige Fehlen von Spuren menschlichen Lebens. Auch in den Alpen habe ich mich gelegentlich allein gefühlt, selbst in dem sicheren Wissen, dass mich nur wenige Stunden von anderen Menschen trennten. Hier draußen könnten wir genauso gut auf dem Mond sein.

Gestern habe ich versucht, das den anderen begreiflich zu machen. »Von jetzt an gibt es nur noch uns und den Berg.«

Kits verdrehte die Augen, und Garrard grinste. »Tja, wenn du die Raben, Geier und wilden Schafe nicht mitrechnen willst.«

»Du weißt genau, was ich meine: andere Menschen.«

Die Moräne ist eine staubige graue Geröllhalde, etwa

dreißig Meter hoch und von Schneetauben bevölkert. Als ich unten ankomme, steigen sie auf, fliegen im Schwarm eine Kehre und lassen sich ein Stück weiter oben nieder.

Die Steinpyramide ist höher, als es vom Lager aus den Anschein hatte. Sie muss etwa drei Meter aufragen. An ihrem Fuß haben die Kulis die unvermeidlichen Opfergaben abgelegt: Weihrauch und Tellerchen mit *ghee*. Vor einiger Zeit hat jemand eine Bambusstange zwischen die Steine gerammt, an der schlaff eine Reihe zerschlissener Gebetsfähnchen hängt.

Steinpyramiden erinnern mich immer an eine Freundin von Tante Ruth, eine furchtlose Bergsteigerin, die in den 1890er-Jahren auf einem der kleineren Gipfel des Himalaya ein Transparent mit der Aufschrift *Votes for Women* entrollt hat. Dann hat sie ihre Visitenkarte in ein Marmeladenglas gesteckt und ihre Kulis angewiesen, darüber eine Steinpyramide zu errichten. Wie wundervoll viktorianisch, auf einem Berggipfel seine Visitenkarte zu hinterlassen.

Es weht kein Lüftchen. Die Gebetsfähnchen regen sich nicht.

Die andere Sache mit Steinpyramiden ist, dass mich stets der pietätlose Drang erfasst, sie abzutragen, um herauszufinden, was sich darunter verbirgt. Beiläufig ziehe ich einen Stein aus dem Sockel. Er ist mit rauen Flechten überwuchert, die unter meinem Daumen zu schwarzem Staub zerkrümeln. Mit dem vagen Gefühl, etwas Verbotenes getan zu haben, lege ich den Stein zurück.

Als ein *gorak* lautstark krächzend auf den Steinen landet, zucke ich zusammen.

Der Vogel fixiert mich mit einem wissenden Blick. Ich scheuche ihn weg und will schon Cedric ausschimpfen, weil er seine Pflichten vernachlässigt hat. Doch der Hund ist nicht da. Wahrscheinlich ist er zum Lager zurückgekehrt.

Der *gorak* ist weggeflogen. Die Schneetauben sind ebenfalls fort, sodass ich nun mit der Steinpyramide allein bin. Ich umrunde sie gemächlich.

Und dann …

… dann kriege ich den Schreck meines Lebens!

Etwa auf Augenhöhe hat jemand mit einem Stück Draht eine Plakette befestigt. Sie besteht aus zerbeultem Aluminium, vormals war sie offenbar ein Campingteller. Nun hat jemand mit einem rostigen Nagel eine Inschrift hineingehämmert: *Dr. Francis A. Yates, 33, d.xx.v. 1906.*

Hastig weiche ich zurück und wische mir die Handfläche an der Hose ab. Bis jetzt waren Lyell und seine Begleiter – mit Ausnahme des alten Tennant – für mich eher so etwas wie Romanfiguren. Nie habe ich einen Gedanken daran verschwendet, wo sie begraben sein könnten. Jetzt aber liegen sie vor mir, unter diesem Steinhaufen, den ich nie wieder berühren werde, die sterblichen Überreste eines Menschen. Eines Mannes, der fast in meinem Alter war, als der Berg ihn umgebracht hat.

Ich kenne nur das Gerippe (ein passendes Bild) der tragischen Handlung: Die Männer trennten bloß noch wenige hundert Meter vom Gipfel, als ein Schneesturm sie zum Aufgeben zwang. Tagelang waren sie in einem vorgelagerten Camp eingeschneit. Und als das Wetter aufklarte und sie sich an den Abstieg machten, ging eine Lawine ab. Lyell und Tennant nahmen mutig alle Gefahren auf sich, um die Toten und Verwundeten zu bergen – deswegen sind sie ja Helden –, aber die Verletzten starben trotzdem wenig später. Der bedauernswerte Dr. Yates war offenbar einer von ihnen.

Kam er hier, an der Stelle, wo wir campieren, zu Tode oder irgendwo auf dem Gletscher? Falls Letzteres der Fall gewesen sein sollte, wollte Lyell seine Leiche vermutlich lieber anständig begraben, als sie in einer Gletscherspalte zu versenken. Vielleicht war es ihm wichtig, seinen Kameraden unter Erde und Gras sowie außer Sichtweite des Berges seine letzte Ruhe finden zu lassen.

Doch was für ein schauerlich einsamer Ort für ein Grab! Seit dem Tag, an dem der Tote hier beerdigt worden war, hat keine andere Expedition dieses Tal betreten. Ich bin der erste lebende Mensch seit neunundzwanzig Jahren, der vor der Steinpyramide steht.

Obwohl das bei näherer Überlegung eigentlich keine Rolle spielt. Ein Grab erfüllt doch nur für die Lebenden einen Zweck, den Toten ist es einerlei, wo sie liegen. Oder nicht?

Aber ganz gleich, was ich mir einzureden versuche, die Vergangenheit rückt mir auf unangenehme Weise zu Leibe. Dieser Mann war Arzt, genau wie ich. Er hat die Strecke von Darjeeling hierher zurückgelegt, die auch ich gerade hinter mich gebracht habe. Dann hat er sich den Großteil des Berges hinaufgequält – nur um schließlich an diesem tristen Ort unter einem Haufen Steine zu enden. Das da in dem Grab könnte ebenso gut ich sein.

Wie aus heiterem Himmel werde ich von einem Gefühl überwältigender Einsamkeit ergriffen. Es ist kein friedliches und angenehmes Alleinsein. Nein, ich verspüre eine Verlassenheit, die mich anschreit.

Rasch pfeife ich nach Cedric, doch er kommt nicht. Im nächsten Moment bereue ich mein Pfeifen, denn das Echo scheint das Gefühl noch zu verstärken – was absolut lächerlich ist, denn das Lager ist nur fünfzig Meter entfernt.

Wolken verhüllen die Sonne, sodass das Licht einen kränklichen Grauton annimmt. Inzwischen habe ich nicht mehr die geringste Lust, auf die Moräne zu steigen. Die Luft fühlt sich schwer und drückend an. Beklemmend. Als ich mir eine Zigarette anzünde, höre ich, wie sich von hinten einer meiner Kameraden nähert. »Schaut, was ich gefunden habe«, sage ich zwischen zwei Zügen. »Da ist eine Plakette ...«

Es ist niemand da. Keine Menschenseele im Umkreis von fünfzig Metern.

Verdattert umrunde ich die Steinpyramide. Niemand.

Aber da war jemand. Ich habe doch seine Schritte gehört. Direkt hinter mir habe ich das Scharren von Stiefeln auf Geröll gehört. Und gewusst, dass da ein anderer Mensch ist. Ich hatte das unverwechselbare Gefühl, dass ich nicht allein war. Deshalb muss jemand da sein.

Als ich mir wieder mit der Hand über den Schenkel

wische, bleibt ein dunkler Fleck auf meiner Hose zurück. Ich weiche von der Steinpyramide zurück, räuspere mich und betrachte meine Zigarette.

»Stephen! Haaallllooo! Stephen!« Kits steht auf halber Höhe der Moräne.

Er kann es nicht gewesen sein, denn er ist zu weit weg.

»Aufwachen, Bodge! Was glotzt du denn so?«

Endlich finde ich die Sprache wieder. »Komm mal runter!«, stoße ich hervor. »Schau dir das an!«

Begleitet von klappernden Steinchen und einer Staubwolke, kommt er heruntergeschlittert. Wie ich es vorausgeahnt habe, ist er wegen der Plakette ganz aus dem Häuschen. Zum ersten Mal scheint einer seiner Helden zum Greifen nah.

»Yates«, haucht er ehrfürchtig. »Ich wusste, dass er irgendwo hier begraben ist, aber ich hätte nie gedacht ...« Aufgeregt ruft er nach Garrard, damit er Fotos macht, und sucht überglücklich nach dem kleinsten Stein, um ihn als Andenken einzustecken.

Ausnahmsweise bin ich froh über seinen Überschwang und seine Begeisterungsfähigkeit. Ich selbst könnte vor Scham im Erdboden versinken. Diese morbiden Grübeleien, was Dr. Yates angeht, müssen aufhören! Nicht auszudenken, wie gnadenlos Kits mich verspotten würde, wenn er davon erführe.

Und dennoch ist es bei genauerer Betrachtung nicht verwunderlich, dass dieser Ort eine leicht verstörende Wirkung auf mich hat. Er ist so abgelegen, dass er einen regelrecht zwingt, sich in einer Weise wie nie zuvor der eigenen Bedeutungslosigkeit zu stellen. Außerdem wird uns hier im Notfall niemand zu Hilfe kommen. Als Arzt weiß ich besser als jeder andere, wie wenig ich ausrichten könnte, sollte einer von uns erkranken. Oder gar stürzen. All das hat mir dieser gnadenlose Haufen Steine – dieses Mahnmal der Sterblichkeit – gerade mit geballter Wucht vor Augen geführt.

Daher wäre es im Grunde seltsam, wenn mich das *nicht* beunruhigen würde.

Vor Einbruch der Dunkelheit spaziere ich noch einmal zur Steinpyramide und lege drei kleine Steine dazu. Einen als Ersatz für Kits' Souvenir und zwei für ihn und für mich, denn man soll nicht an einem solchen Mahnmal vorbeigehen, ohne einen Stein hinzuzufügen. Das ist kein Aberglaube, sondern eine uralte Tradition, an die sich Bergsteiger auf der ganzen Welt halten.

Hinter den Gipfeln im Westen ist die Sonne untergegangen, und die Temperatur ist unter den Gefrierpunkt gesunken. Der Wind bläst mir Staub in die Augen, und die Gebetsfähnchen flattern verloren vor sich hin.

Vor allem bin ich zurückgekehrt, um mir zu beweisen, dass ich den Mut dazu habe. Dass es hier keine Schritte gibt und auch nie welche gab.

Nur Stille, bis auf das Sausen von Wind und Staub. Niemand steht hinter mir. Da ist nichts.

Vermutlich lautet die unangenehme Wahrheit, dass ich mich in meinem Hang zur Selbsttäuschung nicht von der Mehrheit meiner Mitmenschen unterscheide. Ich habe mir nämlich eingeredet, dass mich die Höhe nicht beeinträchtigt. Das ist ein Irrtum. Die Höhe, die Hitze und das grelle Licht, sie alle fordern ihren Tribut.

Und die Echos in diesem Tal sind so verdammt sonderbar.

7

Ich weiß, dass es keine gute Idee ist, etwas über Unglücksfälle auf diesem Berg zu lesen. Aber laut Kits nähern wir uns der nächsten Steinpyramide, und ich will mich gegen erneuten Hokuspokus wappnen.

Was ich mit Hokuspokus meine? Nun, sicher nicht, dass ich mir die Echos nur eingebildet habe, denn die waren echt. Aber mir kommt es darauf an, zu beweisen, dass es einzig die Unwissenheit ist, die den Schatten Zutritt gewährt. Ein schemenhaftes Vorbeihuschen liefert dem Verstand Stoff für Albträume. Doch sobald man Licht macht, verwandelt sich die flüchtige Erscheinung – oder in meinem Fall ein Echo – in etwas, das man vernünftig erklären kann. Und schon ist der Verstand beruhigt.

Jedenfalls habe ich mir Cotterells kurze Geschichte des Bergsteigens im Himalaya ausgeliehen. Nur wenige Seiten darin behandeln den Kangchenjunga, aber mehr will ich auch gar nicht wissen: keine Details, nur die Fakten.

Und die sind, weiß Gott, entsetzlich genug. Alle Berge können töten, doch unserer ist offenbar gefährlicher als die meisten anderen. In den dreißig Jahren, die weiße Männer nun schon versuchen, ihn zu bezwingen, hat der Kangchenjunga einundzwanzig Menschenleben gefordert.

Eine Expedition unter Schweizer Leitung wagte 1905 den ersten Versuch und verlor vier Mitglieder, allerdings leider nicht Crowley, diesen Widerling, der sich weigerte, sein Zelt zu verlassen, um seine sterbenden Sherpas zu retten. Im Jahr 1929 machte sich ein Amerikaner allein auf den Weg und ward nie mehr gesehen. Also war ich doch nicht der Erste an Yates' Grab. Der Yankee muss vor sechs Jahren auch hier gewesen sein. Danach, in den Dreißigern, nahm die riesige Dyhrenfurth/Smythe-Expedition die Nordwand in Angriff und büßte drei Teilnehmer ein. Und 1931 versuchte Bauer, ebenfalls am Nordgrat, einen weiteren Anlauf, was vier seiner Kameraden das Leben kostete.

Im Jahr 1906 konnte Lyell mit neun Todesopfern einen zweifelhaften Rekord für sich verbuchen. Vielleicht erklärt das, warum die Menschen so fasziniert von ihm sind. Dies und die Tatsache, dass er es bis kurz vor den Gipfel geschafft hat, was eine besonders grausame Ironie des Schicksals ist. Doch als ich, bewaffnet mit einer Taschenlampe und Cotterells Büchlein, in meinen Schlafsack schlüpfe, löst das Schicksal dieser Männer bei mir das gleiche wohlige Gruseln aus wie bei allen anderen.

Sie waren auf gut sechstausendsiebenhundert Meter gekommen, als, wie so oft in dieser Höhe, ein unbedeutender Fehler zu einer Katastrophe führte. Gerade hatten sie eine kurze Rast eingelegt, als einer der Teilnehmer versehentlich seinen Rucksack umwarf, sodass dieser etwa einen Meter außerhalb seiner Reichweite landete. Dann machte er alles noch schlimmer, indem er versuchte, ihn allein zurückzuholen, abrutschte und in den Tod stürzte. Nach jenem tragischen Unglück wendete sich offenbar das Blatt, denn kurz darauf wurden die Männer von einem Schneesturm gezwungen, den Aufstieg abzubrechen. Sie mussten sich in ein tiefer gelegenes Lager zurückziehen, wo sie drei Tage lang eingeschneit festsaßen.

Drei Tage auf sechstausendsiebenhundert Metern! Und das im Jahr 1906, vor der Erfindung der Sauerstoffflasche. Gegen die Höhenkrankheit gab es damals nur Cognac und gefüllte Kola-Kekse.

Endlich klarte das Wetter auf, doch als sie sich an den Abstieg machen, ging eine Lawine ab. Edmund Lyell und Charles Tennant blieben unversehrt; die anderen wurden von den Schneemassen verschlungen. Was Lyell einen Ehrenplatz in den Bergsteiger-Annalen eingebracht hat, war seine verbissene Entschlossenheit, seine verunglückten Kameraden nicht im Stich zu lassen. Er und Tennant trotzten Erfrierungen, Eisregen und einem Aufstand der Kulis und entdeckten schließlich zwei Tote und zwei Überlebende, die jedoch schwer verletzt waren. Nachdem sie die Toten am Fuß des Berges begraben hatten, traten sie mit den Verwundeten den Weg ins Tal an. Leider verstarben alle beide auf dem Marsch den Yalung-Gletscher hinab.

Ich klappe das Buch zu, zünde mir noch eine Zigarette an und trinke einen Schluck Brandy aus meiner Taschenflasche. Da ist es wieder, das heroische Scheitern, das wir Briten so meisterlich beherrschen. Doch trotz meines Zynismus' kann ich verstehen, warum Garrard und Kits Lyell so verehren. Es war in der Tat eine beachtliche Leistung.

Es fällt mir beängstigend leicht, mir die Ereignisse auszumalen. Die Freude, zwei Kameraden lebend im Schnee zu finden. Die langsam schwindende Hoffnung und zu guter Letzt die Verzweiflung, als erst Stratton, dann Yates unterwegs starben.

Genug davon. So etwas ist kontraproduktiv.

Laut Kits ist es bis zu Strattons Steinpyramide nicht mehr weit.

Wie ich zugeben muss, bin ich enttäuscht. Der Gletscher ist einfach nur hässlich. So viel zum Thema funkelnde Eiszapfen! Er besteht leider aus nichts als Geröll. Der ganze verdammte Yalung-Gletscher ist mit schmuddeligem grauem Schotter bedeckt wie eine gewaltige Schutthalde.

Offenbar ist das typisch für Himalaya-Gletscher – »Was du hättest wissen können«, wie Kits überfreundlich anmerkt, »wenn du dir die Mühe gemacht hättest, etwas darüber zu lesen.« Tja, habe ich aber nicht. Und vielen Dank, dass du mich nicht vorgewarnt hast.

Schon zwei Tage, und wir haben noch nicht einmal zehn Kilometer geschafft. Der Gletscher schleudert uns Hindernisse in den Weg, als habe er es auf uns abgesehen. Anhöhen, Felsspalten und Felsbrocken, so groß wie Kathedralen. Überdies gestattet er uns auch nicht den winzigsten Blick auf den Berg.

Ich bleibe, wo ich am meisten gebraucht werde, also beim Gepäcktross. Cedric trottet neben mir her. Ich habe es nicht über mich gebracht, ihn mit den Yak-Treibern wegzuschicken. Er scheint sich auf dem Gletscher gut zurechtzufinden und weiß instinktiv, wie man Felsspalten meidet.

Die anderen Sahibs bilden die Vorhut und marschieren mit vier Sherpas, die Pfosten in den Boden rammen, an den schwierigen Stellen Seile spannen und die Route mit Steinhaufen markieren. Noch mehr von diesen gottverdammten Steinen! Ich wünschte, sie würden Fahnen nehmen ...

Inzwischen haben wir Dutzende von Spalten überquert. Zum Glück hat McLellan an Leitern gedacht. Sie biegen sich bedenklich, wenn wir darüber gehen oder kriechen, wobei wir uns bemühen, nicht auf das dumpfe Gurgeln aus dem Abgrund zu achten. Natürlich sind wir angeseilt, aber es ist Ehrensache, nicht ins Schwanken zu geraten, was mit einem in seiner Schlaufe hin und her schwingenden Eispickel an der Seite eine ziemliche Herausforderung bedeutet. Insbesondere dann, wenn man Nima hinter sich weiß, mit Cedric in seinem *doko* und ständig Gebete gegen den *mirgút* vor sich hin murmelnd. Das ist übrigens eine Art Yeti, der in den Tiefen lauert und Menschen ins Verderben reißt.

Ich bin zu dem Schluss gekommen, dass es das Beste ist, mich mit Nimas Aberglauben abzufinden. Vor allem, wenn man bedenkt, dass er nicht das Einzige ist, was seine Persönlichkeit ausmacht. Ich glaube, er und Pasang sind miteinander verwandt, auch wenn man das angesichts ihres Äußeren nie vermuten würde: Der junge Pasang ist ungewöhnlich gut aussehend und hat markante Züge und eine schmale Nase, um die ihn jeder Erzherzog beneiden würde. Dennoch behandelt der Gehilfe den älteren *sidar* mit Respekt. Ebenso wie die anderen Sherpas. Allmählich verstehe ich den Grund. Gestern marschierte ich über ein ganz besonders schwieriges Gelände hinter Nima her. Sobald ich die Füße an dieselben Stellen setzte wie er, wurde es gleich viel weniger anstrengend.

Ich werde vor Freude Luftsprünge machen, wenn wir diesen Gletscher endlich hinter uns haben. Nachts sacken die Temperaturen auf minus zwanzig Grad ab, während tagsüber eine sengende Hitze herrscht. Von Erfrierungen zum Sonnenstich innerhalb von dreißig Minuten.

Inzwischen entwickle ich mich ein wenig zum Erbsenzähler. Aber anders geht es wohl nicht, schließlich ist es meine Pflicht, stets die allgemeine Gesundheit im Blick zu behalten. Ständig predige ich den anderen, etwas zu trinken, auch wenn sie keinen Durst haben. Außerdem habe ich sie dazu verdonnert, ein zusätzliches Hemd im Rucksack mit sich zu führen und sich umzuziehen, sobald wir Rast machen, damit sie sich nicht erkälten. Ich bestehe auch auf Schneebrillen und Gletschercreme, insbesondere bei McLellan wegen seiner sommersprossigen Haut und bei Garrard wegen seines schütteren hellen Haars und der Hakennase (die sich natürlich schon schält). Mit unseren weißen Gesichtern und den stumpfen schwarzen Augen ähneln wir Sahibs den Geistern aus dem Teufelstanz – jedenfalls wenn man sie sich mit Bärten vorstellt.

Am meisten macht mir jedoch zu schaffen, dass sich keine Brise regt, sodass die Luft sich schwer und sonderbar leblos um uns legt. Ich habe zwar schon etwas zum Thema »Gletschermüdigkeit« gelesen – offenbar eine Spezialität des Himalaya –, hätte sie mir aber nicht so unangenehm vorgestellt. Pochende Kopfschmerzen plagen mich, und ständig bin ich schlapp.

Wenn wir nachmittags unser Lager aufschlagen, beobachten uns die Satellitengipfel mit strafenden Blicken. Zu ihren Füßen erstrecken sich still und weit unbewohnte Täler. Hin und wieder donnert es in der Ferne, wenn sich eine Lawine den Weg nach unten bahnt. Deshalb halten wir uns auch stets in der Mitte.

Nachts lärmt es dagegen unablässig. Wenn keine Lawine zu hören ist, dann das Eis, das rings um uns ächzt und stöhnt, als versuchte etwas darin Eingeschlossenes, sich zu befreien. Wahrscheinlich würde ich mir darüber Gedanken machen, wenn ich mich nicht so furchtbar unwohl fühlen würde.

Den anderen scheint es, wie ich neiderfüllt feststellen muss, weniger miserabel zu gehen als mir. Und so tue ich genau das, was ich ihnen strikt verboten habe, nämlich vorzugeben, dass alles in bester Ordnung sei. Ich verteile an die Kulis Aspirin gegen die Kopfschmerzen, an Garrard und McLellan Ammoniumchlorid gegen leichte Abgeschlagenheit und an Cotterell Bromid, denn seine Verfassung ist ein wenig schlechter. Natürlich strotzt Kits, dieser gottverdammte Scheißkerl, nur so vor Lebensfreude. (Rasches Aufbrausen ist auch ein Symptom, und ich sollte mir wirklich die Kraftausdrücke abgewöhnen, aber da sie helfen, behalte ich sie vermutlich bei.)

Das einzig Gute ist, dass ich gerade an Strattons Steinpyramide vorbeigekommen bin, ohne es zu bemerken. Es wurde mir erst klar, als ich mich umdrehte und feststellte, dass Garrard und Kits sie fotografierten. Um der Tradition Genüge zu tun, habe ich Nima zurückgeschickt, damit er an meiner statt einen Stein ablegt. Zu meiner Erleichterung ist Cedric an den Steinen vorbeigetrottet, ohne sie eines Blickes zu würdigen. Also spürt er offenbar nichts Sonderbares.

Nein, selbstverständlich nicht, denn es ist ja nur ein Haufen Steine. Ich gebe unserem Kinderfräulein von einst die Schuld daran, dass ich überhaupt so einen Unsinn denke. Sie pflegte zu sagen, die Menschen schichteten Steinpyramiden auf, um die Toten am Umherwandeln zu hindern. Was für ein dummes Gewäsch! Es ärgert mich, dass mir das ausgerechnet jetzt einfällt.

Ich kann es kaum fassen, wie viel besser ich mich fühle. Die Kopfschmerzen sind weg. Außerdem hat es über Nacht geschneit, und der Gletscher hat sich völlig verwandelt. Den ganzen Tag tasten wir uns schon um die von mir so heiß ersehnten Eiszapfen herum. Einige sind von einem unwirklich grellen Weiß, während andere sonderbar bläulich schimmern, als hätte der Wind sie blank poliert. Außerdem gibt es hier auch Seen von einem so absolut blauen Blau, wie es mir noch nie zuvor untergekommen ist.

Der Schnee ist kniehoch. Doch da die Vorhut uns einen Weg bahnt, haben wir im Gepäcktross es leichter. »Hier könnte man einen Kinderwagen hochschieben, ohne dass dem Baby der Po wund gescheuert würde«, merkt McLellan an.

An diesem Nachmittag haben wir unser Lager am östlichen Rand des Gletschers hinter einem großen Vorsprung der Moräne aufgeschlagen, die uns hoffentlich vor den Lawinen schützen wird. Inzwischen haben wir den Kabru hinter uns, und rechts von uns erhebt sich der Talung-Gletscher. Nun sind es nur noch wenige Kilometer bis zu unserem Berg, dem Kangchenjunga, doch sehen können wir ihn noch immer nicht.

Es ist ein prachtvoller Nachmittag. Gerade habe ich traumhafte zwei Stunden allein in meinem Zelt verbracht und meine Pulskurven ausgewertet. Nach Wochen der unfreiwilligen Kameradschaft empfinde ich diese kleine Auszeit als erholsam und als Gelegenheit zum Auftanken.

Während die anderen noch im Messezelt Tee trinken

(und Cedric schamlos um Leckerbissen bettelt), mache ich mich auf den Weg zum Felsvorsprung, um festzustellen, was man von dort aus sehen kann. Damit meine ich natürlich den Berg, auch wenn ich nicht wage, es auszusprechen, nicht einmal vor mir selbst. Das könnte Unglück bringen, mit dem Ergebnis, dass ich ihn wieder nicht zu Gesicht bekomme.

Obwohl wir uns auf fast fünftausendzweihundert Metern Höhe befinden, bin ich gut in Form. Die schauerliche Gletschermüdigkeit ist verflogen, sodass ich auf meinem Weg die mit Geröll übersäte Moräne hinauf laut und kräftig durchatmen kann. Aus der Ferne weht ein Geräusch heran, das an einen Schnellzug erinnert. Wahrscheinlich ist das der Wind, der durch die Gipfel braust. Die Sonne brennt zwar vom Himmel, doch eine kühle westliche Brise verhindert, dass ich ins Schwitzen gerate. Hier ist die Luft nicht tot!

Etwa sieben Meter über mir zankt sich in der Felswand ein Schwarm Steindohlen. Nachdem ich die Vögel verscheucht habe, stoße ich auf einige verstreute gebleichte Knochen. Offenbar die Überreste eines der wilden Blauschafe, die in Wirklichkeit gar nicht blau, sondern enttäuschenderweise grau sind. Da ich außer Atem bin, setze ich mich neben die Knochen auf den Boden. Und plötzlich ist er da. Der Kangchenjunga.

Kein Foto ist in der Lage, einen Eindruck von seiner Wucht zu vermitteln. Von meinem Aussichtspunkt auf dem Vorsprung aus erstreckt sich der Gletscher wie eine majestätisch schimmernde Straße bis hin zum Berg – eine Beschreibung, die etwas in menschliche Kategorien fasst, das überhaupt nichts Menschliches an sich hat. Immer höher wandert mein Blick, vorbei an kühnen dunkelroten Abgründen und blendend weißem Eis, bis hinauf zu den makellosen Gipfeln. Auf dem höchsten flattert eine Fahne aus vom Wind verwehten Schnee in einen Himmel hinein, der so tiefblau ist, dass er beinahe schwarz wirkt.

Der Kangchenjunga.

Es trifft mich mitten ins Herz, sodass ich nach Luft schnappe. Wie habe ich das nicht spüren können? Sein Anblick sorgt dafür, dass mein erwachsenes Ich schlagartig von mir abfällt und ich wieder ein kleiner Junge bin, der ehrfürchtig den Glasberg aus dem Märchen bestaunt. Niemals war sie fort, stets hat sie tief in mir geruht, diese Sehnsucht nach dem Gipfel. *Wie Musik, die man sehen kann*, hat ein Alpinist einmal gesagt.

Genau deshalb bin ich hier. Nicht, um dem Tohuwabohu zu Hause zu entrinnen, sondern einzig wegen dieses Anblicks. Es ging mir nur um ihn.

Als mich jemand an der Schulter berührt, fahre ich mit einem Aufschrei herum.

Es sind Garrard und Kits. An der Verwandlung in Garrards hässlichem Gesicht erkenne ich, dass er genauso empfindet wie ich. »M… mein Gott«, stammelt er. »Lyell hatte recht … Damit kann kein anderer Berg sich messen.«

Kits wischt sich mit einem Taschentuch über die Stirn und lacht verlegen auf. »Ziemlich groß, was?«

Garrard, stets der treue Freund, zwingt sich zu einem nachsichtigen Lächeln. Im Gegensatz zu mir. Ich kann das nicht. Außerdem habe ich einen Kloß im Hals, sodass ich keinen Ton herausbringe.

Kits bedenkt mich mit einem augenrollenden Blick. Für ihn ist Gefühlsduselei etwas Ähnliches wie öffentliche Unzucht.

Während wir noch auf den Berg starren, ertönt in der Ferne ein Knall. Eine Eisplatte löst sich von der Wand des Giganten, zerschellt auf den Felsen weiter unten zu Pulver und lässt eine gewaltige weiße Schneewolke emporstieben. Der Kangchenjunga demonstriert uns seine Macht.

Während Garrard und ich einander besorgt anschauen, betrachtet Kits, Bergsteiger vom Scheitel bis zur Sohle, den Hang bereits durch sein Fernglas.

Als ich auch einmal sehen will, reagiert er nicht. Ich muss einen Anflug von Ärger unterdrücken, weil ich zum lästigen kleinen Bruder heruntergestuft worden bin: *Oh, Kits, bitte, bitte, darf ich auch mal!*

Endlich reicht er mir das Fernglas, und es erschreckt mich, den Berg gleichsam aus der Nähe zu sehen. Was mir mit dem bloßen Auge wunderschön erschien, ist in Wirklichkeit das nackte Grauen. In den höchsten Gipfeln tobt ein Schneesturm. Ich kann den heulenden Wind beinahe hören. Darunter erstreckt sich eine mörderische Wand bis zu einem gewaltigen Eisschelf, das quer über den Hang verläuft. Von dort aus führen schwindelerregend steile rote Granitfelsen Hunderte von Metern in die Tiefe. Links davon ergießt sich wie ein gewaltiger gefrorener Wasserfall Eis von der Kante des Schelfs, vorbei an einem massiven dreieckigen Vorbau aus kahlem schwarzem Felsgestein hinunter zum Gletscher.

Allerdings schürt die schiere Gnadenlosigkeit des Berges mein Verlangen nur noch weiter. Kits und sein Plan, mich vom Sturm auf den Gipfel auszuschließen, können mir mal den Buckel runterrutschen. Denn genau deshalb bin ich hier.

Nur deshalb.

8

Endlich im Basislager!

Obwohl wir erst seit wenigen Stunden hier sind, fühle ich mich schon wie zu Hause. Rings um die Zelte der Sahibs und auch um das Messezelt haben wir einen Windschutz aus Packkisten aufgebaut. Ein Stück weiter in Windrichtung befinden sich die Unterkünfte der Kulis, die Feldküche und unser Vorratslager. Von nun an ist das hier unsere Kommandozentrale: eine Insel der Sicherheit inmitten gewaltiger Weiten.

Eigentlich wollten Cotterell und McLellan das Lager auf dem felsigen Hügel gleich links neben dem Vorbau aufschlagen, weil wir von dort aus aufbrechen werden. Auch Kits war dafür, denn schließlich ist das der Platz von Lyells Lager. Nur dass die Kulis sich rundheraus geweigert haben, da sich dort auch die letzten Gräber von Lyells Expedition befinden. Dem Himmel sei Dank! Wer will denn schon im Meer der Gegenwart die Haifischflosse der Vergangenheit aufblitzen sehen?

Deshalb campieren wir einen knappen Kilometer vom Vorbau entfernt, was heißt, dass wir uns zwar noch auf dem Gletscher befinden, aber von einigen riesigen Felsen vor herannahenden Geröllawinen geschützt werden. Links und rechts hinter uns erheben sich die Satellitengipfel. Vor uns ragt das Ehrfurcht gebietende Gesicht des Berges auf. Rechts davon führt ein sattelförmiger Kamm erst nach unten und dann hinauf zum kleineren Gipfel des Talung. Dort, irgendwo auf diesem Sattel, hat der einsame Yankee den Tod gefunden.

Es ist ein von Lärm und kalter Luft erfülltes Lager: das Grollen von Lawinen, das unablässige Knattern von Leinwand, das Heulen des Windes, der in der Ferne über das Gesicht des Berges streicht.

Unmittelbar vor uns erhebt sich der gewaltige schwarze Klotz des Vorbaus, wo der Eisfall in willkürlich aufeinandergestapelten Stufen hoch in die schwindelerregenden Höhen des Großen Eisschelfs führt. Der Gipfel ist kaum auszumachen. Die Sherpas nennen ihn *Takste*, Tigergipfel, weil er bei Sonnenaufgang als Erster zu glühen beginnt.

Wir befinden uns so nah am Gesicht des Berges, dass ich es durch das Zelluloidfenster in meiner Zeltklappe nicht sehen kann. Stattdessen habe ich Blick auf einen kleinen, reglosen See, ein Stück vom Lager entfernt. Der See gefällt mir gar nicht, er ist zu reglos. Aber was will man machen?

Da wir inzwischen auf fünftausendfünfhundert Metern Höhe sind, habe ich auf einer Ruhepause von drei Tagen bestanden, damit wir uns akklimatisieren können. Ich habe den Verdacht, dass alle insgeheim erleichtert sind, sogar McLellan, der ausnahmsweise nichts dagegen zu haben scheint, von seinem Zeitplan abzuweichen.

Gerade haben wir uns ein köstliches Mittagessen aus gepökelter Ochsenzunge, Makkaroni mit Käsesoße, Spinat, Ananas aus der Dose, Rübenkraut und Garibaldi-Johannisbeerkeksen genehmigt. Nun sitzen wir gemütlich vor dem Messezelt in der Sonne. Eigentlich schwer vorstellbar, dass ich mich in Darjeeling noch wie der Neue in der Schule gefühlt habe. Inzwischen gehöre ich, glaube ich, dazu, auch wenn mir die Feuerprobe des Aufstiegs noch bevorsteht.

Dass wir mit unseren Leinenhüten, Autohelmen, Cricket-Pullovern, Troyern, den Schals mit dem Emblem unserer Schulmannschaft, Kniebundhosen, Hosenträgern und Wickelgamaschen alle ziemlich abenteuerlich aussehen, ist ein guter Gleichmacher. Unsere Bärte, die Garrard als »Gestrüpp« bezeichnet, sind inzwischen zottig geworden. Seiner ist hell und weich, der von Kits dicht und braun und der von Cotterell auffällig weiß. (Es macht ihn älter, was ihm, glaube ich, gar nicht recht ist.) Obwohl wir uns dick mit Penatencreme eingeschmiert haben, zeigen unsere Gesichter darunter die Farbe von Mahagoni. Nur bei McLellan schält sich die rosige Haut schon und bildet einen auffälligen Kontrast zu seinem karottenroten Bart.

Er schreibt einen Brief an seine Verlobte, die Missionarin ist. Cotterell raucht Pfeife. Garrard tippt auf seiner Schreibmaschine ein paar Zeilen für die *Times*. Und Kits kämpft mit seinem tragbaren Grammofon – zum Glück bis jetzt ohne Erfolg. Ich bürste Cedric. Anfangs hat er erschrocken reagiert, denn er ist vermutlich noch nie im Leben gebürstet worden. Doch inzwischen genießt er es, schließt die Augen und legt die Ohren an.

Plötzlich ertönt ein markerschütternder Knall. Als ich nach oben schaue, sehe ich, wie eine gewaltige Eisplatte vom Schelf abbricht, geradezu irrsinnig schnell in den Abgrund kracht, auf die Felsen prallt und zerschellt. Der Rest des Schauspiels entgeht mir, weil ich mich wie die anderen ins Messezelt flüchte.

Einige Sekunden später kommt die Stoßwelle, die dröhnend durchs Lager braust und das Zelt erschüttert.

Das Ganze dauert nicht lang genug, um sich zu fürchten, denn wenige Sekunden später ist es schon wieder vorbei. Wir starren einander an und lauschen dem verhallenden Grollen nach.

Das Lager ist zwar unter einer mehrere Zentimeter dicken Schneeschicht begraben, aber die riesigen Felsen haben ihre Pflicht getan und uns vor Geröll geschützt. Die Kulis nehmen es bemerkenswert gelassen und sind schon dabei, unsere Sachen abzustauben. »*Tchum*«, erklärt Lobsang überflüssigerweise. Lawine.

Es ist niemand verletzt worden. Selbst Cedric schüttelt sich nur. Außerdem haben wir bis auf Kits Grammofon kein Stück unserer Ausrüstung verloren. Dennoch herrscht eine Weile Schweigen. Wir alle denken an die Gräber auf der Anhöhe und daran, was eine Lawine einem Menschen antun kann. Der Berg hat uns eine Warnung geschickt: *Das habe ich mit den letzten Witzfiguren gemacht, die mich stören wollten.*

»Die armen Teufel«, sagt Garrard leise.

Cotterell mustert unsere angespannten Gesichter und

räuspert sich. »Eine Runde Cribbage«, schlägt er in forschem Ton vor.

»Und Brandy zu medizinischen Zwecken«, füge ich hinzu.

Das Motto lautet, Ruhe bewahren. Es nützt nichts, sich in der Vergangenheit zu suhlen. Natürlich tut mir leid, was Lyell zugestoßen ist. Das geht uns allen so. Doch das war damals, und heute ist heute.

Meine Kopfschmerzen haben sich mit Wucht zurückgemeldet. Glühend heiße Nadeln bohren sich mir in den Schädel, und das kleinste Geräusch verursacht mir Höllenqualen: Nima, wie er in seine grässliche Flöte bläst. Kits' Pfeifen, wenn er die fünfzehn Meter hohen Felsen rings um das Lager hinauf- und hinunterklettert. Er behauptet, er wolle »nicht aus der Übung kommen«. Doch in Wahrheit will er nur angeben.

Außerdem habe ich Durchfall. Ich habe den Gang zur Latrinengrube vor mir hergeschoben, doch nun kann ich es nicht länger zurückhalten.

Als ich an dem Felsen vorbeikomme, wo Kits übt, rieseln Steinchen herab. »Egon!«, brüllt er, um mich vor einem möglichen Steinschlag zu warnen.

»Herrgott, Kits, musst du unbedingt so schreien?«

»Entschuldige, alter Knabe!« Er späht zu mir herunter und verzieht das Gesicht. »Du siehst zum Fürchten aus. Brauchst du Hilfe?«

»Nein, verdammt. Scheißen kann ich gerade noch alleine!«

Pikiertes Schweigen. »Tut mir leid.«

»Mir auch«, murmle ich. »Ich bin heute nicht gut in Form. Das gibt sich wieder«

»Du bist ziemlich blass um die Nase.«

»Ganz im Gegensatz zu dir, du Glückspilz. Also lass mich in Ruhe.«

Ich bin so entsetzlich schwach, dass ich es gerade noch schaffe, rechtzeitig die Hose herunterzuziehen. Als Cedric schwanzwedelnd angetrottet kommt, scheuche ich ihn weg. Er trollt sich mit gekränktem Blick.

Mit letzter Kraft krieche ich zurück in mein Zelt und meinen Schlafsack. Noch nie im Leben ging es mir so miserabel. Warum kommt Nima nicht und unternimmt etwas?

Die Zeltklappe bewegt sich, aber es ist nicht Nima, sondern McLellan. Abgesehen von einer leichten Augenentzündung scheint er wohlauf zu sein. Weshalb also stört er mich?

»Was wollen Sie?«, nuschle ich.

»Nichts. Ich habe Sie rufen gehört und dachte, Sie möchten vielleicht einen Tee.« Er stellt die Blechtasse in meine Reichweite.

Gerührt presse ich ein Dankeschön heraus.

Er kratzt sich den orangeroten Bart und erkundigt sich beiläufig, ob ich etwas gegen die Schmerzen eingenommen hätte. Da es zu wehtut, den Kopf zu schütteln, verziehe ich nur das Gesicht.

»Sollten Sie das nicht besser? Nach dem Motto: Arzt, heile dich selbst?« Eine Pause. »Ich wette, diesen Spruch haben Sie schon öfter gehört.«

Mir gelingt ein zittriges Lächeln. »Ein paarmal im Laufe der Jahre.«

»Also dann. Ich lasse Sie besser in Ruhe.«

Als er weg ist, trinke ich den wundervoll starken Tee, schütte mir den Großteil davon aber über die Brust. Ich bin wirklich ein Wrack. Wie ich die Nacht überstehen soll, ist mir schleierhaft. Ich vermisse Cedric. Inzwischen habe ich mich daran gewöhnt, dass er sich unter den Zeltboden zwängt. Doch seit ich ihn weggescheucht habe, ist er nicht zurückgekommen. Noch mehr macht mir meine Befürchtung zu schaffen, ich könnte nicht gesund werden, sodass ich hier unten im Basislager bleiben muss und nie im Leben einen Fuß auf den Berg setze.

Ich fühle mich, als befände ich mich nicht mehr in meinem Zelt, sondern draußen auf dem Eis, umgeben von zottigen weißen Yaks. Sie rempeln einander an und beschnuppern sich mit großen, feuchten Nasen. Ich bin in Sorge, dass sie mich zertrampeln könnten. Doch als ich sie wegstoßen will, achten sie nicht einmal auf mich.

Irgendwann sind sie fort, und ich bin im Inneren der Schneekugel, wo ich auf den Knien liege und mit den Fäusten auf das unnachgiebige Glas einhämmere. »Ist sie nicht *reizend?*«, flötet Clares körperlose Stimme.

Dann bin ich wieder in meinem Zelt, zu erschöpft, um die Augen zu öffnen.

Die Schmerzen sind nicht mehr ganz so grauenhaft. Wenn ich ganz still liegen bleibe, kann ich vielleicht einschlafen …

»Egon!«

Der Schrei verursacht mir Höllenqualen. Glühend heiße Drahtschlingen ziehen sich um meinen Schädel zusammen. *Herrgott, was muss dieser Mensch denn so brüllen?*

Ganz gleich, wer der Besitzer der Stimme gewesen sein mag, er tut es zumindest nicht wieder. Ich liege da, starre in die Dunkelheit und horche in die Stille hinein.

Mit dieser Stille stimmt etwas nicht. Sie ist zu dicht, zu undurchdringlich. Im Dämmerlicht erkenne ich, dass der Wind die Wände meines Zelts bauscht und eindrückt. Hören kann ich nun nichts mehr. Träume ich noch?

Das ist unmöglich! Ich spüre ganz deutlich, dass ich seitlich gekrümmt daliege. Ein Eisklumpen bohrt sich unangenehm in meine Hüfte. Der zusammengerollte Pullover, den ich als Kopfkissen benutze, kratzt an meiner Wange.

Ich friere, und zwar trotz meiner langen wollenen Unterwäsche und des doppelschichtigen Daunenschlafsacks. Außerdem zieht es mir die Kopfhaut zusammen, sodass sich mir die Haare aufstellen.

Kein Mensch würde bei Dunkelheit hier herumklettern, geschweige denn einen Warnschrei ausstoßen. »Was ist passiert?«, rufe ich trotzdem. »Ist jemand verletzt?«

Meine Stimme klingt rau und verhalten. Niemand antwortet. Aber im nächsten Moment kehrt mein Gehör zurück. Die Leinwand knattert, der Wind sirrt in den Zeltschnüren.

»Wer hat da geschrien?«, will ich wissen.

Endlich steckt Nima den Kopf zum Zelt herein. »Doctor Sahib?«

»Jemand hat eben geschrien.«

Seine gelbe Strickmütze sitzt schief, und im Schein seiner Laterne sehe ich, dass er mir respektvoll und gleichzeitig zweifelnd in die Augen schaut. »Niemand geschrien, Doctor Sahib. Alle schlafen.«

Natürlich schlafen sie. Es ist zwei Uhr morgens. Es war nur einer jener Träume kurz vor dem Aufwachen, die einem manchmal so erstaunlich real erscheinen.

Da es mir peinlich ist, schicke ich Nima weg. Ich beobachte, wie das Licht seiner Laterne sich entfernt und wie die Dunkelheit zu mir zurückkehrt. Mit gespitzten Ohren liege ich hellwach da und fange das leiseste Geräusch auf.

Bald bereue ich meine Entscheidung. Ich vermisse Cedric. Außerdem hätte ich gerne Licht.

Also taste ich nach meiner Taschenlampe und drücke sie mir vor die Brust. Doch aus irgendeinem Grund möchte ich sie nicht einschalten.

Der Schrei war echt. Das war kein Traum. Ich habe ihn wirklich gehört.

Der arme alte McLellan. Was für ein verdammtes Pech.

Ich hatte bis zehn Uhr geschlafen und fühlte mich beim Aufwachen schon viel besser. Zum Frühstück verschlang ich fünf dick mit Butter und Stachelbeermarmelade bestrichene *chuppaties* und trank dazu drei Tassen Tee, der so stark war, dass man eine Maus hätte darüber spazieren lassen können, wie unsere alte Köchin zu sagen pflegte.

Als ich mich gerade über das letzte *chuppatie* hermachte, kam Pasang angerannt. »Schnell, Doctor Sahib, jemand ist gestürzt!«

McLellan ist auf dem Rückweg von der Latrinengrube gestolpert. Seinem Knöchel geht es gut, doch er hat sich beim Abfangen des Sturzes das Handgelenk gebrochen. Also ist das Abenteuer für ihn vorbei, noch ehe es richtig angefangen hat.

Da es ein scheußlicher Bruch war, verabreichte ich ihm eine kräftige Dosis Veramon. Er versuchte, sich nichts anmerken zu lassen und sogar einen Witz zu reißen. »Ab jetzt sollten Sie da oben vorsichtig sein, denn ich ziehe von hier aus die Fäden.« Allerdings traf ich ihn später dabei an, wie er konzentriert und verbissen in der Bibel las.

Bei meinem Anblick lächelte er zittrig. »Ich fürchte, heute hilft mir nicht einmal die Heilige Schrift weiter.«

»Was für ein verdammtes Pech! Hilft das Schmerzmittel?«

»O ja, wunderbar.« Allerdings log er. Früher habe ich Brüche nicht ganz ernst genommen, aber dann habe ich mir selbst in den Dolomiten den Knöchel gebrochen. Dass solche Schmerzen möglich sind, hatte ich mir in meinen kühnsten Träumen nicht ausgemalt.

»Vielleicht ist es ja das Beste so«, fügte McLellan leise hinzu. »Ich habe sowieso nie richtig dazu gepasst.«

»Nicht doch, alter Knabe …«

»Es stimmt, oder etwa nicht?« Er zwang sich zu einem

Lachen. »Popeliges Internat, Schreibtischtäter in der Militärverwaltung. Nicht die richtigen Kreise, wie man so schön sagt.«

»Sie liegen absolut falsch! Sie sind einer von uns. Ohne Sie wären wir absolut aufgeschmissen!«

Ich befürchtete, es übertrieben zu haben, doch sein Blick war unglaublich erleichtert. Er wollte mir unbedingt glauben. Ich kam mir ziemlich mies vor, weil ich es einfach nicht schaffte, ihn sympathisch zu finden.

Zum Glück traf der erste Bote mit der Post ein, was uns ziemlich aufmunterte. Wie ein schwarzer Punkt in der Ferne erschien er auf dem Gletscher und brachte eine mit rotem Wachs versiegelte Posttasche aus grüner Leinwand voller Briefe von zu Hause mit. Die anderen bekamen Post von ihren Ehefrauen und Freundinnen, darunter auch drei Briefe von McLellans Verlobter, der Missionarin, was ihn in bessere Stimmung versetzte. Für mich war ein ziemlich tadelnder von Cousine Philippa dabei. Zum Glück kein offizielles Schreiben von Clares Vater.

Natürlich tat Kits sein Bestes, um mir die Stimmung zu vermiesen. Seine übertriebenen Bemühungen, Dorothy und die Jungen in meiner Gegenwart nicht zu erwähnen, lenkte nur umso mehr die Aufmerksamkeit darauf, dass ich der einzige Sahib ohne Anhang bin. Er brachte mich mit Absicht in Verlegenheit, weil er böse auf mich war. Vor dem Mittagessen hatte ich Cotterell nämlich gebeten, mich für das Besteigen des Gipfels in die engere Wahl zu nehmen. Cotterell war hocherfreut, Kits jedoch eingeschnappt. Offenbar betrachtet er den

Gipfel als sein Privateigentum und will nicht mit seinem kleinen Bruder teilen.

Irgendwann wurde Tee serviert und getrunken.

Inzwischen sitze ich mit Cedric zu meinen Füßen im strahlenden Sonnenschein vor meinem Zelt. Offenbar hat er mir verziehen, dass ich ihn gestern Abend weggescheucht habe. Ich werte die letzte Pulskurvenserie aus. Angesichts der Höhe haben wir alle einen erstaunlich normalen Puls, sogar der arme McLellan. Doch da mir letzte Nacht so elend war, habe ich angefangen, Nima und Pasang für alle Fälle in Erster Hilfe zu unterweisen. Sie sind stolz auf ihre Armbinden mit dem Roten Kreuz. Pasang ist im Verbinden schon besser als ich.

Die Sonne brennt zwar sengend heiß vom Himmel, aber es weht ein kühler Wind, begleitet von dem üblichen, an den Nerven zerrenden Geflatter der Zeltplanen und dem niemals endenden Eilzugbrausen am Gesicht des Berges. Immer wieder höre ich in der Ferne das Dröhnen einer Lawine. Meistens gehen sie am Talung oder am Sattel ab, doch es ist auch schon vorgekommen, dass das Große Eisschelf uns eine Ladung geschickt und unser Lager beinahe verschüttet hat.

Das Gesicht des Berges hat etwas Hypnotisches an sich. Letzte Nacht habe ich beobachtet, wie die Dunkelheit, einer schwarzen Welle gleich, daran emporschwappte. Und an unserem ersten Morgen hier habe ich den Tigergipfel scharlachrot leuchten gesehen. Einen Moment lang wirkten das Große Eisschelf und die Gipfel wie in Blut getaucht. Dann breitete sich ein

Schleier aus Schneedunst über den Bergspitzen aus und bedeckte das Gesicht wie das eines Lebewesens.

Beim Betrachten des Gesichts empfinde ich dieselbe Mischung aus Grauen und Sehnsucht wie damals in meiner Kindheit, als ich ein Bild in meinem Märchenbuch studierte. An die Geschichte selbst erinnere ich mich nicht mehr, doch die Illustration habe ich noch klar vor Augen: drei Ritter, die auf ihren Streitrössern auf der Suche nach dem Schatz den Glasberg hinaufreiten. Einer hat den Gipfel fast erreicht, Funken sprühen unter den Hufen seines Pferdes. Der zweite stürzt rückwärts ins Verderben. Ein dritter liegt tot am Fuße des Berges.

Seltsam, dass wir bei einem Berg von einem Gesicht sprechen, obwohl es sich eigentlich nur um ein Gebilde aus Eis und Felsgestein handelt. Offenbar leiden wir Europäer unter dem Zwang, alles zu vermenschlichen. In dieser Hinsicht sind wir auch nicht besser als die Sherpas mit ihren Schneegespenstern ... Ob die Personifizierung dem Zweck dient, den Dingen ihre Bedrohlichkeit zu nehmen? Ein Berg, der ein Gesicht hat, ist zugänglich für Vernunft. Wenn wir ihn nicht gegen uns aufbringen, wird er uns verschonen. Die Alternative, die ich leider für wahrscheinlicher halte, lautet, dass alles reine Glückssache ist. Was heißt, dass wir um unser Leben würfeln.

Die Sherpas glauben, dass auf dem Gipfel ein rachsüchtiger Schneegott namens Kang-my umgeht. Um ihn friedlich zu stimmen, malen sie auf einen gewaltigen Felsen unweit des Sees ein Gebet und schmücken den Felsen selbst zu allen vier Windrichtungen mit an Schnüre gefädelten Fähnchen.

Garrard beobachtet die Vorgänge mit einem ironischen Schmunzeln auf den Lippen. Cotterell, Führungspersönlichkeit mit Leib und Seele, duldet es, weil es die Männer beruhigt. Kits tut es als albernen Kinderkram ab, was bei McLellan vermutlich auch so wäre, wenn er sich nicht so elend fühlen würde. Was mich selbst betrifft, scheint mein Widerwillen gegen diese religiösen Bräuche ein wenig nachgelassen zu haben. Vielleicht habe ich mich aber auch nur damit abgefunden, dass ich machtlos dagegen bin.

Morgen marschieren wir zum Grabhügel, um die Route auszukundschaften. (Ich wünschte, die anderen würden aufhören, das Ding Grabhügel zu nennen. Es ist doch lediglich ein Hügel, auf dem sich zufällig Gräber befinden, die jedoch nicht sein wichtigstes Merkmal sind.) Den Sherpas scheint der See seltsamerweise mehr zu schaffen zu machen. Vor Angst, die Geister gegen sich aufzubringen, schöpfen sie dort kein Wasser. Und wenn Nima meine Kleider wäscht, besteht er darauf, das an einem etwa einen Kilometer entfernten anderen See zu erledigen, wo es aus irgendwelchen Gründen nicht spukt.

Wie muss es wohl sein, wenn man sich auf Schritt und Tritt von der Landschaft beobachtet fühlt? Wenn man, ehe man auch bloß ein einzelnes Steinchen bewegt, den Dämon besänftigen muss, den man dadurch aufschreckt?

Sogar die *goraks* sind den Sherpas suspekt. Als sich einer auf meinem Zelt niederlässt, scheucht Nima ihn sofort weg.

Inzwischen habe ich Mitleid mit ihm und seinen Landsleuten. Es muss die Hölle sein, in ständiger Furcht vor seiner Umgebung zu leben.

Allerdings habe ich den Verdacht, dass auch ich nicht völlig gefeit gegen Hirngespinste bin. Dieser Schrei in der Nacht ...! Kurz nachdem ich ihn gehört habe, hat McLellan sich das Handgelenk gebrochen. Es fühlt sich an wie eine Warnung.

9

Als ich auf dem Grabhügel stehe, ergreift mich grenzenlose Erleichterung, weil wir nicht hier unser Lager aufgeschlagen haben.

Natürlich hätte sich dieser Ort aus den verschiedensten Gründen optimal für ein Basislager geeignet. Der Untergrund besteht aus Stein, nicht aus Eis, was die Angelegenheit ein wenig wärmer gemacht hätte. Außerdem werden wir von hier aus aufbrechen, weshalb es die praktischere Lösung gewesen wäre. Nur herrscht hier eine Stimmung, als wäre Lyell gerade erst losmarschiert ...

Aus irgendeinem Grund befinden sich hier sogar zwei Gräber, ein kleinerer, länglicher Steinhaufen mit einem Holzkreuz darauf und ein größerer, an dessen Fuß jemand zwei ziemlich gruselig wirkende verrostete Eispickel hingelegt hat. Garrard erklärt mir, der kleinere Hügel gehöre einem Menschen namens Pache (er spricht den Namen mit zwei Silben und das »ch« wie in Loch aus), während im größeren Freemantle und Knight zur letzten Ruhe gebettet worden seien. Als er noch etwas hinzufügen will, falle ich ihm ins Wort. »Danke, ich glaube, das reicht mir.«

Er grinst. »Du bist wirklich ganz anders als Kits.«

Ich schüttle lachend den Kopf.

Gefolgt von Cedric, schlendere ich davon und lasse die anderen Fotos von den Gräbern schießen. Selbst Cotterell beteiligt sich an dem Treiben. Mich wundert das, denn am Vorabend unseres Aufbruchs sollten die drei doch wirklich Wichtigeres im Kopf haben.

Yates, Stratton, Pache, Freemantle und Knight. Ich wünschte, ich würde ihre Namen nicht kennen, denn nun sind sie schrecklich real. Dennoch ist es beruhigend zu wissen, wo alle fünf liegen. Keine unliebsamen Überraschungen. Von nun an können wir unser ganzes Augenmerk auf den Berg richten.

Wir sind vor Morgengrauen aufgebrochen, um einer etwaigen Lawine zu entgehen. Deshalb ist es noch früh, als wir den eiskalten Schatten des Vorbaus erreichen, wo wir dem schneidenden Westwind ausgesetzt sind. Oben bildet der Hügel eine Fläche, so groß wie mehrere Kricketfelder und beinahe eben wie ein Brett. Es knirscht unter meinen Stiefeln, als ich mich über schwarze, von Flechten überwucherte Steine taste.

Endlich stehe ich auf dem Berg selbst, wenn auch noch nur zu seinen Füßen. Er ist so unfassbar gewaltig. Das Große Eisschelf kann ich nicht sehen, weil der Vorbau mir die Sicht versperrt. Vor mir erstreckt sich eine gewellte Schneepiste nach oben und vorbei an der Westflanke des Vorbaus, wo sie schließlich in den Eisfall mündet, der sich auf der anderen Seite in die Tiefe ergießt. Die Strecke wirkt zwar nicht sehr steil, doch als ich ihr mit dem Feldstecher folge, steigt sie über schätzungsweise tausend Meter an. Ich werde von Panik ergriffen: Das ist nackte Todesangst vor der Wildnis.

Wenn ich dem Berg den Rücken zukehre, kann ich etwa einen Dreiviertelkilometer entfernt vom Gletscher das Basislager ausmachen. Die Zelte der Sahibs bilden eine ordentliche blutrote Linie, die grünen Unterkünfte der Träger drängen sich um ein Kochfeuer. Sie alle wirken so unbedeutend wie Kieselsteinchen.

Auf dem Hügel gefällt es mir gar nicht. Wohin ich auch schaue, entdecke ich Spuren von Lyell. Da drüben befinden sich die Überreste einer alten Schutzmauer, und man kann die rechteckigen Stellen erkennen, wo damals ihre Zelte gestanden haben. Noch immer liegen überall verrostete Paraffindosen und Splitter zerborstener Packkisten herum. Da ist sogar ein altes Chutneyglas mit der gerade noch lesbaren Aufschrift *Crosse & Blackwell* auf dem Etikett. Beinahe sehe ich Lyell und seine Begleiter vor mir. Sie rauchen, lesen Briefe aus der Heimat und betrachten sehnsüchtig den Berg, der sie schließlich umbringen wird.

Plötzlich werde ich von demselben überwältigenden Gefühl der Einsamkeit ergriffen wie letztens an Yates' Steinpyramide. Es ist, als hätten mich meine Gefährten im Stich gelassen, sodass ich nun an diesem tristen Ort allein bin. Ohne Hoffnung, jemals den Rückweg zu finden.

Solche Gedanken sind nichts als Hirngespinste. Und genau das ist es, was mich so erschreckt. Schließlich bin ich nicht allein. Hier ist Cedric, der an dem Chutney-Glas schnüffelt. Und da sind auch die anderen, die sich rings um die Gräber zu schaffen machen.

Cotterell ruft meinen Namen. »Kommen Sie und helfen Sie uns bei der Routenplanung!«

Das Gefühl geht so schnell, wie es gekommen ist. Als ich mich zu ihnen geselle, bin ich wieder ganz der Alte.

Bald spähen wir vier durch unsere Feldstecher. Wieder folge ich der Schneepiste bis zur Spitze des Vorbaus und darüber hinaus, wo sie in ein verwirrendes, kubistisch anmutendes Arrangement aus Eis übergeht. Dort oben ist der Anfang des Eisfalls, der zum Großen Eisschelf führt.

Meine Sehnsucht meldet sich mit Wucht zurück. In wenigen Tagen werde ich dort sein. Und dann dauert es nicht mehr lang, bis ich endlich auf dem Gipfel stehe.

»Über den Anfang brauchen wir nicht zu diskutieren«, murmelt Cotterell. »Wir folgen Lyells Route diese Schneepiste hinauf und schlagen Camp Eins an derselben Stelle auf wie er. Auf diesem Felssims an der Flanke des Vorbaus. Das ist auf ... Was meinen Sie, Kits, fünftausendsiebenhundert Meter?«

»Sechstausendundneunzehn.«

Ein anerkennender Blick von Cotterell für seinen Musterschüler.

»Das Stück danach scheint heikel zu werden«, meint Garrard. »Oberhalb des Vorbaus müssen wir den Eisfall überqueren und an seinem östlichen Rand aufsteigen.«

Für das bloße Auge sieht der obere Teil des Eisfalls sanft gefältelt aus. Doch durch den Feldstecher betrachtet, entpuppt sich jede dieser Falten als meterhoher Wulst aus Eis.

»Vielleicht gibt es da eine ebenere Zone unterhalb dieses Vorsprungs«, mutmaße ich.

»Wo?«, fragen Garrard und Cotterell im Chor.

»Gleich rechts von der breiten, gezackten Spalte. Seht ihr diese dunklere Eisfläche, die etwa die Form eines Walrückens hat? Gleich darunter.«

Schweigen breitet sich aus, das eine Weile andauert.

»Dein Vorschlag für Camp Zwei?«, meint Garrard.

Ich zucke die Achseln. »Wäre einen Versuch wert.«

»Nein«, protestiert Kits.

Ich blicke ihn an. »Warum nicht?« Den ganzen Vormittag hat er kaum ein Wort mit mir gewechselt und jetzt so etwas! Er kann mir doch unmöglich böse sein, weil ich auch gerne den Gipfel in Angriff nehmen würde.

»Weil es eine schlechte Idee ist«, entgegnet er und mustert weiter den Hang.

»Da muss ich widersprechen«, sage ich ruhig. »Der Vorsprung würde uns vor Lawinen schützen.«

Er schnaubt verächtlich. »Du bist Arzt, Stephen. Schuster, bleib bei deinem Leisten, würde ich da mal sagen.«

Ich will es ihm schon mit gleicher Münze heimzahlen, als Cotterell sich einmischt. »Immer mit der Ruhe, Gentlemen. Unsere Priorität ist jetzt Camp Eins. Von dort aus haben wir einen besseren Überblick.«

»Das dürften wir rasch eingerichtet haben«, ergänzt Garrard sofort. »Auf dem Großteil der Strecke können wir Stufen in den Schnee hauen und Seile für die Sherpas spannen. Meiner Einschätzung nach brauchen wir höchstens zwei Tage, um eine Nachschubkette zu Camp Eins einzurichten. Dass der arme alte McLellan jetzt im

Basislager nach dem Rechten sieht, dürfte es einfacher machen.«

Cotterell nickt. »Guter Vorschlag. Ich würde gern innerhalb einer Woche ein vorgeschobenes Basislager auf dem Schelf aufschlagen. Wenn das erst einmal richtig ausgerüstet ist, blasen wir zum Sturm auf den Gipfel.«

Bei ihm klingt es, als plane er Manöver auf der Hochebene von Salisbury Plain. Garrard und ich grinsen einander an. Kits starrt weiterhin missmutig geradeaus auf den Hang. Soll er doch. Er wird schon darüber hinwegkommen.

Im nächsten Moment bringt die Sonne den Gipfel über uns zum Glühen – und Kits' Laune ist vergessen. Der Anblick steigert meine Sehnsucht nach dem Berg ins Unermessliche. Wenn wir gelassen bleiben und nicht vom Monsun überrascht werden, können wir es schaffen.

Das Problem mit Kits besteht darin, dass ihm sein Leben lang alles in den Schoß gefallen ist. Präfekt und Kapitän der ersten Schulmannschaft in Winchester, später Star des Cambridge Mountaineering Club und obendrein, mit einem Treuhandfonds ausgestattet, sämtlicher Einschränkungen eines Brotberufs ledig. Um das Maß vollzumachen, ist da auch noch die wunderschöne Dorothy, die ihm, wie es sich gehört, zwei Söhne geschenkt hat und keinen anderen Mann je eines Blickes würdigen würde, nicht einmal dann, wenn er Millionär wäre. Allerdings hinkt dieser Vergleich ein wenig, schließlich ist sie schon Tochter eines Millionärs.

Ja, Kits' Leben hat sich vor ihm entrollt wie ein prachtvoller Teppich. Deshalb empfindet er es als lästige Störung, wenn eines der unbedeutenderen Fädchen in diesem Gewebe, sprich sein Bruder, es wagt, aus dem Muster auszubrechen.

Zurück im Lager, nehme ich ihn beiseite und erkundige mich, welche Laus ihm über die Leber gelaufen sei. »Herrje, Kits, das hier ist kein Wettbewerb zwischen uns! Ich weiß, dass du der bessere Bergsteiger bist. Aber warum darf ich den Gipfel nicht ebenfalls in Angriff nehmen?«

»Weil du nicht gut genug bist«, erwidert er barsch.

»Was?«

»Du bist nicht gut genug.«

»Das zu entscheiden liegt doch wohl bei Cotterell, nicht bei dir.«

»Jetzt komm wieder runter, Bodge. Wenn du kein ordentlicher Bergsteiger wärst, hätte ich dich gar nicht erst mitgenommen. Aber das hier ist der Kangchenjunga! Der Gipfel ist eine Nummer zu groß für dich.«

Das ist wieder einmal typisch. Immer, wenn er befürchtet, dass ich ihm Konkurrenz machen könnte, pfeift er mich zurück. Natürlich unter dem Vorwand, dass er nur mein Bestes will.

»Du weißt genauso gut wie ich«, fährt er fort und zieht dabei die Mundwinkel nach unten wie eine selbstzufriedene Bulldogge, »dass es absolut notwendig ist, sich hundertprozentig auf seine Bergkameraden verlassen zu können ...«

»Ich bitte dich, was soll das jetzt schon wieder heißen, verdammt?«

»Dass du noch nicht so weit bist.«

»Was? Ich habe auf dem Schiff wochenlang trainiert. Ich bin genauso gut in Form wie du.«

»Das habe ich nicht gemeint. Es geht eher darum, dass du dir nicht einmal die Mühe gemacht hast, Lyells Route zu studieren. Ich habe das Buch nicht aus lauter Heldenverehrung so oft gelesen, bis ich es rückwärts aufsagen konnte, sondern in weiser Voraussicht. Als wir vorhin Camp Zwei erörtert haben, hattest du keine Ahnung, dass Lyell genau an der von dir vorgeschlagenen Stelle eingeschneit worden ist! Nicht gerade ein vom Glück gesegneter Ort, um dort unser Lager aufzubauen, oder? Garrard und Cotterell wussten es. Sie sind vor Scham fast im Erdboden versunken.«

Ich starre ihn an. »Und du hast es nicht für nötig gehalten, mich aufzuklären?«

Er schnaubt verächtlich. »Was kümmert es mich, wenn du dich blamierst?«

Ich öffne den Mund, um ihm zu antworten, klappe ihn dann aber wieder zu. Eine Weile beäugen wir einander so kühl wie zwei Fremde. Die spitzen Felsen, die bei uns stets dicht unter der Oberfläche lauern, fühlen sich ziemlich nah an. Ein Wort von mir, und ein Streit wäre losgebrochen. Mit katastrophalen Folgen. Deshalb mache ich auf dem Absatz kehrt und stapfe davon ...

Nun laufe ich schon eine Weile am Ufer des Sees auf

und ab. Kits höre ich am anderen Ende des Lagers, wo er den Sherpas Unterricht im Sichern am Hang erteilt. Er und ein junger Mann namens Tenrit haben sich mit einem Seil aneinandergebunden. Dann hat Kits das Seil um einen Felsen gelegt und Tenrit davorgesetzt.

»Und jetzt«, erklärt er im Singsangton, als hätte er es mit Kindern zu tun, »wird das Seil um den Felsen Tenrit sichern, falls ich tiefer klettere als er und abrutsche und er mich nicht halten kann. Das heißt, dass ich uns beide nicht in die Tiefe reiße!«

Ein folgsames Lächeln für den großen Lehrer Sahib, der sich – tja, da staunen Sie, Cotterell! – vom Gequengel seines lästigen kleinen Bruders nicht die gute Laune verderben lässt.

Inzwischen ist es Mittag, und die Sonne brennt heiß vom Himmel. Der Wind hat sich gelegt, und die Gebetsfähnchen am Felsen hängen schlaff herab. Der See ist absolut reglos.

Im Laufe der Jahre haben Kits und ich einen Weg gefunden, miteinander klarzukommen, und meistens klappt es auch. Vorausgesetzt, ich nehme mir seine halb scherzhaft, halb ernst gemeinten Seitenhiebe auf »Medizinmänner« und alles, was nur im Entferntesten »hochgeistig« klingt und mir Freude bereitet, nicht zu Herzen. Wir beschränken unsere Gespräche daher aufs Bergsteigen, Tante Ruth, Dorothy, seinen verwöhnten, grässlichen Nachwuchs und weitere brüllend langweilige Einzelheiten aus seinem brüllend langweiligen Leben. Nur hin und wieder, in unbedachten Momenten, reckt die Wahrheit ihr hässliches Haupt: Wären wir nicht verwandt, würden wir vermutlich kein Wort miteinander wechseln.

All das war mir bekannt, bevor ich seine Einladung annahm. Was also hat sich geändert?

Vermutlich habe ich mir nicht klargemacht, welche Rolle Kits mir bei dieser Expedition zugedacht hatte. Offenbar glaubt er, an der Stelle weitermachen zu können, an der wir damals in Winchester aufgehört haben: Ich bin Pearce junior, der streberhafte und ein wenig linkische kleine Bruder, der nur mit Latein und Altgriechisch punkten kann, Dingen also, die einem richtigen Kerl ein müdes Grinsen entlocken. Deshalb verlangt er, dass ich brav im Basislager – oder, noch besser, in einem der weiter unten gelegenen Camps – hocke, während echte Bergsteiger wie er die Sache in Angriff nehmen.

Inzwischen ist der Unterricht im Abseilen vorbei. Die Sherpas sind ans Kochfeuer zurückgekehrt. Nichts stört die Ruhe. Keine Lawine, kein herabfallendes Eis. Ja, nicht einmal ein *gorak*.

Die Hälfte des Sees ist mit einer dünnen, grünlich grauen Eisschicht bedeckt, in die der Wind ein seltsames geometrisches Muster eingraviert hat. Die andere Hälfte besteht aus Wasser und ist reglos wie ein Spiegel, der den Berg so klar wiedergibt wie eine Fotografie. Ich sehe das Große Eisschelf, das über das Gesicht des Berges verläuft. An dem uns zugewandten Ende ergießt sich der Eisfall die rechte Flanke des Vorbaus hinab. Auf der anderen Seite befindet sich die Schneepiste. Ich glaube, ganz oben am Eisfall die gezackte Spalte ausmachen zu können. Außerdem jenen dunklen Vorsprung von der

Form eines Walrückens, an dem sich unser Streit entzündet hat.

Als ich nun am Ufer kauere, erscheint mir unser Streit entsetzlich kindisch. Eine Kabbelei unter Brüdern, die uns entgleist ist.

Das Wasser ist ungewöhnlich klar. Am Spiegelbild des Berges vorbei spähe ich hinunter in die Tiefe: glatte graue Kiesel auf grünlich goldenem Sand. Mit der Hand schöpfe ich etwas Wasser und trinke einen Schluck. Es schmeckt mineralisch und ist so kalt, dass ich ein Ziehen in den Zähnen spüre.

Zu spät fällt mir ein, dass Nima mir das Trinken aus dem See verboten hat. Ich kann mir ein Schmunzeln nicht verkneifen. Der arme, alte Nima. Er ist zwar zu höflich, um mich zu tadeln, doch wenn er wüsste, was ich gerade getan habe, würde er mich mit einem seiner besorgten Blick bedenken: Was hatte der seiner Obhut anvertraute Welpe nun schon wieder angestellt?

Die Sonne verschwindet hinter einer Wolke, und plötzlich wird mir kalt. Irgendetwas stimmt hier nicht. Spannung liegt in der Luft. Obwohl ich tief einatme, meine ich fast zu ersticken. Ein widerwärtig drückendes Prickeln liegt auf meiner Brust, so als würde ich gleich in Ohnmacht fallen.

Ich kann weder die Sherpas am Kochfeuer noch das entfernte Rauschen des Windes am Gesicht des Berges hören.

Die Stille fühlt sich feindselig und beklemmend an.

Meine Augen wandern vom Grund des Sees zur spiegelglatten Wasserfläche.

Mir stockt der Atem. Da oben ist jemand. Oben auf dem Berg. Ich kann ihn sehen, einen dunklen Kopf, der über den Vorsprung ragt.

Doch derart hoch oben kann niemand sein. Unmöglich.

Ich wirble herum und starre in Richtung Berg. Natürlich ist die Gestalt fort. Und zwar weil sie niemals vorhanden war. Und trotzdem kann ich nicht anders, als zu rufen: »Haallooo! Sie da oben! Was wollen Sie?«

Meine Stimme bricht sich hallend. Am Kochfeuer heben die Sherpas die Köpfe und folgen meinem Blick.

Ich drehe mich wieder zum Spiegelbild des Berges um, das auf dem See liegt. Mein Blick wandert nun den schwarzen Umriss des Vorbaus hoch bis zum Gipfel und dann weiter zum Eisfall und zum Überhang.

Da ist die Gestalt. Auf dem Berg. Ich sehe genau, dass sie zu mir herunterspäht. Dann, ganz langsam, weicht sie zurück. Und verschwindet aus meinem Gesichtsfeld.

10

Ein Vogel kann es nicht gewesen sein. Dafür war der Umriss zu groß. Auch kein Steinbock oder ein Schaf. Als ich mich bei McLellan erkundigt habe, ob es auf dem Berg Tiere gäbe, antwortete er mir, nein, da oben sei nichts Lebendiges.

Und ein Mensch war es auf gar keinen Fall. Wenn doch – was aber, wie gesagt, völlig unmöglich ist –, hätte ich ihn gar nicht sehen können. Nicht aus dieser Entfernung. Dafür sind meine Augen nicht gut genug. Und nicht nur meine. Also war es ein Schatten, ein Fels oder eine ungewöhnliche Eisformation.

Es ist Viertel vor vier Uhr morgens. Nima hat mir gerade den Tee und *chuppaties* gebracht. Er brauchte mich nicht zu wecken, denn ich habe nicht geschlafen. Ich glaube, ich bin für ein paar Stunden eingenickt, doch die meiste Zeit lag ich, nur halb bei Bewusstsein, wach, was wesentlich ermüdender ist.

Yates, Stratton, Pache, Freemantle und Knight. Die Namen wirbeln mir im Kopf herum und lösen das bohrende Gefühl aus, dass ich etwas falsch verstanden haben könnte. Allerdings wissen wir genau, wo sich ihre

Leichen heute befinden: samt und sonders ordentlich unter ihren Steinpyramiden bestattet. Das versichert mir mein Verstand in seiner verzerrten Traumlogik. Als könnte ein Haufen Steine die Toten am Herumspuken hindern …

Wir haben den zehnten Mai, Tag eins des Aufstiegs. Mich interessiert nicht die Bohne, ob es sich um den Tag von Lyells Aufbruch handelt – obwohl Kits mir dieses Wissen ganz sicher nicht vorenthalten wird.

In meinem Zelt ist es dunkel und eiskalt. Die Zeltwand ist von Raureif überkrustet. Mein Bart und mein Schlafsack sind steif gefroren. Ab heute werden wir jeden Tag lange vor Morgengrauen losmarschieren, um dem auszuweichen, was Cotterell als »feindlichen Beschuss« bezeichnet, Steinschlägen und Lawinen also.

Mir ist das nur recht. Je früher, desto besser. Ein geregelter Tagesablauf ist meine Rettung, selbst wenn das heißt, dass ich in tiefster Finsternis aufstehen und meine geschwollenen Füße in gefrorene Stiefel zwängen muss. Außerdem zittern mir die Hände, aber auch das stört mich nicht. Vor einem Anstieg fange ich immer an, zu bibbern.

Als Cedric die Schnauze ins Zelt steckt, lasse ich ihn herein und füttere ihn mit meinem letzten *chuppatie*. Ein treuer Blick malt sich in seinen schokoladenbraunen Augen. Ich vergrabe das Gesicht in seinem buschigen weißen Fell und empfinde seinen Hundegeruch als unendlich beruhigend.

Die anderen sind schon draußen, stampfen mit den Füßen und pusten dampfige Atemwolken aus. Es ist bitterkalt, und die blassgelben Lichtkegel unserer Stirnlampen lassen die Dunkelheit nur umso schwärzer erscheinen.

Über uns am klaren schwarzen Himmel glitzert ein wahrer Sternensturm. Da wir keine Funkmeldungen aus Darjeeling empfangen können, verlassen wir uns auf die Wettervorhersage der erfahrenen Sherpas, die sich als erstaunlich exakt erweist. Ihrer Ansicht nach wird das Wetter mindestens ein paar Tage lang ruhig bleiben.

Kits hält Garrard einen weitschweifigen Vortrag zum Thema Steigeisen, während dieser, stets der treue Freund, Interesse heuchelt. Er wirkt nervös. Die Ringe unter seinen eng zusammenstehenden Augen sind noch tiefer geworden, so als hätte er nicht geschlafen.

Cotterell und McLellan treiben die Kulis, die noch immer auf dem Felsen am Seeufer stehen, bröckchenweise *tsampa* hineinwerfen und dazu ihre monotonen Gebete leiern, zur Eile an. Ausnahmsweise spart McLellan sich abfällige Bemerkungen über die Zeremonie. Vielleicht hat er ja selbst gebetet.

Alle zwölf Sherpas werden uns begleiten. Sie sind eine eingeschworene Gemeinschaft und scheinen zum Großteil miteinander verwandt zu sein. Nima ist der Onkel, Bruder, Cousin oder Schwager von fast allen Mitgliedern der Truppe. Die übrigen Kulis werden McLellans Kommando unterstellt und haben die Aufgabe, Proviant von den tiefer gelegenen Camps zum Basislager zu transportieren.

Endlich sind wir unterwegs! Zum Hügel ist es ein

zweistündiger Marsch. Cedric ist, wie ich vorausgesehen habe, auch mit von der Partie.

»Ich halte das nicht für eine gute Idee, Dr. Pearce«, sagt Cotterell. »Er wird uns die Verpflegung wegfressen.« Er wendet sich an McLellan, der uns bis zum Hügel folgt, um sich von uns zu verabschieden. »Wenn Sie zum Basislager zurückkehren, alter Junge, nehmen Sie den Kläffer mit.«

»Selbstverständlich, Sir.« Doch hinter dem Rücken des Majors zwinkert der Schotte mir zu. Er kann sich schon denken, dass der seine Rechnung ohne Cedric gemacht hat.

Warum sollte denn der Hund nicht auch mitkommen, wenn er unbedingt will? Bauer hat einen Hund auf siebentausenddreihundert Meter die Nordflanke hinauf mitgenommen. Außerdem könnte ich an Cedrics Beispiel die unterschiedlichen körperlichen Reaktionen von Mensch und Hund erforschen. Hinzu kommt, dass Cedric gut für die Moral der Truppe ist. Insbesondere für meine.

Die Wahrheit lautet nämlich, dass ich Cedric brauche. Meine Beobachtung von gestern hat eine Kluft zwischen mir und den anderen aufgerissen. Seltsamerweise scheint McLellan das zu verstehen, auch wenn er nicht weiß, warum.

Ich wünschte, ich hätte es ihm erzählt, als ich gestern Abend die Gelegenheit dazu hatte.

Beim Essen war ich noch zu verängstigt und verwirrt, um mit jemandem darüber zu sprechen. Doch als ich später in McLellans Zelt vorbeischaute, um nach ihm zu sehen, erkundigte er sich, ob mit mir alles in Ordnung sei.

Ich erschrak. »Wovon reden Sie?«

Er zog ein verlegenes Gesicht. »Ach, nichts weiter. Sie haben beim Essen kaum einen Mucks von sich gegeben und ein wenig, äh, durch den Wind gewirkt.«

»Durch den Wind?«, wiederholte ich nicht sehr geistreich.

Mit einem bedauernden Lächeln hob er seinen geschienten Arm. »Das da ist kein Omen, wissen Sie? Für den Aufstieg, meine ich. Das verdanke ich nur meiner eigenen Blödheit.«

Mir schoss durch den Kopf, dass dies meine Chance war, ihm mein Herz auszuschütten. Ich hätte es ja als lustige Episode schildern können: *Heute am See ist mir was wirklich Irres passiert. Schon komisch, was man sich am Abend, bevor es losgeht, so alles einbildet.* Dann hätten wir darüber gelacht, und ich hätte die Sache ad acta gelegt.

Stattdessen tätschelte ich ihm die Schulter und rang mir ein Lächeln ab. »Das war keine Blödheit, alter Junge, nur verdammtes Pech. Und um mich machen Sie sich mal keine Sorgen! Ich glaube nicht an Omen.«

Das stimmt. Ehrenwort. Allerdings bedaure ich zutiefst, dass ich die Gelegenheit nicht genutzt habe, es ihm klipp und klar zu sagen. Ich kann auf diesem Vorsprung unmöglich etwas gesehen haben. Warum also habe ich geschwiegen?

Tja, weil … weil niemand glauben soll, dass mir die Höhe aufs Gemüt schlägt. Insbesondere nicht Kits. Es wäre ein gefundenes Fressen für ihn. Mit nicht auszudenkenden Folgen für mich: Ich müsste dann nämlich im Basislager bleiben. So viel steht fest.

Ich wünschte nur, die Erscheinung hätte sich nicht bewegt. Noch immer sehe ich vor mir, wie sie davonschlüpft. Viel zu langsam für einen Sturz. Das war eher ein geplanter Rückzug. Und dann die Art und Weise, *wie* sie sich bewegt hat ... Irgendetwas war da faul.

Sooft ich den Gedanken auch verscheuche, er kehrt beharrlich zurück. Ich würde das nicht unbedingt als Angst bezeichnen. Eher als böse Vorahnung. Denn ich werde das Gefühl nicht los, dass uns dort oben etwas erwartet.

Dennoch *weiß* ich, dass es unmöglich ist. Sicher trübt der Sauerstoffmangel mein Urteilsvermögen. Vermutlich beeinflusst mich auch der merkwürdige Aberglaube der Sherpas, der sich immer wieder in meine Gedanken schleicht. Ganz zu schweigen von Lyells vermaledeiten Gräbern ...

Gerade erreichen wir den Hügel. Nima zündet vor jedem Steinhaufen Räucherstäbchen an, reißt sich die Strickmütze vom Kopf und verneigt sich. Ich lege spontan einen kleinen Stein auf jedes Grab, hastig und ohne einen Blick auf die Namen zu werfen. Als Glücksbringer.

Bei Kits kommt das gut an. Vermutlich deutet er es als Friedensangebot. Als Verbeugung vor Lyells Andenken. Damit hätte sich denn auch unser Verhältnis wieder eingerenkt. Wir haben sozusagen den Eispickel begraben. Was gut ist, weil es von jetzt an wir gegen den Berg heißen wird. Also Garrard, Cotterell, Kits und ich.

McLellan tut mir leid. Wenn ich der arme Teufel wäre,

der im Basislager zurückbleiben muss, wäre ich völlig verzweifelt. Und so komisch das klingen mag, ich empfinde das als unbeschreiblich tröstend, denn es bedeutet, dass mich mein gestriges Erlebnis nicht völlig aus der Bahn geworfen hat. Ich will noch immer um jeden Preis hinauf auf den Berg.

Selbst wenn der Weg dorthin direkt über diesen Überhang führt.

Nichts verscheucht die Dämonen so gut wie Bergsteigen.

Das Wetter ist prachtvoll: sonnig, aber windig und wolkig genug, um die Hitze noch ertragen zu können. Unser Ziel ist es, Stufen in die Schneepiste zu schlagen und Camp Eins dort aufzuschlagen, wo auch Lyell sein Lager hatte: etwa auf zwei Dritteln der Westflanke des Vorbaus.

Garrard, Kits und ich bilden mit den besten Sherpas – Nima, Dorjit, Cherma, Tenrit, Angdawa und dem jungen Pasang – die Vorhut. Wir hauen nicht nur Stufen ins Eis, sondern spannen auch Seile und stecken zur Markierung Fähnchen in den Boden. Das Ergebnis nennen wir »Highway der Träger«, denn so kann uns der Gepäcktross mit der Ausrüstung folgen.

Nur widerstrebend schlägt Cotterell die Felshaken ein. Seiner Ansicht nach schändet man den Berg mit »Schmiedearbeiten«. Allerdings hat Nima nichts dagegen einzuwenden. Wie er mir mitteilt, ist es das Wichtigste, den Berg nicht respektlos zu behandeln. »Sie dürfen ihm nie ein böses Wort sagen, Doctor Sahib. Und ihn nie mit dem Fuß treten.«

Die Steigung ist steiler, als es von unten den Anschein hatte. Die Strecke ist technisch zwar nicht anspruchsvoll, besteht aber, wie sich schnell herausstellt, mehr aus Eis als aus Schnee. Und dieses Eis ist hart, viel härter als in den Alpen, weshalb das Hauen der Stufen Schwerstarbeit bedeutet. Mein Herz klopft, und das ständige Keuchen verursacht mir Halsschmerzen. Obwohl ich mich dick mit Penatencreme eingerieben habe, fühlt sich meine Gesichtshaut an wie rissiges Leder. Dennoch ist es wundervoll. Genau das, was ich mir gewünscht habe.

Ich halte inne, um Atem zu holen, und schiebe meine Schneebrille hoch. Obwohl mir das grelle Licht die Tränen in die Augen treibt, will ich wenigstens kurz alles unverfälscht auf mich wirken lassen. Das Eis rings um mich herum ist kunstvoll geformt und glitzert wie weiße Diamanten, durch die sich tiefe Rinnen aus atemberaubend funkelnden Saphiren ziehen. Die Luft ist derart klar, dass es wehtut. Die Satellitengipfel scheinen zum Greifen nah.

»Was grinst du denn so?«, japst Garrard ein Stück unter mir.

»Wir besteigen den Glasberg«, nuschle ich mit aufgesprungenen Lippen.

Über uns lacht Kits brüllend auf. »Hör nicht auf ihn, Beak. Der spinnt!«

Mein Lachen ähnelt eher einer Reihe atemloser Keucher. Erinnert sich Kits also auch daran? Er hat die Geschichte einst ebenso geliebt wie ich, obwohl er das inzwischen nicht mehr zugeben würde.

Kurz darauf rasten wir auf einem im strahlend blauen Schatten liegenden Flecken Schnee, nehmen hastig ein Mittagessen aus Minzzucker und Ingwerplätzchen zu uns und trinken etwas Tee aus unseren Thermosflaschen. Anschließend bleibe ich bei dem Tross, der aus Cotterell, Lobsang und den fünf übrigen Sherpas besteht.

Cotterell ist ziemlich außer Puste, weshalb ich ihn wohl besser im Auge behalten werde. Hoffentlich fordert sein Alter nicht allmählich Tribut. Die Sherpas hingegen kann das alles nicht anfechten. Ich werde nie begreifen, wie so kleine, zierliche Menschen derart schwere Lasten bergauf schleppen können. Vielleicht hat Bauers Expeditionsarzt Dr. Hautmann ja recht mit seiner These, dass die Beschaffenheit ihres Blutes es ihnen ermöglicht, auch mit weniger Sauerstoff auszukommen.

Ich könnte dieses Unternehmen jedenfalls niemals mit einer dieser Packkisten oder mit einem *doko* voller Brennholz auf dem Rücken bewältigen. Mein Rucksack wiegt höchstens zehn Kilo, was sich schon anfühlt wie eine Tonne. Jeder Schritt ist mühsam, obwohl wir gar nicht richtig klettern, sondern nur einen steilen Hang hinaufstapfen. Ich bohre meine Steigeisen in den Boden, umfasse den Kopf meines Eispickels wie einen Spazierstock, ramme den Stiel ins Eis und ziehe mich daran hoch. Gleich darauf noch einmal. Und noch einmal. Allerdings bin ich froh über diese stumpfe, hirnlose Plackerei, die alle Gedanken an … nun, an andere Dinge vertreibt.

Cedric ist mir eine gewaltige Hilfe. Gerade waren wir mit dem Mittagessen fertig, als er, genau wie ich gehofft hatte, angelaufen kam. Mit wedelndem Schwanz brachte er seine Zufriedenheit zum Ausdruck, uns gefunden zu haben.

Die Sherpas stützten sich nur breit grinsend auf ihre Eispickel, während Cotterell sich um eine strafende Miene bemühte.

»Jetzt können wir ihn ja kaum zurückschicken«, erklärte ich. »Wenn ihm etwas zustößt, wird es alle demoralisieren.«

Das brachte ihn zum Schmunzeln. »So begründen Sie das also, was? Ein Maskottchen, um der Truppe Mut zu machen?«

»Absolut. Er wird selbst merken, wenn es ihm zu viel wird. Dann können die Sherpas ihn ja zurück ins Basislager bringen.«

Cedric schaute abwechselnd mich und Cotterell an, offenbar wohl wissend, dass wir über ihn sprachen.

»Ach, meinetwegen«, brummelte Cotterell. »Aber Sie sind für ihn verantwortlich, Dr. Pearce.«

Das wäre also geklärt. Ich knüpfte aus einem Seil ein Geschirr, das ich Cedric über Rücken und Beine zog. So könnten wir ihn notfalls hochziehen, ohne ihn zu erwürgen, falls er in Schwierigkeiten geraten sollte. Und ich hatte recht: Er heitert die Stimmung wirklich auf. Außerdem ist er erstaunlich trittsicher und rennt die ganze Zeit zwischen Vorhut und Gepäcktross hin und her. Anscheinend hält er es für seine Pflicht, darauf zu achten, dass keiner von uns verloren geht …

Der Anstieg nach dem Mittagessen entpuppt sich als ziemlich heikel. Wir müssen einige anspruchsvolle Stellen mit etlichen schneegefüllten Felsspalten und voller Felsbrocken überwinden. Zu guter Letzt wird auch noch Pemba von einem herabkrachenden kleinen Eiszapfen am Oberschenkel getroffen. Zum Glück entsteht nur ein übler Bluterguss. Als ich ihn versorgt habe und nach unten schaue, stelle ich fest, dass uns jemand auf dem »Highway der Träger« folgt.

Mein erster Gedanke ist, dass McLellan vermutlich einen Boten aus dem Basislager losgeschickt hat. Doch als wir höher steigen und ich mich immer wieder umblicke, ist die Gestalt noch immer da. An unsere Fersen geheftet.

Schließlich greife ich zum Feldstecher – und die Gestalt erweist sich als Eisblock. Die Erleichterung überwältigt mich mit solcher Wucht, dass es mich selbst erschreckt. Wofür hatte ich dieses Ding denn gehalten?

Während wir uns noch das letzte Stück »Highway« hinaufquälen, schlägt die Vorhut bereits die Zelte von Camp Eins auf. Unter mit Schnee gefüllten Töpfen zischen schon die Primuskocher, um Teewasser zu erhitzen.

Kits' Augen strahlen, berauscht vom Aufstieg, und er hänselt uns, weil wir so lange gebraucht haben. »Ihr scheut wohl vor nichts zurück, nur um euch vor der Arbeit zu drücken!«

Camp Eins befindet sich auf einer breiten »Empore« an der Westflanke des Vorbaus. Das Lager ist dem Wind ausgesetzt, weshalb uns eisige Kälte und ständiger Lärm zusetzen. Zeltplanen knattern, und über dem Sattel heult der Wind. Zum Glück haben wir recht viel Platz; vor den Zelten erstreckt sich eine mehrere Meter breite Schneefläche. Außerdem schützt uns die Kuppe des Vorbaus vor Lawinen.

Der Gepäcktross aus Sherpas hat sich schon vor einer Weile über den »Highway« an den Abstieg gemacht, um noch vor Einbruch der Dunkelheit das Basislager zu erreichen. Gleich morgen früh brechen die Männer mit der nächsten Proviantladung wieder auf. Cotterells Plan lautet, sie so lange zwischen Camp Eins und dem Basislager pendeln zu lassen, bis wir ein ausreichendes Depot beisammenhaben, um die höher gelegenen Camps zu versorgen.

Von nun an schlafen wir zu zweit in einem Zelt. Kits teilt sich eines mit Garrard, im anderen sind Cotterell und ich einquartiert. Für den Moment habe ich ihm unser Zelt überlassen, damit er sturmfreie Bude hat, um seinen Bericht zu schreiben. Unterdessen genieße ich das letzte Tageslicht und ein paar Minuten für mich allein.

Sobald ich aus dem Schutz der Zelte trete, sticht der Wind auf mich ein. Schneeverwehungen schlagen mir zischend ins Gesicht und lassen meinen Anorak im Nu steif werden, als ich lostrotte, um festzustellen, wie hoch wir schon gekommen sind. Ich hätte meine Sturmhaube überziehen sollen. Der Wind braucht nur wenige Sekunden, um mir die Wärme vom Gesicht zu fegen, und mein Kopf ist so kalt, dass es wehtut. Ich wickle mir den Schal ums Gesicht und setze die Kapuze auf.

Verzweifelt recke ich den Hals, um die schwindelerregend hohe Masse aus Fels und Eis hinter den Zelten zu betrachten. Sie erhebt sich bis zum gut zweitausend Meter höher gelegenen Westgipfel des Kangchenjunga, einem der »unbedeutenderen« Gipfel des Berges. Links von mir leuchtet das funkelnde Labyrinth des Oberen Eisfalls in den letzten Sonnenstrahlen. Irgendwo dort drüben liegt der Überhang. Ihn wollen wir morgen erreichen. Zum Glück versperrt der Vorbau mir die Sicht.

Schließlich kehre ich den Zelten den Rücken zu und gehe zum Rand der »Empore«. Wir sind höher aufgestiegen, als ich vermutet habe. Als ich den schneebedeckten Abhang hinunterspähe, wird mir schwindelig. Weit unten in der Tiefe kann ich als schwarzen Klumpen gerade noch den Hügel samt den Lyell-Gräbern ausmachen.

Ich glaube, weiter werde ich mich nicht vorwagen. Ich bin mir zwar fast sicher, dass sich unter mir festes Eis befindet, doch wir sind heute an vielen Spitzen vorbeigekommen, deren Schneewechten wie gewaltige Wogen ins Leere ragten. Ein Schritt zu viel, und das Eis bricht und schleudert den unvorsichtigen Wanderer in den Abgrund.

Als ich so den Abhang hinunterstarre, löst diese Vorstellung ein wohliges Gruseln in mir aus. Wenn ich jetzt abstürzen würde …

Als Kinder haben Kits und ich Tante Ruth ständig in den Ohren gelegen, sie möge uns die Geschichte vom Unglück auf dem Matterhorn erzählen. Wir konnten gar nicht genug davon kriegen, und da wir blutrünstige kleine Ungeheuer waren, gierten wir nach Details.

Whympers vier Begleiter waren, obwohl aneinandergeseilt, dreihundert Meter tief abgestürzt, dabei gegen Felswände geprallt, weiter gefallen und immer wieder irgendwo angestoßen. Die mehrfachen Kollisionen rissen ihnen die Kleider vom Leibe und trennten ihnen die Gliedmaßen ab. Einen Mann konnte man nur noch anhand seines Stiefels identifizieren. Einen anderen mithilfe eines Rosenkranzes, der sich in seinen Kiefer gebohrt hatte.

Die Sonne verschwindet hinter den Gipfeln im Westen, und binnen eines Wimpernschlags erlischt das Licht, das den Schnee beleuchtet hat. Während ich den Zelten den Rücken zugewandt habe, sind Wolken aufgezogen, weshalb das Lager nun nicht mehr zu sehen ist. Vorsicht, Stephen. Wenn du dich jetzt in der Richtung irrst, könnte es heikel werden.

Ganz langsam drehe ich mich um hundertachtzig Grad und gehe in die Richtung, wo ich die Zelte vermute.

Ich verspüre ein wenig Erleichterung, als sie sich aus dem Dunst herausschälen. Mein Erlebnis von gestern scheint endlich in den richtigen Kontext gerückt. Unten am See habe ich mich grundlos in eine Todesangst hineingesteigert. Was mir inzwischen furchtbar peinlich ist. Ich habe einen Felsen gesehen, der ähnlich geformt war wie ein menschlicher Kopf. Warum habe ich mich davon so ins Bockshorn jagen lassen?

Heute hat das schiere Vorhandensein dieses Berges mir sämtliche Flausen ausgetrieben. Es war richtig von Charles Tennant, ihn mit dem Namen der Lepcha zu bezeichnen, denn mehr als ein »Großer Stein« ist der Kangchenjunga nicht. Allerdings ist es nicht richtig, dass er sich nach wie vor von ihm in Angst versetzen lässt. Der Wind, die knatternden Zeltbahnen und das Grollen der Lawinen auf dem Sattel mögen den Berg lebendig erscheinen lassen, die Betonung liegt dabei aber auf dem Wort »erscheinen«. *Dort oben gibt es kein Leben.* Und demzufolge auch keine Bedrohung. Die Sherpas irren sich. Dieser Berg besitzt weder eine Seele noch Einsichtsfähigkeit oder einen eigenen Willen. Er schmiedet keine Mordpläne. Er existiert einfach nur.

Vielleicht empfinden wir ja gerade das als beängstigend. Der Aufenthalt auf einem Berg zwingt uns, der gewaltigen und gefühllosen Wirklichkeit ins Auge zu schauen: Er ist immer präsent, und zwar parallel zu unserer ach so bedeutsamen, kleinen Menschenwelt, in der wir Schutz vor der Kälte suchen. Kein Wunder, dass wir Phantome erfinden, wenn wir uns in die Berge vorwagen. Das Böse ist leichter zu ertragen als gnadenlose Gleichgültigkeit.

Jemand stupst mich am Oberschenkel. Es ist Cedric, der aus seinen freundlichen braunen Augen verständnislos zu mir emporschaut.

Unbeholfen wegen meiner Fäustlinge, kraule ich ihm die Ohren. Zeit, hinein ins Warme zu gehen.

Für heute habe ich Sinneseindrücke genug.

11

Als Cedric und ich uns in das Zelt von Garrard und Kits zwängen, ist der Kakao schon fertig, und auf dem zweiten Primus köchelt das Abendessen. Es ist zwar recht eng, doch angesichts der fünf Grad minus draußen recht gemütlich. Der Dunst von feuchter Wolle, Paraffin, ungewaschenen Männern und Hund vermittelt Geborgenheit. Die Primuskocher zischen laut, und alle husten. Hier oben gehören Halsschmerzen praktisch zum guten Ton.

Obwohl – wie üblich auf dieser Höhe – niemand Hunger hat, zwingen wir Porridge mit getrockneten Aprikosen und Kekse mit Pflaumenmus in uns hinein. Auf Fleisch hat keiner von uns Lust. Nur Cedric verschlingt den Inhalt einer Würstchendose.

Im gelben Schummerlicht sehen wir aus wie die Landstreicher: schwarze Ränder unter den Fingernägeln, verfilztes Haar, zottige Bärte und ledrige braune Gesichter. Nach dem Essen sitzen wir erschöpft da, schweigen, schmelzen mehr Schnee und füllen unsere Thermosflaschen für den Morgentee. Anschließend kehren Cotterell und ich in unser Zelt zurück.

In großer Höhe dauert alles eine Ewigkeit. Die kleinste Aufgabe ist eine ungeheure Kraftanstrengung. Gerade habe ich eine halbe Stunde damit zugebracht, meine Gamaschen aufzuschnüren und die Stiefel auszuziehen. Zum Glück habe ich die seitliche Öffnung meines Schlafsacks zunähen lassen. Das erleichtert das Hineinschlüpfen gewaltig. Cotterell kämpft noch immer mit den Knöpfen von seinem, und aus dem Nachbarzelt höre ich das laute Ratschen von Reißverschlüssen, untermalt von Geschimpfe und Husten. Im Zelt der Sherpas herrscht Grabesstille. Nicht einmal Nimas Flöte erklingt.

Als ich endlich so weit bin, breitet sich Cedric auf meinen Füßen aus wie eine große, struppige Decke. Er lenkt mich von Cotterell ab, dessen Atem immer wieder für beängstigend lange Zeit aussetzt. Bei mir ist das auch so. Es handelt sich um ein eher harmloses Symptom der Höhenkrankheit, das man Cheyne-Stokes-Atmung nennt. Allerdings ist es recht unangenehm, nach Luft zu ringen, und noch scheußlicher ist es, jemand anderem dabei zuzuhören.

Ich schalte die Taschenlampe ein, um nach Cotterell zu sehen. Er schläft tief und fest, kein bläulicher Schimmer zeigt sich um seine Lippen. Als ich die Taschenlampe ausknipse, legt sich die Dunkelheit wie eine Hand auf mein Gesicht.

Einschlafschwierigkeiten sind ein weiteres eher harmloses Symptom. Immer wieder döse ich ein und werde von meinem eigenen heftigen Herzklopfen geweckt. Ich brauche mich nur umzudrehen, und schon beschleunigt sich mein Herzschlag. Wir befinden uns auf sechstausend Metern. Uns fehlen noch beinahe zweitausendsiebenhundert.

Stephen, alter Junge, reiß dich zusammen! Das können sogar Europäer. Norton hat es auf dem Everest bis rauf auf achttausendfünfhundertvierunddreißig Meter geschafft. Und letztes Jahr ist dieser Bursche mit dem Monokel sogar über den Gipfel geflogen. Er hat sein Abenteuer überlebt und auch noch einen nassforschfröhlichen Film darüber gedreht.

Ich ziehe die Kordeln meiner Schlafsäcke zu, bis nur noch die Nase herausschaut. Früher habe ich das gehasst, aber inzwischen nicht mehr. Eingemummelt in zwei Daunenschlafsäcke, mit einer Sturmhaube aus Shetlandwolle auf dem Kopf und mit Autofahrerkappe – samt Lammfell und unter dem Kinn fest verschnürt –, bin ich praktisch taub. Mir soll das recht sein. Ich will nämlich gar nicht hören, wie Cotterell immer wieder der Atem stockt. Und ich will die gewaltige Wucht da draußen nicht spüren.

»Unser heutiges Ziel«, verkündet Cotterell beim Frühstück, »ist es, den Gipfel des Vorbaus hinter uns zu lassen, den Eisfall zu überqueren und oberhalb des Überhangs Camp Zwei aufzuschlagen.«

Das Überwinden des Eisfalls soll sich als echte Schinderei herausstellen. Den ganzen Vormittag lang quälen wir uns durch schattige Hohlwege und klettern an Eiszapfen befestigte Strickleitern hinauf, bis wir endlich eine riesige, gut einen Kilometer breite und mit grell funkelndem Schnee bedeckte Ebene erreichen. Sosehr wir uns auch nach einer Rast sehnen, wir wagen es aus Furcht vor Lawinen nicht, uns diese zu gönnen.

Zum Glück entdeckt Kits einen einfachen Weg zum Überhang. Seiner Ansicht nach dauert der Aufstieg höchstens eine Stunde. Erleichtert stelle ich fest, dass ich seit dem Frühstück nicht ein einziges Mal an den Überhang gedacht habe.

Wir schicken die Sherpas voraus, damit sie auf dem letzten Stück der Strecke Stufen in den Schnee hauen. Als Nachhut klettern wir vier Sahibs zunächst ein wenig ohne Hilfe weiter. Gut, als Klettern kann man das Ganze wohl nicht bezeichnen, denn wir nehmen lediglich Stufen einen vereisten Kamm hinauf, der etwa so hoch ist wie ein zehnstöckiges Haus. Der Weg ist mit leuchtend roten Fähnchen an Bambusstöcken markiert. Das haben wir bitter nötig, denn Bewölkung zieht auf.

Kits marschiert voran, Garrard und ich folgen ihm, zu guter Letzt kommt Cotterell. Wir sind zwar angeseilt, aber nicht gesichert, da sich das laut Kits »beim Bergauflaufen nicht lohnt«.

Von Laufen kann allerdings auch keine Rede sein. Mein raues Atmen hallt mir in den Ohren, und mein Eispickel lässt brüchige Scherben den Abhang hinunterrieseln. Dabei entsteht ein sonderbares, hohes Surren, das immer ein wenig Unheil verkündend klingt. Doch es ist ein hypnotischer Anblick, wie die Eissplitter um die eigene Achse rotieren, den Vorbau hinunterrutschen und dreihundert Meter in die Tiefe krachen.

Dicht hinter mir höre ich Cotterells Husten und das

Klackern von Cedrics Krallen. Der Himmel weiß, wie lange der Hund glaubt, mithalten zu können. Nach unserer Ankunft in Camp Zwei muss ich ihn wohl nach unten ins Basislager schicken, vermutlich gefesselt in der Korbtrage eines Sherpa, damit er nicht zurückkommt.

Der Kamm ist schmal. Immer wieder taucht rechts von mir der steile Abgrund auf, wo der Vorbau liegt, verschwindet aber gleich darauf erneut im Nebel. Ein Stück über mir verschmelzen Garrard und Kits förmlich mit der Umgebung. In ihrer Bergsteigerkleidung aus grauem Gabardine mit den langen Bändern an den Kapuzen kann ich sie ohnehin fast nicht voneinander unterscheiden. Die Gesichter mit einer weißen Schicht Penatencreme bedeckt, sehen sie kaum noch wie Menschen aus, die Schneebrillen verwandeln sie vollends in Gespenster mit stumpfen Augen.

Die einzige Möglichkeit, die mir zur Unterscheidung bleibt, ist Kits' unverkennbare Art, sich zu bewegen. Seit unserer letzten gemeinsamen Bergtour sind ein paar Jahre vergangen, weshalb ich ganz vergessen hatte, wie gut er ist. Auf dem Berg ist er wie ausgewechselt. Keine Spur mehr von dem aufgesetzten jugendlichen Überschwang, der angesichts seiner siebenunddreißig Jahre allmählich etwas gekünstelt wirkt. Hier ist er mit Leib und Seele bei der Sache und besitzt den unerklärlichen sechsten Sinn, den Alpinisten als »Berggefühl« bezeichnen. Sogar seine Schritte sind anders als sonst und haben eine geschmeidige, katzenartige Anmut, die Cotterell an Mallory erinnert. Ich kann dazu nichts sagen, da es mir nie vergönnt war, Mallory beim Klettern zu erleben. Doch als ich Kits nun beobachte, werde ich von einem plötzlichen Anflug von Familienstolz ergriffen.

»Es sind nicht seine Bewegungen, die ihn zu einem so ausgezeichneten Bergsteiger machen«, hat Garrard mir leise nach dem Frühstück erklärt. »Sondern vielmehr die absolute Gewissheit, dass er einen nie im Stich lassen würde.«

Er sagte das im Brustton der Überzeugung. Ich warf ihm einen überraschten Blick zu. Der struppige blonde Bart betonte unschön seine Hakennase, und in den eng beieinanderliegenden Augen zeichnete sich ein Glitzern ab, sodass ich mich fragte, ob seine Gefühle für Kits womöglich mehr als nur freundschaftlicher Natur sind. In diesem Fall täte er mir leid. Ob Kits wohl etwas davon ahnt?

Inzwischen sieht es aus, als sei Garrard über mir vom Weg abgekommen. Offenbar ist er auf die falsche Seite der Fahnen geraten, auch wenn ich mir in diesem Nebel nicht ganz sicher bin.

Noch schaue ich angestrengt hin, als der Schnee unter seinem rechten Stiefel mit einem Knirschen nachgibt. Garrard kippt über den Felsrand. Er fällt völlig geräuschlos. Zum Nachdenken bleibt keine Zeit. Ich ramme den Eispickel mit aller Kraft in den Boden, wickle das Seil darum, damit es gesichert ist, und werfe mich mit meinem ganzen Körper auf den Stiel. Unter mir knackt es, und ich hoffe, dass es Cotterell ist, der meinem Beispiel folgt. Noch ein Geräusch von weiter oben. Stößt Kits auch seinen Pickel ins Eis?

Es kann nicht länger als eine Sekunde gedauert haben, obwohl es sich wie Stunden anfühlt. Mein Eispickel ruckt und zittert, als Garrards ganzes Gewicht daran hängt – aber er hält stand.

All das geschieht blitzschnell und gefolgt von einem langen, entsetzten Schweigen. Fallendes Eis klirrt wie Glas. Dann hievt Garrard sich mühsam nach oben. »Tut mir leid, Kinder! Tut mir leid!«

Mein Eispickel hat einen schmerzhaften Bluterguss an meinem Unterbauch hinterlassen. Als Cotterell mich einholt, klopft er mir anerkennend auf den Rücken. »Gut gemacht, Dr. Pearce, Hut ab!« Nun grinsen wir drei und klatschen einander ab. Cedric bellt und versucht, uns die Penatencreme vom Gesicht zu lecken.

»Was ist da unten los?«, ruft Kits, der im Nebel nur schemenhaft zu erkennen ist. »Ich habe ein Knacken gehört …«

»Bin daneben getreten!«, antwortet Garrard. »War ziemlich knapp!«

»Mein Gott, Beak, ist alles in Ordnung?« Kits verzieht besorgt das Gesicht. Garrard errötet vor Freude.

»Alles bestens! Komme mir nur wie ein Vollidiot vor!«

Kits fängt an zu grinsen. »Vollidiot stimmt. Pass beim nächsten Mal auf, wo du hinlatschst!«

»Dass ich ein Idiot bin, weiß ich selber. Wenn Stephen nicht gewesen wäre, könnten wir jetzt einpacken.«

Kits Lächeln erstarrt. »Gut gemacht, Stephen.« Bilde ich es mir nur ein, oder höre ich da einen gezwungenen

Tonfall mitschwingen? Er wird doch nicht etwa eifersüchtig sein?

Bevor wir weitermarschieren, untersuche ich rasch Garrard. Durch das Seil hat er einige Abschürfungen davongetragen, und seine Taille ist ziemlich lädiert (aber zum Glück hat er sich keine Rippe gebrochen). Allerdings ist er schwerer erschüttert, als er zugeben will.

Doch da ist er nicht der Einzige. Wie schnell das gegangen war, was für ein winziger Fehler genügt hatte … Aber so ist es immer. Das wissen wir, denn wir alle kennen diese Geschichten: der heruntergefallene Handschuh, das Steigeisen, versehentlich in brüchiges Eis getrieben … Nur dass man als Betroffener eben eine andere Sicht auf die Dinge bekommt. Dann erkennt man deutlich wie nie zuvor, dass die Bergkameraden das sind, was wirklich zählt.

Wobei auch das nicht ganz stimmt. Noch wichtiger ist es nämlich, ein bisschen Glück zu haben. Wäre das Seil nur etwas kürzer gewesen, hätte Garrards Sturz womöglich sogar Kits mitgerissen. Dann hätte unter dem Gewicht der beiden Männer entweder das Seil den Geist aufgegeben, oder mein Eispickel wäre geknickt. Und dann wären wir in der Tiefe gelandet.

Als wir Camp Zwei erreichen, sind alle erleichtert. Trotz unserer Pläne ist es dieselbe Stelle, an der schon Lyell gelagert hat, sprich, unmittelbar unter dem Überhang. Inzwischen ist es zu spät, um ein Stück weiter oben zu campieren, und Kits' unten auf dem Grabhügel vehement geäußerte Abneigung gegen diesen Lagerplatz scheint vergessen. Vermutlich liegt das daran, dass uns der gut dreißig Meter hohe Überhang laut Cotterell vor Lawinen schützen wird. Und was Cotterell sagt, ist für Kits Gesetz.

Ich bin zu erschöpft, um mir darüber Gedanken zu machen. Dass Garrard dem Tod gerade noch von der Schippe gesprungen ist, wirft ein neues Licht auf die Dinge. Meine vermeintliche Beobachtung unten im Basislager scheint hundert Jahre her zu sein. Sie zählt nicht mehr. Nur die Männer in meiner Begleitung zählen noch. Und das Wissen, dass ich mich auf sie verlassen kann, falls ich einmal daneben treten sollte. Genauso wie umgekehrt.

In Camp Zwei ist es sogar noch windiger als in Camp Eins und zudem beängstigend eng, denn vor den Zelten bleiben nur wenige Meter, ehe die Fläche steil nach unten zum Vorbau abfällt. Als ich vor dem Lager stehe, erhebt sich links von mir der Überhang über die gezackte Spalte, die ich vom Hügel aus bemerkt habe. Zum Glück mussten wir sie auf dem Weg hierher nicht überwinden, sondern haben sie umrunden können.

Es ist seltsam, inmitten dieser Weiten auf einem derart schmalen Sims zu stehen. Immer wieder ballen sich die Wolken dicht zusammen, sodass ich die Hand vor Augen nicht sehen kann. Das ist irritierend, da ich die Leere rings um mich ja spüre. Im nächsten Moment reißt die Bewölkung auf, und plötzlich sind sie abermals da, der grauenerregende Abgrund unter mir und die nicht minder grauenerregenden Felswände über mir. Die Wechsel zwischen Sehen und Nicht-Sehen vollziehen sich so plötzlich und lautlos, dass man die Orientierung verliert.

Lobsang und die anderen Sherpas sind über den »Highway« zu Camp Eins zurückgekehrt. Aber Tenrit, Cherma, Angdawa, Dorjit, Pasang und der unermüdliche Nima drängen sich in ihrem Zelt zusammen und erhitzen *tsampa* auf ihrem Primus. Diese Menschen sind unglaublich. Bis auf ein paar Beulen und Schrammen ist ihnen nichts anzumerken.

Heute sind Cotterell und ich an der Reihe, in unserem Zelt die Gastgeber zu spielen. Wir verspeisen eine ziemlich scheußliche Suppe aus Dörrfleisch mit Trockenei und dazu Tapiokapudding mit Sirup und Lime Pickles (meine Idee, wegen der Vitamin-C-Versorgung). Das Ganze spülen wir mit Cotterells Spezialgebräu herunter: in Horlick's Schokotrunk aufgelöste Karamellen. Das Getränk eignet sich ausgezeichnet zum Eintunken von Teegebäck und erfreut sich deshalb großer Beliebtheit. An die Folgen für unsere Zähne denke ich jetzt lieber nicht.

Wegen Garrards Missgeschick sind wir noch immer ein wenig aufgewühlt und reden durcheinander.

»Wenn sich das Wetter hält, sollten wir es in zwei oder drei Tagen zum Großen Eisschelf schaffen …«

»Rutsch mal rüber, Cedric …«

»Offen gestanden würde ich gerne auf Sauerstoffflaschen verzichten. Ich finde das unsportlich. Außerdem fühlt man sich mit diesen Masken so grässlich von der Welt abgeschnitten …«

»Schon, aber auf dem Everest haben sie sich als hilfreich …«

»Tja, laut Bauer schwächen sie die Konstitution.«

»Der ist Deutscher«, wendet Kits ein. »Für ihn schwächt alles die Konstitution.« Das bringt alle zum Lachen.

»Was meinen Sie, Dr. Pearce?«, fragt Cotterell.

Ich lächle. »Ich fürchte, ich muss Bauer zustimmen und würde mich nicht darauf verlassen wollen. Allerdings würde ich ein paar Kanister zur abendlichen Stärkung mitnehmen.«

Anschließend wenden wir uns der sattsam erörterten Frage zu, warum man überhaupt auf einen Berg steigt. Cotterell führt McLellan und seinen Gott an. Garrard zupft sich verlegen an der Hakennase und murmelt etwas von John Ruskin und von Schönheit. Ich erkläre, dass mir die Sinnlosigkeit an sich zusagt. Eine Anstrengung, nur um der Anstrengung willen.

Kits rollt brüderlich und liebevoll die Augen, was nicht im Mindesten liebevoll und brüderlich gemeint ist. »Herrje, Bodge, es ist ein Berg! Warum kann man ihn nicht einfach besteigen? Zum Teufel mit dem Warum.«

»Aber, Kits, genau das habe ich doch gesagt.«

Er errötet. »Nun, ich finde es völlig überflüssig, über solche Dinge zu reden. Man sollte so etwas mit sich selbst abmachen und den Mund halten!«

Garrard wirft mir einen spöttischen Blick zu, und Cotterell glättet die Wogen, indem er die letzten Kekse verteilt.

Kits schmollt, weil ich durch Garrards Beinaheabsturz ein vollwertiges Mitglied der Gruppe geworden bin. Er würde mich lieber aus dem netten Kleeblatt ausschließen, das er mit Garrard und Cotterell gegründet hat. In mir löst das die Frage aus, was er den anderen wohl über mich erzählt haben mag, bevor ich in Darjeeling zu ihnen stieß.

Da das Gespräch zu erlahmen droht, fühle ich allen den Puls. Wir befinden uns auf etwa sechstausendsiebenhundert Metern, weshalb es mich nicht wundert, dass wir die Folgen spüren. Garrard leidet an Ischiasschmerzen, Kits hat sich eine leichte Erfrierung der rechten Hand zugezogen, und Cotterell hat sich die Nieren verkühlt. Obwohl er es nicht zugibt, fühlt er sich ziemlich elend. Er schwört auf seine Asthmazigaretten und eine rote Leibbinde aus Flanell, die ihm schon im Schützengraben gute Dienste geleistet hat. Dennoch muss ich ein Auge auf ihn haben. Taktvoll allerdings, da er empfindlich reagiert, wenn man auf sein Alter anspielt.

Als die anderen in ihr Zelt zurückgekehrt sind und er es sich in seinem Schlafsack bequem gemacht hat, bastle ich aus dem Ersatzgummischlauch des Sauerstoffgeräts eine improvisierte Wärmflasche. Er findet das zwar großartig und behauptet, dass es ihm schon viel besser geht, aber ich glaube ihm nicht ganz.

Ich habe mich auf der Seite ausgestreckt und wende ihm das Gesicht zu. Cedric hat sich zwischen mir und der eiskalten Zeltwand niedergelassen. Der Wind schleudert Schnee gegen das Zelt, was sich anhört, als würfe jemand mit Kies. Über allem liegt das nie enden wollende Knattern der Zeltbahnen. Ich bin zwar erschöpft, aber zu unruhig, um einzuschlafen.

In mir wächst die Gewissheit, dass ich nicht vor meinem Leben davongelaufen bin, sondern es vielmehr gefunden habe. Bis jetzt war die Entscheidung, Medizin zu studieren, der einzige Schritt in meinem Leben, der nichts mit Kits zu tun hat. Auch wenn mir gar nicht ganz klar war, wie viel mir das bedeutet. Außerdem ist hier meine wahre ärztliche Kunst gefragt. Ich bin meilenweit entfernt von Knightsbride, wo ich Matronen das pummelige Händchen halte.

Hier gibt es so viel für mich zu lernen. Warum ertragen Sherpas die Höhe besser als Europäer? Passen sie sich an, oder ist es genetisch? Warum soll nicht ich derjenige sein, der eine Antwort auf diese Frage findet?

Hinzu kommt, dass ich diese Menschen wirklich mag. Sie könnten einen guten Arzt gebrauchen. In den Hügelausläufern sind wir durch einige Dörfer voller freundlicher, schmutziger Bauern gekommen, wo ich viele Fälle von Augenentzündungen und Lungenerkrankungen gesehen habe. Ich habe unter Einsatz der Vorräte, die ich entbehren konnte, geholfen, soweit es in meiner Macht stand. Aber ich könnte noch viel mehr tun.

Was also hindert mich daran, in Indien, Nepal oder Sikkim zu bleiben, wenn diese Expedition vorbei ist?

Jäh schrecke ich hoch. Etwas stimmt nicht. Ein Geräusch hat mich geweckt. Doch inzwischen ist es wieder verstummt. Keine Ahnung, was das war. Ich weiß nur, dass ich mich fürchte. Die Knie bis an die Brust hochgezogen, krümme ich mich seitlich zusammen. Meine Kopfhaut prickelt, mein Atem geht schnell und flach.

Warum? Was spürt mein Körper, ohne dass ich selbst es spüre?

Im Lager ist es totenstill. Kein Wind. Kein Schnarchen aus den anderen Zelten. Ich bin nicht von einem Albtraum aus dem Schlaf gerissen worden. Auch nicht von einer Lawine, denn es ist kein Rumpeln von Geröll zu hören. Nun bin ich hellwach. Meine Fingernägel graben sich in meine Handflächen, und meine Bartstoppeln kratzen, als ich mir in die Unterlippe beiße. Ein paar Zentimeter vor mir kann ich Cotterells Silhouette ausmachen, die sich hebt und senkt. Doch da ist kein Cedric hinter meinem Rücken. Nur eine eiskalte Zeltwand, vom Gewicht des Schnees nach innen gedrückt.

All das schießt mir blitzartig durch den Kopf, als ich in die Dunkelheit starre. Vor Angst kann ich keinen Muskel regen.

Undeutlich nehme ich die Umrisse der Zeltbahn wahr, die sich ausbeult und wieder nach außen stülpt. Graue Schneeflocken wehen am Sichtfenster in der vorderen Zeltklappe zu meinen Füßen vorbei. Eiskaltes Grauen ergreift mich, als mir klar wird, dass ich all das nicht hören kann. Keinen Wind, keine knatternden Zeltbahnen, kein Schneegriesel, ja nicht einmal Cotterells Atem. Nur mein eigenes panisches Keuchen. Die Wirklichkeit hat sich zurückgezogen wie das Meer bei Ebbe und mich zurückgelassen, gefangen hinter einer Mauer des Schweigens.

Im nächsten Moment wird die Vermutung zur schrecklichen Gewissheit: Da draußen vor dem Zelt ist etwas.

Wie gerne würde ich Cotterell wecken, aber das geht

nicht. Denn ich wage weder, die Hand auszustrecken, noch, mich überhaupt zu rühren. Und dann höre, nein, spüre ich, dass sich in dieser Stille von hinten etwas nähert.

Das Knirschen von Stiefeln auf der Schneekruste, ein zögernder, immer wieder innehaltender Schritt. Nein, kein Schritt ... Es klingt, als bewege sich das Etwas auf allen Vieren vorwärts.

Wenn ich mich aufsetzen und durch das Sichtfenster spähen würde ... Aber ich kann nicht. Ich ertrage die Vorstellung nicht, was ich dann sehen könnte.

Nun höre ich das Rascheln und Scharren eines gefrorenen Anoraks. Das Etwas richtet sich auf. Inzwischen ist es viel näher gekommen, ist unmittelbar hinter mir. Nur eine dünne Leinwand trennt uns voneinander.

Das Rascheln verstummt. Die Stille ist ohrenbetäubend.

Mit letzter Willenskraft wälze ich mich herum und spähe durch das Sichtfenster.

Mir bleibt fast das Herz stehen. Im Fenster zeigt sich ein Kopf. Reglos. Nah. Doch nicht der Hauch eines gefrorenen Atemzugs. Das Etwas war hinter mir, nun ist es da.

Ich bin wie gelähmt. Meine Gliedmaßen sind erstarrt, als seien sie mit Eis überzogen. Ich kann nicht eine Sekunde länger hinsehen. Also kneife ich die Augen zu. Als ich sie wieder öffne, ist das Etwas fort.

Es ist, als hätte jemand einen Schalter umgelegt. Plötzlich höre ich den Wind, das Knattern der Zeltbahnen und Cotterells lautstarkes Atmen.

Ich kann mich wieder bewegen. Mühsam kämpfe ich mich aus dem Schlafsack und ziehe Anorak, winddichte Hose und Stiefel an. Ich taste nach meiner Taschenlampe, wage jedoch nicht, sie anzuknipsen. Dann schlüpfe ich in meine Handschuhe, stecke Fäustlinge und Taschenlampe ein und nestle an den gefrorenen Laufknoten der Zeltklappe herum. Das Herz hämmert mir in der Brust. Dennoch zögere ich nicht. Ich muss es wissen.

Der Himmel ist schwarz. Kein Mond. In den Lücken zwischen den Wolken ein paar hingestreute Sterne. Trübgrauer Schnee weht zischend durchs Lager. Neben dem Zelt ist nichts.

Ich krabble hinaus und richte mich unbeholfen auf. Dann mache ich einige Schritte, um mich zu vergewissern.

Das Knistern von gefrorener Leinwand. Ein gelber Lichtstrahl bohrt sich in den Schnee.

»Stephen?« Kits' Kopf lugt zwischen den Zeltbahnen hervor. Sein Atem bildet eine Dunstwolke. »Was machst du da?«, flüstert er.

Ich schalte die Taschenlampe ein und leuchte den Boden rings um mein Zelt ab. Der Schnee ist unberührt. Keine Fußabdrücke. Nur meine eigenen vorsichtigen Spuren.

Ich knipse die Lampe wieder aus und lasse den Blick über das Lager schweifen. Meine Augen wandern über die Zelte und die grauen Hügel des Proviantdepots nach oben zum …

Das Etwas ist auf dem Überhang. Dunkel hebt es sich von den Sternen ab und ist auf völlig grauenhafte Weise vorhanden: eine Gestalt mit Kapuze und in Bergsteigerkleidung.

Bis zu diesem Moment habe ich mir eingeredet, dass ich nur geträumt habe. Doch jetzt nicht mehr, als ich wie versteinert dastehe, Kits hinter mir und den Wind von vorn, der mir Schnee wie Glassplitter ins Gesicht schleudert.

»Stephen! Was ist los?«

Ich schaue mich kurz nach ihm um, dann aber wieder zum Überhang. Die Gestalt ist verschwunden. Doch sie war da. Ich habe sie selbst gesehen. Kits nicht. Nur ich.

Ich räuspere mich. »Nichts«, stoße ich hervor. »Alles in Ordnung.«

12

Auf keinen Fall war es eine durch Höhenkrankheit verursachte Halluzination. Bis jetzt bin ich mehr oder weniger davon verschont geblieben. Nur ein wenig Übelkeit und Kurzatmigkeit. Leichte Symptome also.

Wenn ich wie Cotterell in Flandern gekämpft hätte, könnte ich es auf ein Kriegstrauma schieben. Unterdrückte Erinnerungen, zutage gefördert von meinem Unbewussten. Nur dass ich eben nichts *unterdrücke*. Ich habe die Geräusche vor dem Zelt tatsächlich gehört. Ich habe sie mir weder eingebildet, noch habe ich sie geträumt. Sonst hätte ich mich ja nicht angezogen und hinaus in die Kälte gewagt. Da war etwas.

Außerdem habe ich auf dem Überhang etwas gesehen.

Aber *was?*

Zu meinem Erstaunen steht mir mein Erlebnis beim Frühstück nicht ins Gesicht geschrieben. Obwohl wir vier eng gedrängt in Garrards und Kits' Zelt sitzen, fällt niemandem etwas an mir auf.

Den Mund voll Porridge, erkundigt sich Kits, was ich in der Dunkelheit draußen getrieben hätte, worauf ich antworte, ich hätte meine Notdurft verrichtet und anschließend Cedric gesucht. Beiläufig frage ich ihn, ob ihm etwas Merkwürdiges aufgefallen sei.

»Merkwürdig? Wovon redest du?«

»Auf dem Überhang. Ich dachte ... sah aus wie ein *gorak*. Ziemlich komisch, so hoch oben einen Vogel anzutreffen. Du hast ihn wirklich nicht gesehen?«

Er lacht in sich hinein. »Nein, aber offenbar ist Cedric davon aufgewacht. Er hat eine Schwäche für *goraks*, richtig, mein Junge? Zum Glück hat er den Weg zurück in mein Zelt gefunden.«

Damit wäre auch dieser letzte Zweifel ausgeräumt. Kits hat nichts gesehen. Nur ich. Und ich kann mit niemandem darüber reden. Die anderen würden glauben, dass ich die Höhe nicht vertrage, und mich ins Basislager zurückschicken.

Es ist kurz vor fünf, und allmählich tagt es. Allerdings schneit es so heftig, dass wir nicht aufbrechen können, weshalb wir in Camp Zwei festsitzen. Cotterell ist in unserem Zelt und schreibt. Ich sitze bei Garrard und Kits. Je beengter es ist, desto sicherer fühle ich mich.

Garrard liest. Cedric liegt, die Schnauze zwischen den Pfoten, mit ausgestreckten Beinen da und wirft mir immer wieder verlegene Blicke zu. Zu Recht, schließlich hat er mich letzte Nacht im Stich gelassen. Kits und ich schauen abwechselnd aus dem Fenster. Genauso wie ich kann er es kaum erwarten, aufzubrechen. Bei ihm ist der Grund allerdings, dass er sich rasch langweilt und Untätigkeit verabscheut.

»Ich glaube, es klart auf«, meint er voller Hoffnung.

»Nima denkt nicht, dass das schlechte Wetter anhält«, ergänze ich.

Garrard schnaubt abfällig. »Immer schön realistisch bleiben, Kinder. Wir sind eingeschneit!«

Er hat recht. Was, wenn es den ganzen Tag weiterschneit? Ich weiß nicht, was ich tun soll, wenn wir noch eine Nacht hier verbringen müssen.

Gut, es hat keinen Zweck, ich muss mich der Wahrheit stellen.

In Camp Zwei liegt etwas im Argen.

Was genau meine ich mit »im Argen«? Gespenster bestimmt nicht. An körperlose Geister glaube ich nicht.

Selbstverständlich bin ich als Naturwissenschaftler offen für Fakten, die das Gegenteil beweisen. Nur dass mir bis jetzt keine untergekommen sind. Mein Erlebnis von letzter Nacht ist kein derartiger Beweis. Mit Sicherheit nicht. Wenn die letzte Synapse im Gehirn erst einmal flackert und dann stirbt, ist es endgültig vorbei. Licht aus. Davon bin ich fest überzeugt.

Anders sieht es mit *Energie* aus. Energie kann man weder vermehren noch zerstören. Liegt es deshalb nicht zumindest im Bereich des Möglichen, dass sich irgendeine Form von Energie – magnetisch oder sogar emotional – all die Jahre hier gehalten hat? Und vielleicht – und das sei betont –, nur vielleicht bin ich aus irgendeinem Grund eine Art körperliches Medium für besagte Energie. So wie eine Batterie oder ein Blitzableiter. Möglicherweise ist es das, was Cedric letzte Nacht gespürt hat. Und möglicherweise macht er deshalb noch immer einen Bogen um mich.

Diese Hypothese beruhigt mich ein wenig. Mit ihr habe ich dem »Im-Argen-Liegen« eine Kontur gegeben. Es gewissermaßen eingehegt.

Außerdem bedeutet es, dass es absolut sinnlos ist, herausfinden zu wollen, was genau Lyell und seinen Begleitern zugestoßen ist. Es würde überhaupt nichts verändern. Ich muss mich an die Tatsache klammern, dass alles, was an Camp Zwei nicht stimmt, einzig und allein Camp Zwei betrifft. Das genau ist die Antwort. Während des Anstiegs vom Grabhügel, in Camp Eins oder auf dem Weg zu Camp Zwei selbst hatte ich schließlich kein ungutes Gefühl.

Weshalb empfinde ich es dann hier so stark?

Nun, das muss wohl daran liegen, dass Lyell hier sein Camp Zwei aufgeschlagen hat. Ein weiterer Grund ist vermutlich, dass sich der Schauplatz des ersten Unfalls nur ein kleines Stück über uns befindet. Dieses Unglück hat damals die Pechsträhne eingeleitet. Wie heißt es in Cotterells Buch? *Als sie sich auf gut sechstausendsiebenhundert Metern befanden, führte, wie so oft in dieser Höhe, ein unbedeutender Fehler zu einer Katastrophe.*

Aber das ist, wie gesagt, über uns. Hier unten muss noch mehr dahinterstecken ...

»Stephen?« Kits hält mir eine dampfende Teetasse hin.

»Danke. Was macht das Wetter?«

Er verzieht das Gesicht. »Aber es ist ja noch nicht einmal neun. Also noch genug Zeit, damit es aufklaren kann.«

»Du unverbesserlicher Optimist«, murmelt Garrard, ohne den Blick von seinem Buch zu heben.

Der starke, gezuckerte Tee hat eine wundervoll aufmunternde Wirkung. Dennoch bleiben meine Sinne, während ich dasitze, daran nippe und mich unterhalte, wachsam und angespannt. Seit dem Erlebnis von letzter Nacht klafft ein Graben zwischen mir und den anderen. Selbst jetzt, in diesem beengten, kleinen Zelt, mache ich mich auf das Schlimmste gefasst. Denn jeden Moment könnte sich ein weiterer Riss auftun, durch den die Dunkelheit hereinstürzt.

Ich habe mich geirrt. So kann ich nicht weitermachen. Die Ungewissheit ist es, durch die alles so grauenhaft beängstigend wird. Los, Stephen, steck den Kopf nicht in den Sand. Die Lösung des Rätsels ist sicher in der Lyell-Expedition zu finden. Und du musst es herauskriegen.

»Kits«, sage ich mit fester Stimme. »Hast du *Besiegt, doch voller Kampfesmut* dabei?«

In so großer Höhe ruckelt die Zeit in unregelmäßigen Intervallen dahin. Eine Stunde dauert eine Minute, eine Minute kann sich zu einer Stunde ausdehnen. Der heutige Tag hat sich angefühlt wie ein Jahr.

Es schneit noch immer. Dichte, graue Schwaden wabern am Sichtfenster vorbei. *Besiegt, doch voller Kampfesmut* liegt unaufgeschlagen oben auf meinem Rucksack. Ich bringe es einfach nicht fertig, das Buch zu lesen. Deshalb mache ich mich auf den Weg, um nach den Sherpas zu schauen.

Als ich, fest an das zwischen den Zelten gespannte Seil geklammert, lostaumle, schlägt mir der Wind ins

Gesicht wie eine Faust aus Granit. Dabei schaue ich starr zu Boden, um bloß den Überhang nicht ansehen zu müssen. Obwohl nichts Außergewöhnliches geschieht, liegen mir das Gefühl, dass jederzeit etwas geschehen *könnte*, und die Furcht davor wie ein Stein im Magen – weshalb die Ereignislosigkeit keine erleichternde Wirkung hat.

Die Sherpas machen mir respektvoll Platz und reichen mir einen Teebecher. Nima sagt, der Schneefall werde im Laufe des Vormittags aufhören. Allerdings handelt es sich vermutlich um Wunschdenken, denn er verabscheut dieses Camp genauso wie ich. Seiner Ansicht nach steht es unter einem schlechten Stern, was auch ursächlich für Chermas Erfrierungen sei. Ich widerspreche, Chermas Erfrierungen rührten daher, dass er sich gestern zu oft die Fäustlinge ausgezogen habe. Nima nickt zwar höflich, doch ich merke ihm an, dass ihn das nicht überzeugt. Cherma schenkt mir ein zahnlückiges Grinsen und meint, er hätte kaum Schmerzen. Während ich ihm Aspirin verabreiche, erkläre ich ihm, das Fehlen von Beschwerden sei eher ein Grund zur Sorge.

Inzwischen ist es vier Uhr nachmittags, und ich bin zurück in unserem Zelt. Zurück bei *Besiegt, doch voller Kampfesmut*, das auf meinem Rucksack darauf wartet, gelesen zu werden. Cedric ist bei Garrard und Kits, und Cotterell döst vor sich hin. Seine Gesichtsfarbe wirkt gesund, und seine Atmung hat sich beinahe normalisiert. Dennoch plane ich, ihn als Vorwand zu benutzen, um heute Nacht bei eingeschalteter Taschenlampe wach zu bleiben. Ich habe nicht die Absicht, zu schlafen. Ich wage es nicht.

Immer noch Schneefall. Immer noch Wind. Das ständige Knattern der Zeltbahnen zerrt wie verrückt an meinen Nerven.

Um uns aufzumuntern, haben wir beim Mittagessen den Standort für Camp Drei erörtert. Wir wollen es mehr oder weniger an derselben Stelle aufschlagen wie Lyell, und zwar am Fuß einer Klippe am östlichen Rand des Eisfalls, etwa einen Tagesmarsch entfernt vom Großen Eisschelf. Cotterell will dort Höhlen ins Eis graben. Offenbar hat man es laut Bauer so wärmer als in Zelten und ist außerdem vor Lawinen sicher. »Und es wäre endlich Schluss mit dem verdammten Krach«, fügte Garrard müde hinzu.

Anfangs gefiel mir die Sache gar nicht: Eishöhlen rufen in mir unangenehme Erinnerungen an Schneekugeln wach. Bei genauerer Überlegung sind feste Wände jedoch nicht zu verachten. Da kann sich wenigstens nichts von hinten an mich anschleichen.

Und nun zu Lyell!

Sehr zu meinem Verdruss bekomme ich Herzklopfen, als ich Kits' zerfleddertes, mit zahlreichen Anmerkungen versehenes Bändchen aufschlage. Da ich es nicht wage, sofort zu der Stelle vorzublättern, in der Lyell schildert, wie er Camp Zwei errichtet hat, überfliege ich zunächst die Eingangskapitel.

Meine erste Überraschung besteht darin, dass mir der Mann von Herzen unsympathisch ist. Bei meiner letzten Lektüre von *Besiegt, doch voller Kampfesmut* war ich neun, ein Alter, in dem man zur Heldenverehrung neigt. Lyell war ein *Soldat, gestählt von der Sonne des Pandschab und der schweren Aufgabe, im Südafrikakrieg den Buren die Stirn zu bieten*. Ich wollte sein wie er. Ich sehnte mich danach, in seine Fußstapfen zu treten und einen lässigen »Spaziergang« über einen auf sechstausend Metern gelegenen Pass im Karakorum zu unternehmen. (Darüber hat er nämlich auch ein Buch geschrieben, *Spaziergänge im Karakorum*, das ich ebenfalls verschlungen habe.) Was mir damals am meisten imponierte, war, dass ihm alles mühelos von der Hand zu gehen schien. Im Karakorum verzichtet er sogar auf Eispickel oder genagelte Stiefel. Ihm genügte das »nötige Quantum Mumm«.

Als ich seine Worte nun wieder lese, klingen sie für mich unüberbietbar arrogant. Für Lyell ist Dilettantismus das Markenzeichen eines wahren Gentleman. Der Mann ist ein Snob, wie er im Buche steht, und seine Verachtung für *schweißgetränktes Fachidiotentum* schlägt dem Leser aus jeder Zeile entgegen. Er mokiert sich sogar über Steigeisen, die er als »Kletterhilfen« bezeichnet und als ebenso unsportlich wie stillos bespöttelt. Kein Wunder, dass seine Expedition von dem verfolgt wurde, was er »Pech« nennt: Proviantdiebstahl, Nachschubproblemen und Meutereien der Kulis.

Seltsamerweise scheint er den Kangchenjunga im Grunde zu verabscheuen. Er empfindet weder Ehrfurcht noch Neugier, sondern will den Berg einfach nur besiegen. *Er ist eine Kränkung, eine Beleidigung für die menschliche Überlegenheit.*

Als Leiter der Expedition gebärdet er sich wie ein Tyrann, der jeden Morgen auf einem Alphorn zum Aufstehen bläst (was mögen wohl die anderen Sahibs dazu gesagt haben?). Außerdem betrachtet er die Kulis als dumpfe Lebewesen von minderem Verstand, *bösartig und auf ekelhafte Weise vermehrungsfreudig. Ihre Bruchbuden wimmeln von Nachwuchs wie schimmeliger Reis von Maden.* Er findet nichts dabei, die Männer barfuß über den Gletscher zu hetzen, und als einer der Kulis zusammenbricht und ihn anfleht, zum Sterben zurückgelassen zu werden, tut Lyell ihm *gern den Gefallen* und gönnt den Angehörigen des Todgeweihten kaum die Zeit, ein Gebet zu sprechen und sein Gesicht mit einem Tuch zu bedecken.

Doch was mir am übelsten aufstößt, ist seine schier grenzenlose Eitelkeit. Die anderen Sahibs sind für ihn nur Staffage, weshalb er sie kaum einer Beschreibung würdigt. In dieser Expedition geht es einzig und allein um ihn, Edmund Lyell.

Doch ich schweife ab. Der Aufstieg. Was war mit dem Aufstieg?

Bis zu Camp Zwei klappte offenbar alles wie am Schnürchen – bis auf ein paar »kleinere Missgeschicke«, die Lyell natürlich mit Bravour meistert. Das folgende Kapitel trägt die Überschrift »Ein Fehler mit fatalen Folgen«.

Nach einer äußerst erholsamen Nacht und einem kräftigen Frühstück aus Fleischpastillen und Brand's Peptonsuppe verließen wir Camp Zwei und machten uns in bester Stimmung auf den Weg. Die Kulis mit dem Gepäck bildeten die Nachhut, und wir verbrachten einen angenehmen Vormittag damit, einige mäßig schwierige Passagen zurückzulegen. Unser Ziel war es, den imposanten Überhang aus Eis zu bezwingen, der sich wie ein wildes Tier oberhalb von Camp Zwei aufbäumt. Dies war um die Mittagszeit erledigt, und wir legten dort eine Rast ein, um einen Happen zu essen. Und dann schlug die Katastrophe zu.

»Stephen?«, ruft Kits aus seinem Zelt. »Du hast doch nicht etwa vergessen, dass wir Küchendienst haben?«

»Äh …«, stoße ich hervor. »Einen Moment noch.«

Alles begann auf dem Überhang. Wo auch sonst? Hier in Camp Zwei befinden wir uns auf sechstausendsechshundertfünfundsiebzig Metern. Laut Cotterells Buch geschah das Unglück auf gut sechstausendsiebenhundert.

Wir hatten die Rucksäcke abgenommen, um Zugriff auf unsere Wasserflaschen zu haben, schreibt Lyell weiter. *Ward hatte sich, wie es seine Art war, ein Stück abseits niedergelassen. Offenbar hatte er eine ungeschickte Bewegung gemacht und seinen Rucksack dabei über die Felskante gestoßen. Wir bemerkten es allerdings erst, als wir ihn »Egon!« rufen hörten, um die Gepäckträger zu warnen, die sich noch auf dem Anstieg befanden.*

Ward? Wer zum Teufel ist Ward?

Wie wir später vermuteten, war der Rucksack einige Meter tiefer hängen geblieben, was ihn offenbar dazu verleitete, ein tollkühnes Risiko einzugehen. Allerdings bemerkte das keiner von uns, weil alles viel zu schnell ging. Inzwischen aber wissen wir, dass Ward, statt uns um Hilfe zu bitten, versuchte, sein Eigentum selbst zu bergen, was die Lage allerdings nur verschlimmerte. Der Leser möge sich unser Entsetzen vorstellen, als wir beobachteten, wie er ungesichert einige Meter weit die Klippe hinunterkletterte und in einem waghalsigen Manöver nach seinem Rucksack griff. Er bekam ihn zwar mit einer Hand zu fassen, verlor aber das Gleichgewicht und stürzte ab. Er gab keinen Laut von sich – das tun Menschen beim Fallen nur selten – und kam mit einem abscheulichen dumpfen Knall etwa dreißig Meter tiefer auf dem Eis am Rand der Felsspalte auf. Obwohl er nicht auf unsere Rufe antwortete und wir mit dem Schlimmsten rechneten, hielt ich es für meine Pflicht, hinunterzusteigen und mich seines Zustands zu vergewissern. Das tat ich dann auch, und zwar mit Tennants fachmännischer Unterstützung. Doch als ich den Abgestürzten erreichte, bestätigte sich meine traurige Vermutung.

»Los, Stephen. Bloß keine Müdigkeit vorschützen!«

»Einen Moment, habe ich gesagt!«

Er war mausetot. Offenbar hatte er sich das Genick gebrochen. Allerdings hing seine Leiche halb über den Felsrand, weshalb mir sofort klar war, dass es zu gefährlich werden würde, ihn allein zu bergen. Darum kehrte ich zu den anderen zurück und schickte einen Boten mit dem Befehl hinunter zum Gepäcktross, vier Kulis sollten die Leiche holen. Anschließend sprachen wir fünf ein kurzes Gebet für unseren gefallenen Kameraden und nahmen all unseren Mut zusammen, um den strapaziösen Anstieg zum Großen Eisschelf fortzusetzen.

Lesern, denen es an Bergerfahrung mangelt, mag unser Verhalten gefühllos erscheinen. Der geschulte Alpinist hingegen wird gewiss Verständnis für unsere Zwangslage haben. Der Nachmittag schritt rasch voran, weshalb wir von bitterer Notwendigkeit weitergetrieben wurden, nämlich von dem absoluten Muss, noch vor Anbruch der Dunkelheit das nächste Lager aufzuschlagen.

Hastig blättere ich die übrigen Seiten des Kapitels durch. Lyells Schilderung des restlichen Anstiegs scheint nicht von der Zusammenfassung in Cotterells Buch abzuweichen: Kurz nach dem tödlichen Sturz vom Überhang trieb ein Schneesturm alle zurück zu Camp Eins und hielt sie dort drei Tage lang fest. Als das Wetter aufklarte, waren die Männer von der »dünnen Luft« so geschwächt, dass sie den Sturm auf den Gipfel abblasen mussten. Wenig später, auf dem Weg nach unten zu Camp Eins, schlug die Lawine zu.

In meiner Kindheit war die Passage mit der Lawine mein Lieblingsabschnitt gewesen, doch als ich Lyells Text jetzt lese, wird mir regelrecht übel davon. Bei ihm klingt es nämlich so, als hätten er und Tennant die Rettungsaktion praktisch allein bewältigt, ihre Kameraden aus dem Schnee ausgegraben, für Freemantle und Knight eine Steinpyramide auf dem Hügel errichtet und die Verletzten Stratton und Young über den Yalung getragen. Die *zweihundert* Kulis, welche die wirkliche Arbeit erledigt haben, finden kaum Erwähnung. Ganz zu schweigen von ihren vier Landsleuten, die ebenfalls in der Lawine ums Leben kamen.

Soweit ich feststellen kann, ist von Ward nirgendwo sonst die Rede. Wer, verdammt noch mal, war Ward?

»Wo ist Pache und wer ist Ward?«, frage ich Kits ein paar Minuten später, während ich eine Dose mit Würstchen öffne, um sie zum Porridge zu geben.

Kits ist beleidigt und antwortet nicht.

Ich wiederhole die Frage.

»Was?«, faucht er mich an.

»Wer ist Ward?«

»Er war der erste Tote, der Mann, der den Rucksack fallen gelassen hat. Cedric, Platz!«

»Ich dachte, das sei nur Pache passiert.«

»Oh, Stephen, ich bitte dich! Pache gehörte zu einer ganz anderen Expedition.«

Ich starre ihn entgeistert an. »Was?«

Unwirsch rührt er im Porridge herum und kneift wegen des Dampfes die Augen zusammen. »Lieutenant Alexis Pache, ein Deutschschweizer, wurde zusammen mit drei Kulis von einer Lawine getötet, und zwar während der Expedition dieses Halunken Crowley im Jahr 1905. *1905*, Stephen, also ein Jahr *vor* Lyell! Was dir bekannt wäre, wenn du dir die Mühe gemacht hättest, dem armen Burschen an seinem Grab die letzte Ehre zu erweisen.«

Ich schneide mich an der Dose. Blut quillt aus einem Riss in meinem Handballen. »Und … wo ist Ward begraben?«

Kits löffelt Trockengemüse in den Porridge. »Nirgendwo.«

»Aber … Lyell hat doch die Leiche bergen lassen. Schreibt er zumindest.«

»Offenbar hast du nicht sehr aufmerksam gelesen. Lyell hat den Kulis *befohlen*, die Leiche zu bergen, doch sie haben sich geweigert. Später, nach dem Schneesturm, hat Lyell danach gesucht, sie aber nicht gefunden.«

Mein Herz zuckt so wild wie ein Fisch auf dem Trockenen. »Was ist dann damit passiert?«

»Das weiß nur der liebe Gott. Vom Berg geweht, in die Felsspalte gestürzt. Sie war fort, mehr ist nicht bekannt. Ruhe in Frieden, Arthur Ward.«

13

Er hatte keinen zweiten Vornamen, sondern hieß einfach nur Arthur Ward. Außerdem konnte ihn laut Lyell niemand leiden. Er war »gelernter« Graveur (man konnte Lyells Verachtung förmlich riechen), außerdem Nichtraucher, Abstinenzler und ein eher wortkarger Zeitgenosse. Kurz gesagt: Er hätte in einem Londoner Club keine gute Figur gemacht. Viel mehr konnte ich in *Besiegt, doch voller Kampfesmut* nicht über ihn herausfinden.

Cotterell stöhnt im Schlaf. Da er sich nach dem Abendessen hatte übergeben müssen, ist aus meinem Vorwand, seinetwegen wach zu bleiben, ein triftiger Grund geworden. Weil ich es nicht ertrage, die Zeltwand hinter mir zu wissen, kehre ich ihr den Rücken zu. Bis jetzt habe ich nichts Verdächtiges gehört. Nur das Knarzen der Zeltbahnen und das Prasseln des fallenden Schnees.

Genau wie ich scheint Arthur Ward in letzter Minute dazugestoßen zu sein. Da er auf keinem Foto zu sehen ist und Lyell ihn nicht beschreibt, bleibt er gesichtslos. Soweit ich feststellen kann, war er ein fähiger Bergsteiger und wurde von den anderen deshalb geduldet. Allerdings verziehen sie es ihm wohl nie, wenn er sie an Können übertraf. Einmal rettete Ward Tennant das Leben, als dieser von fallenden Eisbrocken bewusstlos geschlagen wurde. Ward packte ihn am Rucksackgurt und zog ihn außer Reichweite. Lyell ist das jedoch nur einen Nebensatz wert.

Stattdessen versprüht er wenig später im Text lieber sein Gift zum Thema Bergsteiger, die keine »Gentlemen« sind, womit eindeutig Ward gemeint ist. *Es gibt Männer, die nichts dabei finden, sich gewisser »Kletterhilfen« zu bedienen. Sie mögen leidliche Alpinisten abgeben, verraten ihre Herkunft jedoch unweigerlich durch den Mangel an Geduld und Mut, der ihrer Klasse eigen ist.*

Mehr steht da nicht. Ward war ein begabter Emporkömmling und ein Außenseiter. Das ist alles, was ich in Erfahrung bringen kann. Bis auf die Tatsache, dass ich mich im Moment an genau der Stelle – oder vielmehr nur zweihundert Meter davon entfernt – befinde, wo Arthur Ward sich vor neunundzwanzig Jahren das Genick gebrochen hat. Und zwar aufgrund eines jener durch die Unterversorgung mit Sauerstoff verursachten Leichtsinnsfehlers, wie sie so viele Bergsteiger das Leben kosten.

Spukt es deshalb in Camp Zwei? Hat sein Tod irgendwelche »übersinnlichen Spuren« hinterlassen? Eine Art Restenergie, die das Unglück nachspielt, sobald ein dafür empfänglicher Mensch des Weges kommt? Denn ich glaube inzwischen, dass ich es mit einer solchen »Neuinszenierung« zu tun habe. Den Ruf »Egon!«, der mich im Basislager geweckt hat, habe ich noch immer im Ohr.

Einen triftigen Grund für die aktuellen Ereignisse stellt das alles in meinen Augen jedoch nicht dar. Wards tragischer Tod war zwar überflüssig, aber keinesfalls außergewöhnlich, im Gegenteil, dieses Schicksal ereilt Bergsteiger häufig. Weshalb bringe ich also genau ihn mit dem *Spuk* in Verbindung? Weshalb nicht Freemantle, Knight oder Lieutenant Pache im Jahr 1905? Oder einen der Träger, den einsamen Amerikaner 1929 oder einen von Bauers Leuten an der Nordwand? Weshalb bin ich so überzeugt, dass es sich um Ward handelt?

Weil … weil keiner der anderen genau hier gestorben ist. Und weil die Gestalt, die ich auf dem Überhang gesehen habe, kein Sherpa war, sondern ein Europäer.

Und weil ich es spüre.

Cotterell wacht stöhnend auf und hat einen Hustenanfall. Sobald dieser vorbei ist, lasse ich ihn mit verdünnter Condy's-Lösung gegen Halsschmerzen gurgeln und gebe ihm eine Kaliumchlorid-Tablette. Dann erkundige ich mich nach seinem Befinden.

»Ein bisschen besser«, brummelt er. Ich bezweifle das. Seine grauen Augen sind blutunterlaufen. Mit seinem grau melierten Bart wirkt er ermattet und alt.

Er seufzt zittrig auf. »Ich wünschte, ich könnte diese verdammten Bilder loswerden.«

Mein Herz setzt einen Schlag aus. »Bilder?«

»Eigentlich nur Bruchstücke. Blanker Unsinn. Aber ziemlich schauderhaft.«

»Was genau muss ich mir darunter vorstellen?«

»Sie scheinen sich … auf mich zu stürzen. Ganz gleich, was ich tue. Klettern, essen, einschlafen. Ich werde sie einfach nicht los.«

»Wie lange geht das schon?«

»Äh, tja, seit wir aufgebrochen sind.«

Die ganze Zeit also? »Und was für Bilder sind das?«

Er zuckt zusammen. »Hauptsächlich Gesichter.«

»Wessen Gesichter?«

Zu meiner Bestürzung beginnt er zu schlucken, und seine Augen werden feucht. »Ich kann nicht …«

»Verzeihung, Major, ich wollte nicht neugierig …«

»Nein, nein, es ist …« Er presst seinen Nasenrücken zusammen und verzieht finster das Gesicht. »Er war mein Untergebener. Als wir ihn fanden … wir haben ihn anhand seines Zigarettenetuis identifiziert.«

Die Enttäuschung trifft mich mit solcher Wucht, dass sie das Mitgefühl hinwegfegt. Wie sehr habe ich mir gewünscht, dass er dasselbe sieht wie ich – keine Kriegserinnerungen. Dann wäre ich jetzt nicht mehr allein.

Als ich uns beiden einen Brandy einschenke, nippt er erleichtert daran. »Ich begreife nicht, warum ich nur ihn sehe«, murmelt er. »Ich meine, man hat damals ja jede Menge … solcher Dinge erlebt. Irgendwann war man ziemlich abgestumpft.« Er kratzt sich den bereits wunden Haaransatz. »Glauben Sie, dass ich … das heißt, in meiner Familie hatte nie jemand *so etwas*. Ich kann doch nicht … den Verstand … oder vielleicht doch?«

»Fragen Sie mich, ob Sie verrückt sind?«

Manchmal kann es eine befreiende Wirkung haben,

das Wort einfach auszusprechen. Ich spüre, wie sich seine Anspannung legt.

»Nein, ich glaube nicht, dass Sie verrückt sind. Bei Leuten mit Kriegsneurosen liegt meistens eine familiäre Vorbelastung vor. Es gibt zahlreiche Männer wie Sie, die eben an Albträumen leiden. Heutzutage bezeichnen wir das als Kriegstrauma.«

»Na, wenn Sie das sagen ...«

Sein Unwissen überrascht mich. Hat der arme Mann diese Last all die Jahre lang allein mit sich herumgeschleppt? Oder wirkt der Berg als Auslöser? Ich werde nicht nachhaken, denn seine Offenheit scheint ihm inzwischen peinlich zu sein.

Um das Thema zu wechseln, untersuche ich ihn. Herzschlag und Atmung sind in Ordnung, in der Lunge ist kein Wasser.

Wir beide hüllen uns in Schweigen. Irgendwann stellt Cotterell sich schlafend, während ich versuche, den Schnee vom einsackenden Zelt zu schubsen. Die Leinwand scheint sich mir zu widersetzen.

Der arme alte Cotterell.

Nun, ich bin auch nicht familiär vorbelastet und außerdem ziemlich sicher, dass ich nicht im Begriff bin, den Verstand zu verlieren. Nur dass das im Moment bloß ein schwacher Trost ist. Es ist zwei Uhr morgens. Noch zwei Stunden, bevor wir überhaupt daran denken können, uns abmarschbereit zu machen. Das heißt, falls es aufhört zu schneien. Dann werden wir zum Überhang aufsteigen, wo Ward ums Leben gekommen ist. Was, wenn ich unterwegs etwas sehe? Was, wenn ich in

Panik gerate und mich selbst oder jemand anderen in Gefahr bringe?

Eines steht jedenfalls fest: Selbst wenn es so weiterschneit, werde ich keine Nacht mehr in diesem Lager verbringen. Ich werde behaupten, Cotterell müsse ins Camp Eins zurückkehren, und ich müsse ihn begleiten. Oder etwas Ähnliches. Das hier ist jedenfalls meine letzte Nacht in Camp Zwei.

Nima hatte recht. Es hat aufgeklart. Kein Wölkchen steht mehr am Himmel. Der Schneesturm hat Camp Zwei unter sich begraben. Wir überlassen es Tenrit und Dorjit, Zelte und Vorräte wieder auszubuddeln.

Unser heutiger Plan lautet, zu dem Überhang und dem Rand des Eisfalls aufzusteigen und etwa dreihundert Meter oberhalb des Großen Eisschelfs auf einer Art Hochebene unter der Eisklippe Camp Drei aufzuschlagen. Gott sei Dank haben wir eine annehmbare Route zum Überhang entdeckt, die zudem technisch nicht besonders anspruchsvoll ist. Laut Kits fangen die Schwierigkeiten erst nach dem Großen Eisschelf an.

Wie immer ist es eine kräftezehrende Schinderei, Stufen ins Eis zu hauen, obendrein brennt die Sonne derart sengend, dass ich Pullover, Schal und Handschuhe ausziehen muss. Im nächsten Moment ballen sich Wolken zusammen, und ich ziehe alles wieder an. Auf dieser Höhe verlangt eine solche Aufgabe nämlich viel Zeit, und außerdem muss man höllisch vorsichtig sein. Ich versuche, nicht an Wards hinuntergefallenen Rucksack zu denken. Vielleicht geht es den anderen ja ähnlich, denn wir marschieren jetzt schon seit drei Stunden in absoluter Stille. Kein Summen von Nima oder Pasang, kein Pfeifen von Garrard oder Kits. Selbst Cedric wirkt bedrückt.

Wenn man in Angst – in panische Angst – versetzt worden ist, kommt man danach innerlich nicht mehr richtig zur Ruhe. Während des Schneesturms und auch heute bin ich die ganze Zeit auf das Schlimmste gefasst und rechne jeden Moment mit einer neuen Bedrohung. Es ist, als befände sich ein Teil von mir in ständiger Alarmbereitschaft.

Inzwischen sind wir fast oben auf dem Überhang, wo Ward den Tod gefunden hat. Ein scheußlicher Ausdruck, so als habe er ihn gesucht, diese grausige, schemenhafte Gestalt, vor der es kein Entrinnen gibt.

Als ein Schatten über mich hinweggleitet, ducke ich mich. Ein verdammter *gorak*. Ausgerechnet.

Garrard, der ein Stück über mir steht, grinst schief auf mich herunter. »Offenbar weicht uns dieser Vogel nicht von der Seite.«

»Woher weißt du, dass es derselbe ist?«, keuche ich.

»Das weiß ich überhaupt nicht, es würde aber passen. Poe und so weiter.«

Mit einem empörten *Wuff* setzt Cedric dem Vogel nach, als dieser sich vom Wind emportragen lässt. Der Hund kann nicht mehr rechtzeitig anhalten und fällt beinahe vom Überhang. Als wir nach ihm rufen, damit er zurückkommt, rutscht er uns entgegen und wedelt mit dem wuscheligen Schwanz.

Das vertreibt die Anspannung. Selbst Cotterell lacht in sich hinein. Bald sind wir oben auf dem Überhang.

Der Berg hat allerdings seine eigenen Pläne mit uns. Wie sich herausstellt, erstreckt sich die Felsspalte, von der ich meinte, wir hätten sie nach Camp Zwei hinter uns gelassen, im Zickzackkurs zu beiden Seiten des Überhangs. Nun versperrt sie uns den Weg.

An der schmalsten Stelle hat sie eine Breite von etwa zwei Metern. Einen Meter lange Eiszapfen hängen von ihrem Rand und lenken den Blick in einen stockfinsteren Abgrund.

Da ich der letzte Mann am Seil bin, werde ich sie auch als Letzter überqueren. Kit hat bereits die von Nima mitgeführte Leiter eingehängt, sodass sie eine Brücke über die klaffende Schlucht bildet. Er geht zuerst (natürlich), und zwar nicht auf allen Vieren, sondern aufrecht.

»Ein Kinderspiel!«, ruft er, als er drüben ist.

Vielen Dank auch, denke ich missmutig, du bist mir eine große Hilfe.

Garrard überwindet die Leiter im langsamen Kriechgang. Cotterell ebenfalls. Wie wir alle ist er mit einem Seil um die Taille gesichert. Er starrt geradeaus und schaut kein einziges Mal nach unten.

Sobald er es geschafft hat, grinst er mich an. »Erinnert mich an die Bretter über den flandrischen Schützengräben!« Er hat etwas Großspuriges an sich, eine Botschaft an mich, sein Gerede über Gesichter von letzter Nacht zu vergessen.

Als Nächste sind Nima und Pasang dran, dann komme ich. Obwohl ich nicht wirklich Angst habe, zögere ich.

Laut Lyell ist Ward mit einem »abscheulichen dumpfen Knall« unten aufgeschlagen und ragte halb in die Spalte. Natürlich ist damit der Teil der Spalte *unterhalb* des Überhangs gemeint. Trotzdem handelt es sich um dieselbe Spalte.

Nima trägt Cedric in seinem *doko* und bewältigt den Gang über die Leiter so leichtfüßig, dass dem Hund gar keine Zeit bleibt, sich zu fürchten. Pasang geht ebenfalls aufrecht und murmelt dabei ein monotones Gebet vor sich hin.

Nun erwarten mich alle fünf auf der anderen Seite. Der Wind weht einen Schneeschleier zwischen uns und hüllt sie in Weiß. Mit ihren Schneebrillen und der Penatencreme im Gesicht sehen sie kaum noch aus wie Menschen.

»Mach schon, Stephen!«, befiehlt Kits. »Nicht einschlafen da drüben!«

Den Eispickel mit einer Hand umklammernd, krabble ich auf die Leiter. Sie wippt unter mir. Ich werde nicht nach unten und auch nicht auf das schauen, was dort lauert. Dennoch spüre ich, wie es mich anzieht.

Den Blick auf die anderen gerichtet, krieche ich weiter. Einen Moment lang ist es, als wären da sechs Männer, die mich beobachten, nicht fünf. Ich zähle sie. Kits, Garrard, Cotterell, Nima, Pasang. *Das sind fünf, du Idiot. Reiß dich zusammen.*

»Was ist los, Bodge?«, hänselt mich Kits. »Muffensausen?«

Als hinter mir mit einem glasartigen Klimpern ein Eisbrocken abstürzt, schaue ich unwillkürlich hinab. Ich habe den Eindruck, dass sich tief unten in der Dunkelheit etwas bewegt. Liegt dort Wards Leiche? Geht sie deshalb hier um?

»Gleich hast du's geschafft, Blödmann!« Kits streckt mir die Hand entgegen, und in seiner Stimme schwingt etwas Beschwichtigendes mit, das mir gar nicht gefällt. Es klingt, als wollte er ein scheuendes Pferd beruhigen. Oder einen jüngeren Bruder, der wie immer Fisimatenten macht.

Ohne auf seine Hand zu achten, erreiche ich die andere Seite und richte mich unbeholfen auf. Solange er mich nur mit einem seiner »witzigen« Seitenhiebe verschont, *Bodge* hätte es beinahe vermasselt.

Stattdessen schiebt er seine Schneebrille zurück und wirft mir einen mitleidigen Blick zu. Dann wendet er sich ab.

Und ich hasse ihn wie niemanden sonst. Einen winzigen Moment lang jedenfalls.

Das Wetter ist wundervoll, und das Gleiche gilt für Camp Drei – hauptsächlich deshalb, weil es nicht Camp Zwei ist. Ja, wir können Camp Zwei nicht einmal mehr *sehen.* Auch nicht den Überhang oder die schauerliche Felsspalte. Inzwischen befinden wir uns auf knapp siebentausend Metern. Da unser Lager nach Westen ausgerichtet ist, pfeift dort ein tüchtiger Wind. Dafür haben wir viel mehr Platz als in Camp Zwei und folglich nicht mehr das beklemmende Gefühl, uns auf einem Sims zusammendrängen zu müssen. Im Gelände liegen bloß einige riesige Eisblöcke, außerdem ist es eben, sodass wir keine Steigeisen brauchen. Der Schnee ist sogar so weich, dass es gefährlich wäre, sie zu benutzen, weil sich die weiße Masse darunter zusammenballen würde.

Die Zelte stehen am Fuß der Klippe. Davor erstreckt sich eine gut zwanzig Meter breite Schneefläche, die wir Plateau getauft haben. Dahinter fällt der Berg schwindelerregend steil zum Yalung-Gletscher ab. Wenn man mit dem Gesicht zum Camp steht, befinden sich Vorratsdepot und Latrine links. Ein gutes Stück weiter tut sich noch eine Felsspalte auf, aber das stört mich nicht, weil es eine *andere* Felsspalte ist. Außerdem versperrt der Proviantstapel die Sicht darauf.

Letzte Nacht sind die Temperaturen auf minus vierzig Grad gesunken. Der heulende Wind, der im Basislager nur gedämpft zu hören war, klingt hier oben viel lauter. Trotzdem habe ich so gut geschlafen wie noch nie seit unserem Aufbruch. Gewiss liegt das an der Erschöpfung. Und an meiner Erleichterung darüber, dass ich Camp Zwei entronnen bin.

Beim Aufwachen habe ich festgestellt, dass meine Wimpern zusammengefroren waren. Zelt und Schlafsack knisterten unter einer dünnen Eisschicht. Wir haben beschlossen, einen Tag Kletterpause einzulegen. Da ruhte das Camp aber noch im Schatten, sodass wir uns erst im Laufe des Vormittags aufwärmen konnten, als die Sonne endlich hoch genug stand. Zehn Minuten später schlenderten wir hemdsärmelig in brütender Hitze umher.

Tenrit und Cherma sind wieder zu Camp Zwei zurückgekehrt, um die letzten Vorräte auszugraben. Wir anderen ruhen uns aus. Ein weiterer Tagesmarsch müsste uns zum Großen Eisschelf bringen, wo wir Camp Vier aufschlagen wollen. Von dort aus sind es höchstens noch zwei Tage bis zum Gipfel. Der Plan sieht jedoch vor, in den nächsten Tagen hier Vorräte anzulegen und am Fuß der Klippe die bereits erwähnten Eishöhlen zu graben, die uns vor dem Wind schützen sollen. Ich bin froh darüber, denn mir gefällt es hier.

Kits und ich arbeiten an einer der Höhlen, Cotterell und Garrard nehmen die »Nachbarwohnung« in Angriff, und die Sherpas buddeln an der dritten. Im Moment bin ich mit dem Graben an der Reihe, was heißt, dass ich, auf dem Rücken liegend, mit dem Eispickel wenige Zentimeter über meinem Gesicht herumfuhrwerke, während Kits hinter mir kauert und den Abraum mit einem Topf wegschaufelt.

Auch unter optimalen Bedingungen wäre das eine Plackerei. Auf etwa siebentausend Metern ist es die Hölle. Allerdings ist es eine ganz und gar unkomplizierte, rein *körperliche* Hölle, die ich seltsamerweise als angenehm empfinde. Eissplitter regnen auf mich herab, sodass ich bald bis auf die Haut nass bin. Und bei jeder Pause, in der ich nach Atem ringe, zittern mir vor Erschöpfung die Arme.

Nebenan ist ein unterdrücktes Aufstöhnen von Garrard zu hören. »Wie zum Teufel haben die Hunnen es bloß geschafft, eine Höhle für sechs Mann zu graben?«

»Nichts als unbewiesene Behauptungen«, erwidert Cotterell abfällig.

»Sag es mir noch einmal«, keuche ich. »Warum machen wir das?«

»Aus purem Spaß an der Freude«, entgegnet Kits.

Wir grinsen einander an und zitieren im Chor einen Spruch von Tante Ruth: *»Und was man nicht vermeiden kann, packt besser man mit Freude an!«*

Im nächsten Moment prusten wir vor Lachen. Kits bewirft mich mit gefrorenem Schneematsch. Ich krabble nach draußen und bombardiere ihn mit Schneebällen. Cedric bellt uns an, der Schnee glitzert, und wir sind glücklich. So wie damals in unserer Kindheit, als wir radschlagend den Primrose Hill hinuntergetollt sind und die Welt noch in Ordnung war.

Die letzte Nacht haben wir erneut in den Zelten verbracht, denn die Eishöhlen werden frühestens morgen fertig sein. Ich war so erledigt, dass ich kein einziges Mal aufgewacht bin.

Heute haben wir viel zu tun. Schließlich müssen wir in den Grabungspausen unsere Sachen in der Sonne trocknen, kochen und Schnee für unzählige Tassen Tee schmelzen. Für Letzteres hat Garrard sich eine schlaue und zeitsparende Methode ausgedacht: Man füllt eine Windjacke mit Schnee, legt sie zum Schmelzen in die Sonne und fängt das Wasser in einem Eimer aus Leinwand auf. Auf diese Weise spart man Arbeit *und* Paraffin. Allerdings schmeckt das Wasser dann etwas nach Leinen.

Das alles klingt erstaunlich nach einem gewöhnlichen

Alltag, wir dürfen jedoch nie vergessen, dass die Höhenluft uns immer wieder Streiche spielt. Gestern Abend wollte ich gerade in meinen Schlafsack schlüpfen, als ich zu meiner Überraschung feststellte, dass Garrards Höhenmesser aus Messing darauf lag. Ich hatte ihn mir zuvor ausgeliehen, war mir aber sicher gewesen, ihn zurückgegeben zu haben. Außerdem konnte ich mich nicht daran erinnern, dass ich ihn mit in mein Zelt genommen hatte, Cotterell und Kits hatten mich jedoch dabei beobachtet. Da die anderen von ähnlichen Aussetzern berichten, sind wir offenbar alle etwas angeschlagen.

Wie in Camp Zwei musste auch hier der »Highway der Träger« nach dem Schneesturm frei geräumt werden, doch inzwischen sind sämtliche Hindernisse beseitigt. Trotz der immer wieder abstürzenden Eismassen brauchen die Sherpas nur wenige Stunden, um unsere Habseligkeiten von einem Camp zum nächsten zu schaffen, was uns auch einen Schriftwechsel mit dem armen alten McLellan im Basislager ermöglicht.

Für heute sind die Grabungsarbeiten abgeschlossen, und wir legen vor dem Tee eine kurze Pause ein. Die Sherpas vom Gepäcktross sind vor einer Weile zu Camp Eins abgestiegen (sie weigern sich, in Camp Zwei zu übernachten). Tenrit, Cherma, Nima, Angdawa, Dorjit und Pasang kochen in ihrem Zelt *tsampa*. Cotterell bewacht in unserem Zelt die Primuskocher, und Kits sortiert drüben im Vorratsdepot den letzten aus den

Schneeverwehungen in Camp Zwei geborgenen Kleinkram.

Garrard und ich sonnen uns auf Klappstühlen, vor dem Wind geschützt von einem gewaltigen Eisblock, der einsam und allein etwa zehn Meter vor den Zelten aufragt. Nima hat eine Stange mit Gebetsfähnchen darauf gepflanzt, weshalb wir ihn den »Altar der Sherpas« getauft haben.

Da die Sonne noch immer wärmt, tragen wir nur unsere Pullover und keine Anoraks. Inzwischen wandert sie jedoch rasch auf die Gipfel im Westen zu, und die Schatten auf den Hängen werden länger.

Die Gebetsfähnchen auf dem Altar der Sherpas knattern im Wind, und die Luft ist erstaunlich klar. Von dieser gleißend weißen Ebene aus betrachtet, scheinen die Satellitengipfel so nah, dass man glaubt, von einem zum anderen springen zu können wie Nimas heilige Schneelöwen. Ich weiß noch, wie überwältigend diese Gipfel auf mich gewirkt haben, als wir neben der Moräne unser Lager aufschlugen. Es ist ein sonderbares Gefühl, dass wir sie inzwischen unter uns zurückgelassen haben.

Cedric kommt herbeigetrottet und lässt sich zu Garrards Füßen nieder. Das undankbare Biest geht mir noch immer aus dem Weg, ist jedoch weniger schreckhaft als in Camp Zwei, was ich als gutes Zeichen werte. Hunde sind empfänglich für solche Schwingungen.

Vor mir erstreckt sich die gewaltige Geröllhalde des Yalung-Gletschers in die Tiefe. Hier und dort kann ich einen strahlend blauen See funkeln sehen. Sogar das Basislager ist als eine Ansammlung roter Pünktchen zu erkennen. Die Moränen zu beiden Seiten des Gletschers sind mit einem smaragdgrünen Hauch überzogen, und mir wird zu meiner Überraschung bewusst, dass da unten ja Frühling ist. Ich versuche, mir den Dschungel mit seinen grellbunten Elstern vorzustellen, aber vergeblich. Diese Vögel gehören in eine andere Welt.

Obwohl ich ganz ruhig in der Sonne sitze und ihre letzten Strahlen genieße, befinde ich mich in ständiger Alarmbereitschaft. Dabei ist Camp Zwei Vergangenheit – und damit natürlich auch meine Furcht. Also versuche ich, mich an der fragilen Sicherheit meines kleinen Reichs – die Eisklippe hinter mir, das Plateau vor mir und der steile Abhang zum Gletscher vor mir – zu erfreuen.

Als sich in dieser Stille mit einem Knall wie von einem Pistolenschuss eine Lawine löst, zucken Garrard und ich zusammen. Schweigend beobachten wir, wie sich das riesige weiße Ungetüm seinen Weg den Talung-Sattel hinunter bahnt. Wir haben inzwischen zwar schon Dutzende von Lawinen gesehen, aber man gewöhnt sich nie daran.

Cedric ist aufgesprungen und drückt sich Schutz suchend an Garrards Bein.

»Ob McLellan wohl zu uns raufschaut?«, bemerkt Garrard und krault dem Hund lässig den Nacken. »Ich frage mich, ob er uns sehen kann.«

»Wahrscheinlich nicht«, erwidere ich gähnend. »Dazu müssten wir uns vermutlich genau an die Felskante stellen.«

Er streckt sich. »Eine komische Vorstellung, dass er da unten ist, oder?«

»Mein Gott, ich werd verrückt!«, hallt da Kits' Stimme durch das Camp.

»Heiliger Strohsack!«, ruft Cotterell aus.

Die beiden kauern vor dem Haufen mit Ausrüstung auf den Fersen und betrachten etwas, das vor ihnen im Schnee liegt. Cotterell grinst, die Pfeife zwischen die Zähne geklemmt. Kits' Gesicht ist gerötet, und er wirkt begeistert, ja geradezu außer sich vor Freude. Die Sherpas stehen mit undurchdringlichen Mienen ein Stück abseits.

»Was ist los?«, will Garrard wissen.

»Kommt her und schaut euch das an!«

»Offenbar haben die Sherpas es mit den Grabungsarbeiten in Camp Zwei ein wenig zu gut gemeint«, erklärt Cotterell, als wir die beiden erreicht haben.

»Seht nur, auf was sie gestoßen sind!« Ehrfürchtig hebt Kits ein zerknautschtes Bündel aus stockfleckigem Leinen hoch.

Ausnahmsweise drängt Cedric sich nicht vor, um den Gegenstand in Augenschein zu nehmen. Stattdessen weicht er mit angelegten Ohren zurück. Ich kann es ihm nicht verübeln, denn das Ding in Kits' Händen verströmt einen gottserbärmlichen Schimmelgeruch.

Garrard versteht nicht ganz. »Ein Rucksack. Na und?«

Cotterell grinst. »Die Frage ist doch wohl, wem er gehört.«

Kits streckt mir das Ding hin. »Schau mal unter die Lasche, Stephen! Los, du wirst es nicht glauben.«

O doch, ich glaube ihm aufs Wort. Ich wusste es beim ersten Blick.

Als ich keine Anstalten mache, das Ding zu berühren, schlägt Kits die vordere Lasche zurück und zeigt uns die Unterseite. Gleich neben dem Saum ist ein Namensband eingenäht. Maschinenbestickt wie die, die Tante Ruth dutzendweise bestellt hat, um unsere Sachen für die Schule zu kennzeichnen.

»Gütiger Himmel!«, stößt Garrard hervor. »Das ist doch nicht möglich.«

Aber das ist es. Mir bricht der kalte Schweiß aus. Schwarze Pünktchen tanzen mir vor den Augen.

Selbst nach all den Jahren hier oben auf dem Berg ist der Name auf dem Band noch so gut lesbar, dass ich erschaudere: ARTHUR WARD.

14

Es ist nichts weiter als ein ganz gewöhnlicher Rucksack. Er besteht aus festem Leinen; der Witterung ausgesetzt, hat er sich unappetitlich grün-grau verfärbt. Er hat zwei Außentaschen, die mit angelaufenen Schnallen an Riemen aus verschimmeltem Leder verschlossen sind. Die Schulterriemen sind aus fleckigem Wollgewebe, und die große obere Lasche, die mit dem Namen darin, wölbt sich über dem Zugband darunter wie ein Schmollmund.

Nach drei Jahrzehnten auf dem Berg ist der Rucksack arg mitgenommen. Doch wenn man ihn glatt streichen würde, hätte er vermutlich eine grob dreieckige Form und wäre unten etwa sechzig Zentimeter breit. Allerdings werde ich mich nicht freiwillig für diese Aufgabe melden. Nachdem wir den Überhang hinter uns gebracht hatten, habe ich mich in Sicherheit gewähnt. Und jetzt so etwas. Es ist, als wäre mir der Rucksack bis hier herauf gefolgt.

»Ich fasse es nicht«, sagt Cotterell immer wieder.

Wir treffen die unausgesprochene Übereinkunft, erst nach dem Abendessen weiter über Kits' »Fund« zu sprechen. Die Sherpas sind in ihrem Zelt, und wir haben sie gebeten, Cedric zu sich zu nehmen. Wir vier zwängen uns in das Zelt von Garrard und Kits. Ich sitze am einen Ende, Kits am anderen. Das Ding ruht auf seinem Schoß. Er betrachtet es so verzückt wie ein Priester eine Reliquie.

»War etwas drin?«, fragt Garrard unvermittelt.

»Nur das da.« Kits balanciert eine billige vernickelte Streichholzdose mit Schraubverschluss auf der Handfläche. Auf dem Deckel sind drei ungeschickt eingeritzte, parallel verlaufende Linien und die eingravierten Initialen AW zu erkennen.

»Wo genau wollen die Sherpas das gefunden haben?«, erkundigt sich Cotterell.

»Bei den Vorräten«, antwortet Kits. »Sie dachten, es wäre unserer, und haben deshalb nicht weiter darauf geachtet. Deshalb erinnern sie sich auch nicht genau, wo es war.«

Garrard runzelt die Stirn und zupft an seiner Hakennase. »Aber wie ist er dorthin gekommen? Ich dachte, Wards Leiche sei in die Felsspalte gestürzt.«

»Das war nur eine Vermutung«, meint Cotterell. »Es gibt keine Zeugen. Die Leiche war einfach verschwunden, als Lyell und die anderen zu Camp Zwei zurückkehrten. Offenbar wurde sie von der Felskante weg- und nicht darüber geweht, und der Schnee hat sie unter sich begraben.«

Garrard hört auf, seine Nase zu bearbeiten, und schnappt nach Luft. »Und das heißt …«

»Genau«, sagt Kits in plötzlich eindringlichem Ton. »In *Besiegt, doch voller Kampfesmut* schreibt Lyell, dass Ward den Rucksack noch mit einer Hand zu fassen bekam, bevor er abstürzte. Er hatte ihn bei sich. Also stehen die Chancen gut, dass die Leiche auch noch dort unten liegt! Versteht ihr? Wir müssen zurück und sie suchen!«

Vor Entsetzen verschlägt es mir die Sprache.

»Ich würde vorschlagen, dass wir weitermarschieren«, widerspricht Cotterell. »Wir müssen den Zeitverlust bedenken, ganz zu schweigen vom zusätzlichen Proviantverbrauch. Außerdem wären da noch die Folgen ...«

»Lasst ihn uns einfach wegschmeißen«, platze ich heraus.

Alle drei starren mich an.

»Was?«, stößt Kits entgeistert hervor.

»Wir sollten ihn loswerden. Ihn in die Felsspalte werfen. Die Habseligen von Toten bringen Unglück.«

Garrard traut offenbar seinen Ohren nicht, und Cotterell kann seine Missbilligung nicht verhehlen. »Sie können doch nicht ernsthaft glauben, alter Knabe ...«

»Natürlich glaube ich das nicht«, lüge ich. »Aber die Sherpas tun es, und das ist der springende Punkt.«

»Schwachsinn!«, herrscht Kits mich an. »Wenn sie so was glauben würden, hätten sie ihn gar nicht erst angefasst ...«

»Du hast selbst gesagt, dass sie dachten, er gehöre uns.« Ich wende mich an Cotterell. »Sie wissen, dass ich recht habe, Major. Schließlich verstehen Sie, im Gegensatz zu Kits, wie die Menschen hier denken. Wir dürfen nicht riskieren, dass unsere Träger wegen dieses Rucksacks womöglich den Aufstand proben. Nicht jetzt, so dicht vor dem Gipfel. Und nein, Kits, wir können ihnen in der Eigentumsfrage nichts vorschwindeln. Sie wissen es bereits, denn sie waren dabei, als du darauf gestoßen bist!«

»Was in den Köpfen dieser Leute vorgeht, kapiert doch kein Mensch«, protestiert er.

»Falsch! Ich habe Nimas Gesicht gesehen. Aber du brauchst mir ja nicht zu glauben. Frag ihn einfach! Dann wirst du rasch feststellen, dass dieser Rucksack ihm unheimlich ist.«

Cotterell streicht sich über den Bart. »Ein guter Einwand, Dr. Pearce.«

Garrard nickt. »Wenn die Sherpas anfangen, Mätzchen zu machen, könnte es in der Tat schwierig werden.«

Kits kocht vor Wut. Er hat wieder seinen Bulldoggenblick: Seine Augen sind glasig und scheinen aus den Höhlen zu quellen. »Major Cotterell«, stößt er zwischen zusammengebissenen Zähnen hervor. »Würden Sie uns einen Moment entschuldigen? Ich muss mit meinem Bruder im anderen Zelt unter vier Augen sprechen.«

Ein Gespräch unter vier Augen im anderen Zelt ist im Grunde genommen eine Farce. Allein das verdammte Zelt zu erreichen, bedeutet, dass wir uns durch Dunkelheit und Schneeverwehungen kämpfen müssen. Und als wir endlich hineingekrochen sind und uns den Schnee abgeklopft und die Stirnlampen zurechtgerückt haben, damit wir einander überhaupt sehen können, müssen wir uns in einem unterdrückten Flüstern streiten, damit Cotterell und Garrard – und die Sherpas – uns nicht belauschen.

Kits ist trotzdem nicht zu bremsen. »Was soll das?«, zischt er. »Was hast du vor?«

»Wie ich Cotterell schon erklärt habe, wird es zu einem Tohuwabohu mit den Sherpas führen …«

»Zum Teufel mit den Sherpas! Willst du allen Ernstes vorschlagen, dass wir nicht einmal den Versuch unternehmen sollen, Wards Leiche zu finden? Dass wir zwei Fundstücke von unermesslichem historischem Wert wegschmeißen …«

»Himmelherrgott, es geht um eine Streichholzdose und einen verschimmelten Rucksack!«

»Das sind Zeitzeugnisse der Bergsteigergeschichte!«

»Und genau das ist der springende Punkt, oder, Kits?«

»Was soll das heißen?«

»Hier geht es nicht um Ward, sondern um einen vernagelten Blödmann namens Christopher Pearce! Du willst dir einen Platz in der Heldengalerie des Alpinismus sichern! Conway, Lyell, Bruce, Younghusband, Mallory – und Pearce, der nicht nur Punkte für England machen wird, weil er als Erster einen Achttausender bezwungen und den Deutschen eins ausgewischt hat. Nein, außerdem ist er noch der heroische Bergsteiger, dem es gelungen ist, den vermissten Toten von Lyells Expedition aufzuspüren. Ganz zu schweigen von den beiden ›Fundstücken von unermesslichem historischem Wert‹. Oder soll ich besser Reliquien sagen?«

»Und was, verdammt, stört dich daran?«

Ich kann ihm die Wahrheit nicht gestehen, denn

dann wird er mich für verrückt erklären. »Kits, begreifst du das wirklich nicht?«, beginne ich übertrieben geduldig. »Wir brauchen die Sherpas, wenn wir eine Chance haben wollen, den Gipfel zu stürmen! Nach einer Leiche zu suchen und dieses ... dieses Ding zu behalten, verringert nur die Wahrscheinlichkeit, dass du dein Ziel erreichst.«

Seine Miene erstarrt, und er schiebt die Unterlippe vor. »Du hast Angst. Das ist der wahre Grund. Du fürchtest dich vor einem Stückchen Stoff!«

»Selbstverständlich nicht! Ich wollte nur ...«

»Ich habe gesehen, wie du das Ding angeschaut hast. Du wolltest es nicht einmal berühren!«

»Das gilt auch für die anderen. Sehr hübsch ist es ja nicht ...«

»Du warst schon immer ein Waschlappen, Bodge. Die Jungs in der Schule haben mich deinetwegen aufgezogen. Sie konnten nicht glauben, dass wir Brüder sind. Und trotzdem hast du es geschafft, alles zu deinem Vorteil hinzubiegen. Stephen, das Genie. Ein scharfer analytischer Verstand, jedem Menschen in seiner Umgebung haushoch überlegen, sodass der schlicht gestrickte, immer bemühte, aber ein bisschen minderbemittelte Kits ihm einfach nicht das Wasser reichen kann.«

Ich grinse. »Dass du doof bist, ist doch nicht meine Schuld.«

»Wenigstens bin ich kein Feigling! Ich habe keine Angst vor einem Rucksack. Außerdem hast du mit deinem Getue bestimmt keinen guten Eindruck auf Cotterell gemacht. Wahrscheinlich wird er nun zu dem

Schluss kommen, dass es an der Zeit ist, Dr. Pearce zu unserem Freund McLellan ins Basislager zu schicken, damit er ihm dort Gesellschaft leistet.«

Ich zucke zusammen und zwinge mich dann zu einem Auflachen. »Du mieser, hinterhältiger kleiner Dreckskerl.«

Nun grinst er. »Keine Ahnung, was du meinst. Ich will nur das Beste für die Expedition.«

»Was zufällig auch das Beste für dich ist. Oh, Kits, es ist ein Kinderspiel, dich zu durchschauen. Sobald jemand auch nur wagt, an deinem kostbaren Selbstvertrauen zu rütteln, kommen sofort die Drohgebärden. Früher habe ich mich gefragt, ob das eine bewusste Strategie ist. Aber ich glaube, dazu bist du gar nicht schlau genug. Allerdings verfügen selbst die niedrigsten Lebensformen über einen unwillkürlichen Selbsterhaltungstrieb.«

Er schnaubt. »Warum sollte ich mich gegen dich behaupten wollen?«

»Weil du mich aus dem Weg haben möchtest. Weil ich nicht der ungeschickte Bergsteiger bin, den du erwartet hast. Offen gesagt, stehen die Chancen gut, dass ich vor dir auf dem Gipfel bin. Und das wiederum macht *dir* eine Heidenangst.«

Ins Schwarze getroffen. Er läuft puterrot an. »*Heidenangst?* Heidenangst vor *dir?*«

Als Garrard den Kopf zum Zelt hereinsteckt, bringt er einen eiskalten Luftwirbel mit. »Falls ihr beide jetzt damit fertig sein solltet, euch in Bruderliebe zu suhlen, würde der Major euch gern wieder im Nachbarzelt sehen.«

Cotterell hat sich die Entscheidung nicht leicht gemacht. Blutströpfchen kleben an seinem Haaransatz, und er weicht unserem Blick aus, während er abwartet, bis wir die Zeltklappen gesichert und uns den Schnee abgeklopft haben.

Kits greift nach dem Rucksack und umfasst ihn mit beiden Armen, als befürchte er, ich könnte ihn mir schnappen und damit zur Felsspalte stürmen.

»Kits, Garrard, bedaure«, beginnt Cotterell in forschem Ton. »Aber wir werden nicht nach Wards Leiche suchen. Keine Widerrede, Kits, das ist mein letztes Wort. Uns fehlt schlichtweg die Zeit dafür. Wir haben bereits Mitte Mai. Falls der Monsun früher einsetzt, haben wir keine Chance mehr, den Gipfel zu erreichen. Dieses Risiko darf ich nicht eingehen.«

Ich atme auf und widerstehe der Versuchung, Kits einen triumphierenden Blick zuzuwerfen.

»Was Wards Habseligkeiten betrifft«, fährt Cotterell fort, »kann ich, nichts für ungut, Dr. Pearce, nicht zulassen, dass ein Stück Bergsteigergeschichte vernichtet wird. Wir müssen die Kulis eben so gut wie möglich beruhigen. Doch es ist unsere Pflicht, diese Gegenstände aufzubewahren.« Er bringt meinen Protest mit einem Blick zum Schweigen und senkt die Stimme. »Wir schicken die Sachen am Morgen gut getarnt ins Basislager, damit die Sherpas nicht Lunte riechen. Alle einverstanden? Garrard? Gut. Kits, was ist mit Ihnen?«

Kits steht kurz vor der Explosion. Doch dann seufzt er. »Einverstanden, Sir.«

»Und Sie, Dr. Pearce?«

Der Rucksack liegt schwer auf Kits' Schoß. Seine Schließe reflektiert das Licht. Sie zwinkert mir zu.

»… einverstanden«, murmle ich.

15

Cotterell war schon in unser Zelt zurückgekehrt. Gerade wollte ich ihm folgen, als Kits mich am Arm packte, um mir den Eid abzunehmen, den Rucksack nicht in die Felsspalte zu werfen. »Oder sonst irgendwohin. Schwör, dass du ihn nicht anrührst.«

»Ich soll *schwören?*«, entgegnete ich ungläubig. »Hältst du das nicht für ein wenig übertrieben?«

»Es ist mein Ernst, Stephen.«

Ich schaute zu Garrard hinüber, der gerade die Kochutensilien verstaute und so tat, als hätte er nichts gehört. »Nun, wenn du unbedingt kindisch werden willst, musst du mir auch etwas schwören«, zischte ich leise. »Keine Andeutungen gegenüber den anderen, dass mir die Nerven durchgehen könnten.«

»Gut. Du zuerst.«

»Soll ich mir in den Daumen piken und den Eid mit meinem Blut besiegeln, oder einigen wir uns darauf, dass wir beide erwachsen sind?«

»Schwör es einfach.«

Inzwischen bereue ich mein Versprechen bitterlich und wünschte, ich könnte den Rucksack einfach in der

Felsspalte versenken. Doch Kits hätte mir keine Ruhe gelassen. Das tut er nie, solange er nicht bekommen hat, was er will.

Allerdings hat er in einem Punkt recht. Es ist nur ein Rucksack. Wovor also fürchte ich mich? Warum bringe ich es nicht über mich, ihn anzufassen? Weil es mir ernst war, als ich zu Cotterell sagte, die Habseligkeiten eines Toten brächten Unglück. Aber es geht noch tiefer: Früher hat man die Sachen verbrannt, damit die Toten einem nicht als Geist erscheinen. Das ist es, wovor ich Angst habe. Davor, dass das Wesen, das auf diesem Berg umgeht, sich an jemandem schadlos halten könnte.

Außerdem ist mir gerade noch etwas eingefallen: Wir können den Rucksack morgen gar nicht ins Basislager schicken, weil die Sherpas da unten einen dringend notwendigen Ruhetag einlegen und nicht kommen werden, um ihn zu holen. Von den Männern hier können wir keinen für Botengänge entbehren, denn sie müssen mit den Eishöhlen fertig werden. Deshalb werde ich den Rucksack so schnell nicht los.

Nun, das wäre also geklärt. Heute Nacht befördere ich mich mit einer Bromidtablette ins Land der Träume. Mit ein wenig Glück sind die Eishöhlen morgen fertig, sodass ich zwischen festen Wänden schlafen kann. Und übermorgen geht es los zum Großen Eisschelf, wo ich mich nicht mehr mit dem verdammten Ding befassen muss.

Das Bromid hat wunderbar gewirkt, und nachdem wir uns den ganzen Tag abgerackert haben, sind die Eishöhlen gegen Abend bezugsfertig. Cotterell und ich schlafen in der einen, Garrard und Kits in der anderen, und die Sherpas drängen sich in der dritten.

Der Eingang unserer Höhle ist eng, schwarz und ganz und gar nicht einladend. Nachdem man hineingekrochen ist, verschließt man ihn mit einer »Tür« aus einem mit Dosen beschwerten Proviantsack. Die Höhle selbst besteht aus einem dunklen, abwärts geneigten Tunnel mit einer gewölbten Decke, damit das Wasser abtropfen kann. Zum Schlafen haben wir zwei schmale Simse in die Wände gehauen. Die Decke darüber ist so niedrig, dass man nicht aufrecht sitzen kann, weshalb man sich dazwischen auf den Boden kauern muss. Ich habe versucht, am anderen Ende einen Alkoven zu Aufbewahrungszwecken zu graben. Allerdings habe ich dadurch versehentlich einen Durchbruch geschaffen, der offenbar in eine weitere Felsspalte führt. Jetzt haben wir ein »Fenster«. Nur dass es dort stockfinster ist.

Da unsere Taschenlampen nicht funktionieren, behelfen wir uns mit Öllampen. Ich mag ihr Licht und den Geruch von Paraffin. Außerdem ist es in unserer Höhle dank der Lampen und des Primuskochers erstaunlich mollig, also ein paar Grad über null. Doch es ist schauderhaft eng.

»Wie in der unteren Koje eines Liegewagens«, grummelt Cotterell, während er seinen Schlafsack zuknöpft. »Wo ist Cedric?«

»Bei den Sherpas.« Ich zwinge mich zu einem Lachen.

»Offenbar geht er jetzt nicht nur mir, sondern auch Kits aus dem Weg. Vielleicht hat er ja auch etwas gegen den Rucksack.«

Cotterell antwortet nicht. Er hat sich beim Graben übernommen und dabei sein Herz zu stark belastet. Ich behandle ihn mit Cardiazol und habe angeordnet, dass er morgen hierbleiben und sich ausruhen muss. Was mich in eine Zwickmühle bringt. Eigentlich wollte ich mit Garrard und Kits zum Großen Eisschelf aufsteigen. Aber kann ich Cotterell sich selbst überlassen?

»Ich glaube, ich bleibe auch hier und habe ein Auge auf Sie«, verkünde ich.

»Nicht nötig«, entgegnet er unwirsch. »Mir wäre es lieber, wenn Sie die anderen begleiten würden.«

»Es geht nicht nur um Sie, Sir. Cherma leidet an leichter Schneeblindheit …«

»Jetzt passen Sie mal auf! In einem Tag oder so bin ich wieder ganz der Alte, und das Gleiche gilt sicher auch für Cherma. Wenn nicht, wird Ihr tüchtiger Diener Nima uns beide runter ins Camp Zwei eskortieren.«

Ich habe den Verdacht, dass Cotterell mich in Wahrheit deshalb zum Mitgehen drängt, damit Kits und ich während des Aufstiegs Gelegenheit zu einer Versöhnung haben. Da er sich partout nicht umstimmen lässt, gebe ich mich geschlagen. Eigentlich ist es mir sogar recht. Alles in mir sträubt sich dagegen, weiter hier herumzusitzen. Ich muss so viel Abstand wie möglich zwischen mich und den Rucksack bringen.

Sobald die Lampe verlischt, lastet die Dunkelheit schwer auf meinen Augäpfeln. Wir beide liegen mit den

Füßen zur Tür. Ich empfinde die Abwärtsneigung als ziemlich unangenehm. Wenn ich mich krümme wie ein Schlangenmensch, kann ich einen verzogenen trübgrauen Ring aus Mondlicht am Rand des Sackvorhangs ausmachen. Er scheint schrecklich weit weg zu sein.

Die Luft ist abgestanden und eiskalt. Je tiefer ich einatme, umso atemloser fühle ich mich. Es kostet mich Anstrengung, ruhig zu bleiben. Obwohl ich das »Fenster« hinter mir mit einem zusammengeknüllten Hemd verstopft habe, bin ich mir der Leere dort nur allzu deutlich bewusst. Als ich die Hand ausstrecke, berühre ich unnachgiebiges Eis knapp zwanzig Zentimeter über meinem Gesicht und fühle mich wie in einer Schneekugel gefangen. Ein Gedanke, den ich sofort bereue.

Hin und wieder ächzt und stöhnt das Eis wie ein Lebewesen. Die Enge in dieser Kammer sorgt dafür, dass jedes Geräusch aus der Dunkelheit auf mich einzustürmen scheint. Ich ertappe mich dabei, dass ich auf das Rascheln und Knistern von Cotterells Schlafsack horche. Seine Atemzüge sind störend laut und längst nicht so beruhigend, wie ich es mir wünschen würde.

Ich sage mir, dass in wenigen Stunden der Morgen graut. Dann wird der Rucksack auf dem Weg ins Basislager sein, und ich breche auf zum Großen Eisschelf. Die Erkenntnis, dass sich an meinem Wunsch, diesen Berg zu besteigen, nichts geändert hat, erleichtert mich. Ich werde alles tun, um den Gipfel zu erreichen. Selbst wenn es heißt, dass ich mich mit Kits versöhnen muss.

Warum also kann ich dann nicht wirklich glauben, dass es je dazu kommen wird? Natürlich versuche ich, mir einzureden, dass alles gut geht, traue mir aber selbst nicht über den Weg. In meinem Hinterkopf hat sich die unerschütterliche Gewissheit festgesetzt, dass etwas dazwischenkommen und mich hier in Camp Drei festhalten wird.

Es ist zwecklos. Ich bin das Herumliegen leid. Veramon-Tabletten sind die einzige Lösung. Die Freuden des Wachseins in einer Eishöhle werden stark überbewertet.

Als ich aufwache, herrscht anthrazitgraue Dämmerung, und draußen flüstert eine Stimme: »Doctor Sahib! Chermas Augen sehr schlecht. Sie bitte kommen?«

Erstaunlicherweise schnarcht Cotterell ungerührt weiter, während ich Stiefel und Anorak anziehe und nach draußen krieche. Es ist nach vier. Das Lager ist in das eisstarre Halbdunkel kurz vor dem Tagesanbruch getaucht. Es ist bitterkalt. Der Wind bohrt sich mir in die Lunge wie unzählige Eiszapfen.

In der Höhle der Sherpas ist es warm. Der Dunst von ungewaschenen Männerkörpern und der würzige Geruch von *pan* hüllen alles ein. Der arme Cherma leidet große Schmerzen. »Meine Augen schmelzen, Doctor Sahib! Sie fließen davon!«

Dieses Gefühl kenne ich. Als mir so etwas in den Alpen passiert ist, war es, als hätte ich Glasscherben unter den Augenlidern. »Die Tabletten helfen gleich, versprochen«, beruhige ich ihn. »Und die Tropfen auch.«

Nima reicht mir eine dampfende Teetasse. »Steigen Sie heute auf, Doctor Sahib?«

Ich nicke. »Garrard Sahib hat einen Weg zum Großen Eisschelf entdeckt. Tenrit, Dorjit und Angdawa kommen mit uns, aber du, Pasang und der arme Cherma bleiben hier bei Major Sahib. Und Nima ...«

»Ja, Doctor Sahib?«

»Falls es Major Sahib auch nur ein kleines bisschen schlechter gehen sollte – wirklich nur ein ganz kleines bisschen –, bringst du ihn hinunter ins Camp Zwei. Wenn es nötig ist, auch gegen seinen Willen. Verstanden?«

Skepsis malt sich auf seinem zerfurchten Trollgesicht. Offenbar behagt ihm die Vorstellung nicht, Cotterell Paroli bieten zu müssen. »Und die Totentasche, Sahib? Was ist damit passiert?«

Die Totentasche.

Ich räuspere mich. »Sobald Lobsang und die anderen heute Morgen hier sind, wird der, äh, Rucksack ins Basislager gebracht.«

Zu spät wird mir klar, dass ich mich verplappert und somit unsere Chance vermasselt habe, den Sherpas die Bedeutung des Rucksacks zu verheimlichen. Allerdings wäre das ohnehin vergebliche Liebesmüh gewesen. Die Leute sind nicht auf den Kopf gefallen und haben zumeist einen guten Überblick, was ihre Ladung angeht.

»Das wäre also geklärt«, fahre ich mit fester Stimme fort. »Bald ist er wohlbehalten bei McLellan Sahib, und wir brauchen nicht mehr an ihn zu denken.«

»Ja, Doctor Sahib.« Offenbar ist er sich nicht sicher, ob ich wirklich glaube, was ich gerade gesagt habe.

Während Cherma leise stöhnend daliegt, trinken die

anderen schweigend ihren Tee. Ihr Englisch ist nicht so gut wie das von Nima. Keine Ahnung, wie viel sie verstanden haben.

»Wo ist Cedric?«, frage ich im nächsten Moment.

Nima sieht mich erstaunt an. »Ist er nicht bei Ihnen, Doctor Sahib? Nachts war er hier, aber als wir aufgewacht sind, ist er rausgegangen.«

»Der dumme Hund, hoffentlich hat er sich nicht verlaufen. Ich gehe besser nachschauen, ob mit ihm alles in Ordnung ist.«

Als ich die Tasse wegstelle, hält Nima mir etwas hin. »Für Sie, Doctor Sahib. Für den Weg.«

Ich bin überrascht. Es ist der weiße, schärpenähnliche Schal, den er um den Hals trägt. Der mit den Gebeten darauf. »Aber Nima, das kann ich doch nicht ... Deine Frau hat ihn für dich gemacht ...«

»Für Sie, Doctor Sahib«, beharrt er mit erstaunlichem Nachdruck. »Gefahr. Gut, wenn Sie ihn mitnehmen.«

Seine Miene ist gleichzeitig schüchtern und mitleidig. Meint er mehr als nur Gefahr für Leib und Leben? *Weiß* er etwas?

In meiner übergroßen Verlegenheit habe ich einen Kloß in der Kehle, und meine Augen brennen. Ich habe mich so allein gefühlt. Der Gedanke, jemand könnte tatsächlich vermuten, dass ich ... »Danke«, stoße ich hervor, stecke das schmuddelige Band rasch in die Tasche und krabble aus der Höhle, bevor ich mich ganz blamiere.

Cedric ist weder bei Garrard und Kits, noch schnüffelt er im Camp herum. Während ich nach ihm rufe und durch die Dämmerung stolpere, versuche ich, mich zu beruhigen. Graue Schneewirbel wehen über den Boden, als ich, vorbei an Vorratsdepot und Latrinen, zur mitternachtsblauen, gezackten Felsspalte stapfe.

Ich lehne mich über die Kante, so weit, wie ich es wage. »Cedric?«

Die Dunkelheit schleudert seinen Namen zu mir zurück. Zu meiner Erleichterung kann ich kein Lebewesen mit hellem Zottelfell in der Tiefe ausmachen.

Im nächsten Moment höre ich ihn winseln, und zwar *hinter* mir. »Oh, Cedric, du blödes Vieh!« Als wir gestern Abend mit den Eishöhlen fertig waren, haben die erschöpften Sherpas die Zelte nur noch abgebrochen und sie als wilden Haufen aus Seilen und Leinwandbahnen vor dem Vorratsdepot liegen gelassen. In einem Haufen, der nun in ein leichtes Schwanken gerät.

Cedric hat sich völlig verheddert, und es bereitet mir gewaltige Mühe, ihn zu befreien, weil ich gleichzeitig die Zelte mit Packkisten beschweren muss, damit sie nicht davonfliegen. Endlich ist es geschafft. Unter freudigem Kläffen fängt er an, mich vollzusabbern.

»Ha! Nun kriegst du plötzlich gar nicht genug von mir, was, mein Junge? Aber das wird dich lehren, nicht mehr in unseren Sachen zu wühlen. Autsch!«

Ich knie noch im Schnee und lasse mir von ihm das Gesicht ablecken, als die ersten Sonnenstrahlen die Gipfel im Westen berühren. Meine Stimmung bessert sich schlagartig. Drüben beim Altar der Sherpas steht Pasang und singt leise ein Gebet vor sich hin. Aus Garrards und Kits' Höhle kommt das übliche frühmorgendliche Husten. Die Eisklippe über mir zeigt ein tiefes Dunkelblau, ein Stück darüber – für mich unsichtbar, aber lautlos nach mir rufend – erhebt sich der Gipfel, den wir erklimmen wollen. Beinahe hätte ich ihn vergessen, doch da ist er, in all seiner Schönheit und Grausamkeit. Nein, Grausamkeit stimmt nicht, denn er ist nur ein Berg. Der Glasberg, nach dem ich mich schon ein Leben lang sehne. Daran wird sich nie etwas ändern.

Cedrics krampfartiges Zittern holt mich in die Wirklichkeit zurück. Er keucht vor Todesangst, hat die Ohren flach angelegt und entblößt die schwarzen Lefzen. Mit einem panischen Winseln entwindet er sich meinen Armen und stürmt zur Eishöhle der Sherpas.

Wolken haben den Himmel verdunkelt, und plötzlich friere ich. Die Sonne schimmert fahl. Das graue Licht wirkt auf sonderbare Weise Unheil verkündend. Der Wind weht zwar immer noch, aber ich kann ihn nicht hören. Keine zischenden Schneeschwaden, kein Heulen auf dem Sattel. Ich höre weder Pasangs Gesang noch Garrards und Kits' Husten. Die Lautlosigkeit schnürt mir die Brust zu. Wie die erstickende Stille in einem Traum. Nur dass ich nicht träume. Ich bin in dieser Stille gefangen und abgeschnitten vom Rest der Welt.

Meine Kopfhaut prickelt, und mein Körper duckt sich vor etwas zusammen, dessen Gegenwart er deutlich spürt. Ich kann mich nicht rühren und nicht atmen. Das Grauen lastet steinschwer auf mir, lässt mich erstarren.

Die Gestalt steht auf der anderen Seite der Felsspalte.

Als ich sie auf dem Überhang gesehen habe, war es

Nacht. Nun jedoch wird sie nicht gnädig von Dunkelheit verhüllt. Es gibt keinen Raum für Zweifel, nur dieses gnadenlose, unnatürliche, kränklich graue Licht.

Ich habe sie so deutlich vor mir wie meine eigenen, in Fäustlingen steckenden Hände, die meine Knie umklammern. Den Anorak, die Sturmhaube, die Kapuze, alles verkrustet mit Raureif. Obwohl die Erscheinung Menschengestalt hat, scheint sie aus Eis zu bestehen. Rings um sie herum weht und wirbelt der Schnee im lautlosen Wind. Doch sie rührt sich nicht. Die langen Bänder ihrer Kapuze hängen gerade herab. Eis bedeckt den Rand ihrer Schneebrille, und sie sieht aus, als hätte sie keine Augen. Dennoch weiß ein tief in mir verborgener Teil meines Verstandes, dass sie sehen kann. Ihr vernichtender Hass schlägt mir entgegen wie der eisige Hauch der Felsspalte. Unbändige Wut, so unbeschreiblich heftig, kündet kreischend von einer Dunkelheit, aus der es kein Entrinnen gibt.

Aus einer anderen Welt dringt eine laute Stimme an mein Ohr.

Mühsam drehe ich den Kopf in Richtung Camp.

Ich stelle fest, dass sich ein Eckchen der »Tür« zur Höhle der Sherpas öffnet. Licht verfärbt den Schnee gelb. Garrard ruft Kits zum Frühstück. Der Wind heult über dem Sattel.

Als ich mich zur Felsspalte umdrehe, ist die Gestalt fort.

Aber sie war da. Ich habe sie selbst gesehen.

Und was noch schlimmer ist: sie mich auch.

16

Also hatte ich in puncto Rucksack recht. Nur meine Erleichterung, Camp Zwei entkommen zu sein, war verfrüht. Ich war von einer Art Naturgesetz ausgegangen, die das Herumspuken von Erscheinungen auf den Schauplatz ihres Todes beschränkt. So wie der Geist in einem viktorianischen Weihnachtsstück dazu verurteilt ist, immer wieder seinen Tod nachzuspielen. Die Erscheinung auf der anderen Seite der Felsspalte ist aber nicht an Camp Zwei gebunden. Und sie spielt nichts nach.

Wieso geht sie um? Unablässig kreist mein Verstand um diese eine Frage. Und weshalb ist sie *wütend?* Ist Kits zufällig über die Wahrheit gestolpert, als er vorschlug, die Leiche zu suchen? Ist es das, was die Gestalt erreichen will? Will sie vom Berg heruntergeholt und neben ihren Kameraden auf dem Hügel beerdigt werden? Ruhe in Frieden, Arthur Ward?

Nein, das ist nicht der Grund, da bin ich mir ganz sicher. Es wäre eine viel zu harmlose Erklärung. Das Gefühl, das mich über die Felsspalte hinweg angeweht hat, war keine Sehnsucht nach ewigem Frieden. Sondern Hass und Zorn. Und beides galt mir.

Gerade ist mir ein weiterer Grund eingefallen, warum Geister spuken. Sie wollen den Verfolgten warnen, damit er sich für den Tod bereit macht.

Bin ich deshalb der Einzige, der die Gestalt wahrnimmt? Ist sie mein Todesbote? Cedric meidet mich sicher nicht aus einer Laune heraus, und außerdem hat sich im Basislager ein *gorak* auf mein Zelt gesetzt. Hat mir Nima deshalb seinen Schal geschenkt? Weil ich sterben werde?

»Auf ein Wort, Stephen.« Kits steht ein paar Meter hinter mir. Er hat die Hände in die Hüften gestemmt, ein Sinnbild der wirklichen Welt.

»Einen Moment«, murmle ich.

»Sofort! In meine Höhle! Dalli!«

Verdattert blicke ich ihm nach, als er zum Höhleneingang stapft.

Selbst wenn ich mich absolut irren sollte und meine Beobachtungen auf dem Überhang und gerade eben an der Felsspalte völlig falsch deute – ja, wenn es sich tatsächlich nur um ein Symptom von Sauerstoffmangel handelt –, nützt mir diese Erkenntnis rein gar nichts. Die Vorstellung, dass Höhe und dünne Luft bei mir grausige Wachträume auslösen und mir den Verstand vernebeln, bis er mir Streiche spielt ... ja, diese Vorstellung, sie jagt mir eine Heidenangst ein.

Es ist, als wäre ich von einer fremden Macht besessen.

Ich sitze bei Kits in »seiner« Eishöhle. Garrard ist auch dabei. Er ist verlegen, und seine Rolle als »Zeuge« ist ihm sichtlich unangenehm.

»Zeuge wovon?«, erkundige ich mich geistesabwesend.

»Von dem, was ich dir jetzt zeigen werde«, herrscht Kits mich an. »Und zwar, um dir unmissverständlich klarzumachen, dass ich mich an *meinen* Teil der Abmachung halte.«

Er hält Wards Streichholzdose hoch und verstaut sie mit demonstrativer Sorgfalt im Rucksack. Danach packt er den Rucksack in einen der olivgrünen Beutel, die wir für die Post benutzen.

»Ich habe einen Brief an McLellan beigelegt«, fügt er in ausgesprochen spitzem Ton hinzu. »Zweifellos wird *er* die historische Bedeutung des Gegenstands, den ich ihm anvertraue, zu schätzen wissen. So.« Er verschließt den Postbeutel mit einem festen Doppelknoten. »Ich habe Nima angewiesen, den Beutel Lobsang mitzugeben, sobald die Mannschaft hier ist. Und zwar mit dem Befehl, ihn auf direktem Weg hinunter ins Basislager zu bringen. Zufrieden?«

»Was sonst? Ich habe dich nämlich beim Wort genommen.«

»Ich wollte, dass du es mit eigenen Augen siehst, da es dir offenbar so wichtig ist.« Sein Tonfall ist bemüht geduldig, der leidgeprüfte ältere Bruder, der dem versponnenen Kleinen einen Gefallen tut.

Nun, da hätte ich einen wahnwitzigen Vorschlag zu machen, Kits. Was, wenn ich auch einen Brief schriebe?

Lieber McLellan, dieser Rucksack ist verflucht. Verbrennen Sie ihn auf der Stelle. Wäre das nicht ein Spaß?

Doch wenn ich es mir genauer überlege, wäre das nur Wasser auf Kits' Mühlen. Schließlich macht er keinen Hehl daraus, dass er an meinem Verstand zweifelt. Aber so leicht wird er mich nicht los. Meine Entscheidung steht: Ich werde zum Großen Eisschelf aufsteigen und damit basta. Niemals werde ich ihm die Genugtuung gönnen, mich hier unten zurückzulassen, damit ich brav Cotterell pflege, während er den Gipfel stürmt.

Kits geht voran, gefolgt von Garrard, mir, den Sherpas und zu guter Letzt Cedric, denn ich habe schon wieder »vergessen«, ihn ins Basislager zurückzuschicken. Ich benutze ihn als Frühwarnsystem. Falls es irgendeine Erscheinung auf mich abgesehen haben sollte, wird er es als Erster spüren.

Zum Glück brauchen wir nicht die Eisklippe selbst hinaufzuklettern, da Garrard einen schattigen Hohlweg an der östlichen Flanke entdeckt hat. Die Strecke ist nicht ohne, denn wir müssen Stufen in den Schnee hauen und gewaltige Eisblöcke und Eiszapfen (was habe ich je an denen gefunden?) umrunden. An manchen Stellen ist das Eis so mürbe, dass mein Eispickel erschreckend leicht einsackt. Dann wieder ist es steinhart. Mühsam klopfe ich Splitter ab, die mit dem vertrauten Unheil verkündenden Geräusch in die Tiefe schlittern. Das Grauen ist mein ständiger Begleiter: Wenn die Gestalt mir sogar am helllichten Tag erscheinen kann …

Am Ende der Klippe kracht eine Lawine ins Tal und deckt uns mit einem Schwall Schnee ein.

Als es vorbei ist, lacht Garrard zittrig auf. »Das war knapp.«

Ich antworte nicht. Es gibt Schlimmeres als Lawinen.

Zwei anstrengende Stunden später befinden wir uns über der Klippe auf einem enormen gewölbten Bergrücken, der offenbar am Großen Eisschelf endet. Kits ist in Hochstimmung. »Wir können einfach hinspazieren!«

Wie meistens bei solchen Einschätzungen entpuppt sich der Rücken als um einiges steiler, als es zunächst den Anschein hatte. Der Schnee ist zwar ziemlich fest, doch da wir uns weit oberhalb von siebentausend Metern befinden, bedeutet es eine schier unmenschliche Schinderei, auch nur einen Fuß vor den anderen zu setzen. Ich bündle meine ganze Kraft in meinen rauen Atemzügen und den höllisch schmerzenden Beinen. *Schritt. Atmen. Atmen. Schritt. Atmen. Atmen …*

Wir sind noch nicht weit gekommen, als wir schon völlig erledigt sind. Während wir keuchend eine Rast einlegen, zuckt Garrard plötzlich zusammen. »Wer ist das da unten?«, stößt er hervor.

»Wo?«, japst Kits.

»Etwa dreißig Meter unter uns … Auf dem Highway.«

Mein Herz krampft sich zusammen. Unten auf der Strecke folgt eine schemenhafte Gestalt unseren Spuren.

Kits tastet nach seinem Feldstecher. »Das ist Pasang«, murmelt er.

O mein Gott, es ist etwas mit Cotterell. Ich hätte bei

ihm bleiben müssen. Was habe ich mir bloß dabei gedacht?

Als wir zum »Highway der Träger« zurückkehren, um dem sich bergauf quälenden Jungen entgegenzugehen, rechnen wir mit dem Schlimmsten.

Er ist völlig erschöpft und stützt sich hustend auf seinen Eispickel. »Major Sahib schlecht«, keucht er. »Nima sagt, Doctor Sahib kommen schnell.«

»Warum hat er so lang gewartet, verdammt?«, schimpfe ich. »Ich habe Nima doch eingeschärft, ihn auf direktem Weg in Camp Zwei zu bringen, falls sich sein Zustand auch nur ein kleines bisschen verschlechtert.«

Der Junge starrt mich nur an und blinzelt mit eisverkrusteten Wimpern. Er hat Angst und versteht kein Wort.

»Wir könnten Streichhölzer ziehen«, verkündet Kits.

»Blödmann. Ich bin hier der Arzt, also muss ich in den sauren Apfel beißen.« Ich wusste, dass so etwas passieren würde. Das Schicksal hat sich gegen mich verschworen.

»Pech, alter Junge«, meint Kits. Er kehrt dem Abgrund den Rücken zu, hat die Schneebrille auf die Stirn geschoben und unterdrückt mühsam ein selbstzufriedenes Grinsen. Ihm war von vorneherein klar, dass es mich treffen würde. Das Losverfahren hat er nur vorgeschlagen, um vor Garrard das Gesicht zu wahren.

Was würde wohl geschehen, wenn ich ihn jetzt stoßen würde? Für einen Sekundenbruchteil male ich mir das Erstaunen in seinem Gesicht aus. Garrards verständnislose Miene …

Natürlich habe ich nicht die geringste Absicht, diesen Gedanken in die Tat umzusetzen. Gott ist mein Zeuge. Es ist mir einfach durch den Kopf geschossen, so als ob einem auf dem Bahnsteig eines U-Bahnhofs plötzlich der Satz *Und wenn ich jetzt springe?* in den Sinn kommt. Es genügt allerdings, um Schuldgefühle in mir zu wecken.

Ich lege Kits die Hand auf die Schulter und drücke sie. »Pass auf dich auf, da oben, alter Junge! Und werd mir bloß nicht größenwahnsinnig! Ich bin bei euch in Camp Vier, ehe du dich's versiehst!«

Ich wusste die ganze Zeit, dass ich gezwungen sein würde, den Rückweg zu Camp Drei anzutreten. Und Pasang hat es offenbar auch gewusst. Er weiß, dass ein Fluch auf mir lastet. Als wir den Highway der Träger hinuntermarschieren, wahrt er einen Sicherheitsabstand zu mir.

Cedric ebenfalls. Er hat eine neue Methode entwickelt, die anspruchsvollen Stellen im Weg zu überwinden, und zwar eine, zu der er mich nicht mehr braucht: Wenn Pasang sich unmittelbar unter ihm befindet, schlittert er, springt dem Jungen auf die Schultern und benutzt ihn dann als Schanze, um sich mit einem Satz weiterzukatapultieren. Beim ersten Mal hätte er ihn fast dabei umgeworfen. Doch inzwischen rammt der Sherpa seinen Eispickel in den Boden, sobald er Cedric kommen hört. Ich lasse die beiden vor mir hergehen, um das Verhalten des Hundes im Blick zu haben.

Als Camp Drei unter uns erscheint, ist es schon früher Nachmittag. Ich kann die blauen Öffnungen der Eishöhlen in der Klippe erkennen. Seitlich davon sehe ich das Proviantdepot und die Felsspalte, und vor dem Plateau erhebt sich der gewaltige Eisklotz, der den Sherpas als Altar dient.

Nirgends ist eine Menschenseele zu sehen. Besorgt stelle ich mir vor, wie Nima in einer der Höhlen einen schwer kranken Cotterell pflegt. Wie konnte ich ihn nur allein lassen? Was, wenn er ...

Auf den letzten Metern läuft Cedric an Pasang vorbei zum Plateau. Ich beobachte, wie er zum Altar der Sherpas rennt und innehält, um Witterung aufzunehmen. Im nächsten Moment legt er die Ohren an und rast dann zum Lager hinaus. Er steuert auf die Fahnen zu, die den Highway der Träger hinunter zu Camp Zwei markieren.

»Cedric!«, rufe ich. »Komm her, mein Junge! Cedric!«

Er schaut sich nicht einmal um. Entsetzt sehe ich zu, wie er im Eisgeröll zu einem schmutzig-weißen Punkt schrumpft. Schließlich ist er fort.

»Cedric!« Mein verzweifelter Tonfall erschreckt sogar mich selbst.

Er streunt zwar öfter allein herum, aber diesmal fühlt es sich anders an. Endgültig. Seine Augen waren weit aufgerissen. Er hatte Todesangst.

Pasang starrt mich an. Ich darf jetzt nicht die Nerven verlieren. Damit würde ich ihn nur demoralisieren.

»Tja«, verkünde ich deshalb forsch, »ich wollte ihn

ohnehin ins Basislager zurückschicken. Also hat er uns Arbeit abgenommen!«

Doch in mir ist alles in Aufruhr. Es macht mir Sorgen, wie sehr ich mich inzwischen auf diesen Hund verlasse. Ich kann nicht fassen, dass er wirklich fort ist.

Weder in der Höhle der Sherpas noch in unserer oder in der von Garrard und Kits treffe ich jemanden an. Alle sind verschwunden. Ich brauche einen Moment, um zu begreifen, dass Camp Drei verwaist ist.

Die Angst in Pasangs Miene spiegelt meine eigene wider. Ich zwinge mich zu einem Lächeln. »Alles gut, Pasang. Bestimmt liegt irgendwo ein Brief für uns.«

Und wirklich entdecke ich in Cotterells Koje die aus einem Notizbuch herausgerissene Seite, die er mit einer Kaffeedose festgeklemmt hat. Als ich den Text überfliege, gefriert mir das Lächeln auf den Lippen.

»Keine Sorge«, sage ich zu Pasang, der vor dem Höhleneingang kauert und *pan* kaut. »Nima und Cherma haben Major Sahib hinunter zu Camp Zwei gebracht. Für uns ist es zu spät, ihnen nachzugehen. Wir übernachten hier und folgen morgen.«

Der Junge zeigt auf die Höhle der Sherpas. »In Camp, Doctor Sahib?«

»Am besten schläfst du bei mir, da ist es wärmer.«

Er nickt verunsichert und zeigt wieder auf die andere Höhle. »Pasang da, ja?«

Er versteht mich nicht. Oder ihn schreckt die Vorstellung, neben einem Sahib zu nächtigen. »In Ordnung«, erwidere ich. »Mach es dir dort bequem und koch uns dann einen Tee.«

Als er fort ist, lese ich Cotterells Brief noch einmal.

Lieber Dr. Pearce, beginnt er in fester Handschrift, die im weiteren Verlauf aber immer zittriger wird. *Vorhin habe ich mich so elend gefühlt, dass Pasang in Panik geriet und loslief, um Sie zu holen. Zum Glück hat sich mein Zustand seitdem gebessert, doch Ihr tüchtiger Diener Nima hat beschlossen, nicht länger zu warten, und bringt mich hinunter zu Camp II – gegen meinen ausdrücklichen Wunsch, auch wenn mir klar ist, dass er Order von Ihnen hat, denn er legt eine beeindruckende Entschlossenheit an den Tag. Folgen Sie uns nicht. Ich bin durchaus in der Lage, zu gehen, & ganz sicher wird ein strammer Fußmarsch eine kräftigende Wirkung haben.*

Außerdem sollten Sie wissen, dass Lobsangs Mannschaft (die hier war und wieder aufbrach, bevor all das geschah) einen Postbeutel aus dem Basislager bei sich hatte. Bitte bringen Sie Garrard & Kits ihre Briefe mit; so etwas hebt die Moral. Ich wiederhole: Folgen Sie mir nicht. Das ist ein Befehl. Ich will Sie dort wissen, wo Sie am meisten gebraucht werden, d. h. bei G & K beim Sturm auf den Gipfel. Es tut mir leid, dass Sie meinetwegen solche Umstände hatten. Ich schreibe Ihnen mit der nächsten »Sherpapost« & informiere Sie über mein Befinden. Herzlich, Gordon Cotterell.

Die Stille im Lager schlägt mir aufs Gemüt. Wie soll ich, nur mit Pasang zur Gesellschaft, bis zum nächsten Morgen durchhalten?

Und was verbirgt Cotterell hinter seinem zackigen Militärjargon? Ein »Befehl«? Offenbar liegt ihm sehr viel daran, die Expedition nicht zu gefährden. Allerdings muss sein Zustand Nima in derart große Sorge versetzt haben, dass er all seinen Mut zusammengenommen und ihn zum Abstieg gezwungen hat. Zum Teufel mit seinem »Befehl«. Ich muss so schnell wie möglich zu ihm, um ihm beizustehen.

Es ist zwei Uhr nachmittags. Zu spät zum Aufbruch.

Oder? Wenn wir sofort losgehen, könnten wir es bis zum Dunkelwerden schaffen. Pasang jedenfalls. Ich wohl eher nicht. Nachdem ich den Hohlweg zweimal zurückgelegt habe, ist mir vor lauter Erschöpfung beinahe übel, und jeder Muskel schreit nach einer Pause. Ich habe keine andere Wahl, als hierzubleiben. Eigentlich hatte ich nie eine Wahl.

Im Postbeutel stecken drei von Cotterell fein säuberlich sortierte Briefbündel. Nachdem ich meines auf meine Koje geworfen habe, rufe ich nach Pasang.

Er ist sofort da. Ich habe den Verdacht, dass er draußen gewartet hat. Ich reiche ihm den Postbeutel mit Garrards und Kits' Briefen.

»Pack das in deinen *doko*. Morgen bringst du es zu Kits Sahib in Camp Vier.«

Als er nickt, bin ich nicht sicher, wie viel er verstanden hat. Aber ich bin zu müde, um nachzuhaken. »Sehr gut, Pasang. Du kannst jetzt gehen.«

»Ja, Doctor Sahib.«

Meine Kraft reicht gerade noch, um die Sacktür vor dem Höhleneingang zu schließen, sie mit Dosen zu beschweren, den Primuskocher unter einem Topf mit Schnee anzuzünden und mich in meine Schlafsäcke zu wickeln, ohne die Stiefel auszuziehen.

Offenbar bin ich eingenickt. Als ich aufwache, ist das Licht rings um den Höhleneingang dämmriger geworden, und der Primus zischt unter einem Topf voller Wasser.

Cotterells Koje sieht beängstigend leer aus. Da ich das dringende Bedürfnis habe, etwas dagegen zu unternehmen, verwandle ich sie spontan in ein improvisiertes Vorratslager und staple willkürlich im hinteren Teil der Höhle zusammengesuchte Gegenstände darauf: Dosen mit Tee oder Bourn-Vita-Schokotrunk. Außerdem Packungen mit Maisstärke, Rumkugeln und Keksen, einen Postbeutel …

Postbeutel? Den habe ich doch gerade Pasang mitgegeben. Anscheinend hat er mich missverstanden und ihn liegen gelassen. »Pasang!«, rufe ich.

Keine Antwort. Vermutlich schläft er.

Vor mich hin schimpfend, ziehe ich meinen Anorak an und krabble nach draußen. Es ist kurz nach drei, bewölkt und bitterkalt.

Pasang ist nicht in seiner Eishöhle. Stattdessen erkenne ich ihn auf dem Highway der Träger. Er hat den Hohlweg bereits zur Hälfte hinter sich. Verdammter Idiot! Er hat meine Anweisung falsch verstanden und kehrt schon heute zurück zu Garrard und Kits.

»Pasang! Bleib hier!«

Er ist zu weit weg, um mich zu hören. Vielleicht hört er es ja auch mit Absicht nicht.

Ich stolpere in die Höhle zurück und greife nach meinem Feldstecher. Ja, er ist es eindeutig, den *doko* auf dem Rücken. Oben ragen seine Deckenrolle und der Postbeutel heraus.

Der Postbeutel? Aber der ist doch hier. Ich habe ihn gerade noch gesehen.

Langsam lasse ich den Feldstecher sinken. Die Erkenntnis stürmt mit Wucht auf mich ein. Ja, in meiner Höhle liegt ein Postbeutel – nur dass er keine Briefe enthält.

Als ich wieder hineinkrieche, werde ich schon vom Postbeutel erwartet. Ich ziehe Fäustlinge und Handschuhe aus, nestle an Kits' Doppelknoten herum und zerre ihn auseinander. Ich habe ein Klingeln in den Ohren. Ein spiralförmiger Wirbel saugt mich hinab in die Dunkelheit. Nichts wird mich dazu bringen, die Hand in diesen Postbeutel zu stecken. Ich will nicht einmal hinschauen. Stattdessen fasse ich ihn vorsichtig an den Zipfeln und kippe ihn aus.

Mit einem leisen Plumps landet Arthur Wards Rucksack in der leeren Koje.

17

Der Rucksack lauert in der leeren Koje und verströmt einen muffigen Schimmelgeruch.

Verdammt, Nima, warum hast du das Ding nicht Lobsang mitgegeben? Oder selbst mitgenommen?

Ich packe das Ungetüm an den Schulterriemen und werfe es hektisch nach draußen. Dabei stoße ich gegen die Öllampe, sodass sie krachend zur Seite kippt. Paraffin fließt aus.

Die »Tür« flattert im Wind und gibt den Blick auf eine grau-grüne Ecke des Rucksacks frei. Die Schließe der oberen Lasche ist zu, doch ich sehe die mit einem Zugband gesicherte Öffnung darunter vor meinem inneren Auge.

Ich packe meinen Eispickel am Kopf und schiebe das Ding mit dem Stiel weg. Dann krieche ich hinaus, um es noch ein Stück weiter zur Nachbarhöhle zu stoßen. Dabei verfangen sich die Schließen des Rucksacks in der Griffschlaufe, sodass ich das elende Ding heranschleife, als ich den Eispickel an mich ziehe.

»O nein, du bleibst brav, wo du bist«, zische ich und schubse es wieder weg.

Im nächsten Moment stelle ich mir vor, was für ein

Bild ich hier abgebe: ein Landstreicher mit irrem Blick und struppigem Bart, der im Schnee kniet und mit einem Rucksack kämpft. Herrgott, Stephen, reiß dich zusammen! Das Ding kann dir nichts tun. Und es wird auch keine Gefahr anlocken. Niemand interessiert sich dafür.

Leere Worte. Das Ganze hat auf grausige Weise etwas Unausweichliches. Ich, der Rucksack und die Erscheinung, die auf diesem Berg umgeht. Alle hier in Camp Drei vereint.

Inzwischen haben sich die Wolken verzogen, und der Himmel ist von einem kalten kristallklaren Blau. Das grelle Sonnenlicht blendet. Über dem Sattel heult der Wind. Auf dem Altar der Sherpas knattern die Gebetsfähnchen. Neben meinem Knie bemerke ich einen scharlachroten Fleck, wo Pasang einen Schwall *pan* ausgespuckt hat. Pasang, der nicht mehr hier ist.

Ich bin allein, in einer Wildnis aus Eis, auf siebentausend Metern Höhe. Deshalb darf ich jetzt nicht die Nerven verlieren. Ein winziger Fehler – und es ist aus mit mir …

Nein, bitte nicht! Doch der Fehler ist bereits passiert: Ich habe vergessen, Handschuhe anzuziehen. Meine Finger sind schon wachsartig und taub.

»Nein, nein, nein«, murmle ich und flüchte mich in die Höhle. Ich kann auch meine Füße nicht mehr spüren. Da ich Schwachkopf die Gamaschen nicht ausgezogen habe, kleben sie mir nun festgefroren an den Waden. Auch die mit Schnee verkrusteten Steigeisen habe ich noch an den Füßen. Ich stelle mir ein Leben ohne

Hände und Füße vor. Nichts als schwarze, brandige, erfrorene Stümpfe.

Was zuerst? Die Hände. Ohne Hände bin ich ein toter Mann, ohne Füße nur ein Krüppel.

»Sehr gut«, sage ich laut. »Immer logisch denken. Eins nach dem anderen.«

Ich krame die mit dem Schlafsack verhedderten Handschuhe aus meiner Koje hervor, ziehe sie an und stecke die Hände unter die Achseln. Die Wärme tut weh, was ein gutes Zeichen ist. Vielleicht sind sie ja nur verkühlt.

Jetzt die Füße. Meine behandschuhten Finger sind so steif, dass ich eine Ewigkeit brauche, um die gefrorenen Gamaschen aufzuschnüren und die Steigeisen loszuwerden. Anschließend sind die Stiefel dran. Die ganze Zeit behalte ich ängstlich den Streifen aus Tageslicht rings um den Höhleneingang im Auge. Weit nach drei Uhr. Nur noch wenige Stunden und es wird dunkel.

Die Öllampe ist endgültig hinüber. Ich brauche Licht, und auf die Taschenlampe kann ich mich nicht verlassen. Im hinteren Teil der Höhle stoße ich zu meiner Erleichterung auf eine Packung Kerzen und eine Laterne. Meine Augen brennen. Das altmodische Gehäuse aus Mikanit erinnert mich an Tante Ruth.

Wann habe ich eigentlich zuletzt etwas gegessen und getrunken? Ich krame eine Dose Rumkugeln hervor und kippe ein paar davon in das heiße Wasser auf dem Primus. Es dauert eine Ewigkeit, bis sie sich aufgelöst haben, und allmählich bin ich das Warten leid. Also löffle ich etwas von dem Gebräu in eine Tasse und trinke es gierig. Anschließend sitze ich benommen da und versuche, meine Antriebslosigkeit zu überwinden.

Ich trage noch immer einen Stiefel. Wieder brauche ich eine Ewigkeit, um erst ihn und dann die Socken auszuziehen. Meine Füße sind bleich und hart, und als ich auf meine Fußsohlen drücke, bleibt die Einbuchung eine Weile bestehen.

»Du Schwachkopf«, flüstere ich. Ich muss unbedingt die Durchblutung anregen. Da meine schmerzenden Hände es nicht schaffen, die Füße zu massieren, bastle ich mir eine Wärmflasche, indem ich ein Stück Sauerstoffschlauch an einem Ende verknote und es mit dem restlichen Schokoladenwasser fülle. Danach ziehe ich drei Paar Socken übereinander, wickle mir den Schlauch um die Füße und binde das Ganze mit meinem Schal fest. Bald beginnen die Füße, zu prickeln. Gott sei Dank!

Ein wenig aufgemuntert krieche ich zum Höhleneingang und schaufle mehr Schnee in meinen Topf – wobei ich darauf achte, nicht zum Rucksack hinüberzuschielen. Ich stelle den Topf auf, um Porridge zu kochen, obwohl ich keinen Hunger habe und mir im Grunde übel ist. Kein gutes Zeichen.

Ich muss meinen Zustand sachlich bewerten. Los, Stephen, du bist Arzt! Also ran an die Arbeit!

Abgesehen von leichten Erfrierungen und Übelkeit leide ich an dem in großen Höhen üblichen Husten. Da ich weder schaumigen noch blutigen Auswurf habe, weist nichts auf ein Ödem hin. Die Schnittwunde an meiner Hand heilt nicht. Und als ich mein Gesicht im Topfdeckel betrachte, zeigt mir mein verzerrtes Spiegelbild ein geplatztes Äderchen im Auge, das sich erschreckend scharlachrot vom Weiß abhebt. Aber es tut nicht weh, weshalb ich nicht glaube, dass es etwas Ernstes ist. Was mir viel mehr zu schaffen macht, ist meine Unfähigkeit, mich zu entscheiden. Das ist ein weiteres Symptom der Höhenkrankheit. Die Frage ist nur, wie schlimm es um mich steht.

Um meinen Geisteszustand auf die Probe zu stellen, zähle ich laut sämtliche Knochen des menschlichen Fußes auf. Danach die der Hand. Glücklicherweise habe ich sie alle parat, glaube ich jedenfalls. Der bei Weitem aufschlussreichste Test bestünde darin, die Ferse immer direkt vor die Zehen zu setzen und eine gerade Linie entlangzugehen, ohne dabei umzufallen. Allerdings müsste ich dazu den Schlauch mit dem heißen Wasser von meinen Füßen entfernen und nach draußen krabbeln.

Dabei könnte ich gleich einen Blick auf den Rucksack werfen … Das ist kein Zeichen für eine Psychose. Das würde jeder tun.

Um den Höhleneingang verfärbt sich das Licht bereits grau. Was? Schon zehn nach fünf?

Ich male mir aus, wie Schatten die Bergwände hinaufgleiten. Und ich denke an die lange, dunkle Nacht, die vor mir liegt.

Am Ferse-vor-Zehen-Test führt kein Weg vorbei. Ich muss mich vergewissern, dass ich noch bei klarem Verstand bin. Unter Schmerzen wickle ich meinen Wärmschlauch ab, verstaue ihn unter meinen Schlafsäcken, damit das Wasser darin nicht abkühlt, und ziehe Stiefel, Fäustlinge, Sturmhaube, Schneebrille und Anorak an.

Der Rucksack ist umgekippt und liegt nun auf der Vorderseite.

Ich sage »umgekippt« – doch irgendwie hat er es geschafft, gegen die Windrichtung zu fallen. Außerdem verrät mir seine Position – oder würde es, wenn ich verrückt genug wäre, es zu glauben –, dass er in Richtung meiner Höhle gekrochen ist. Oder geschoben wurde.

Ich stoße das Ding mit dem Stiel meines Eispickels knapp anderthalb Meter bis zu Kits' Höhle. Eigentlich habe ich keine Lust mehr, meine Koordinationsfähigkeit zu testen, aber es muss sein. Schließlich bin ich nur deshalb hier draußen.

Zu meiner Erleichterung gelingt mir eine zwar wackelige, aber gerade und sturzfreie Linie. »Nicht schlecht, Stephen. Das hast du gut gemacht!«

Die Sonne versinkt hinter den Gipfeln im Westen. Hinter mir sehe ich, dass der Talung im altrosafarbenen Schein der letzten Strahlen aufleuchtet. Ich beobachte, wie das Altrosa rasch in Zartviolett übergeht. Wenige Sekunden später wird alles aschgrau, dann ist das Strahlen fort.

Über mir wandern zusammengeballte Wolken die Eisklippe hinunter. Schnee weht mir stechend ins Gesicht und hüllt das Proviantdepot ein. Die Felsspalte dahinter kann ich nicht ausmachen.

Ist es das, was der Berg will? Dass ich dort unten in der Felsspalte ende?

Als ich mich umdrehe, ist der Rucksack fort.

Das kann nicht sein!

Eben lag er doch direkt vor Kits' Höhle.

»Wo bist du, verdammt?«, murmle ich, während ich durch den Schnee taumle. Ich muss ihn finden. Ich kann die Vorstellung nicht ertragen, dass das Ding hier irgendwo lauert.

Prompt stolpere ich und falle hin. »Scheiße!« Der Rucksack war die ganze Zeit da, hatte sich aber unter dem Schnee versteckt. Nachdem ich mich aufgerappelt habe, verpasse ich ihm mehrere Tritte. »Na, wie gefällt dir das?«

Warum werfe ich den Rucksack nicht weg? Ich könnte damit zum Rand der Felsspalte laufen und ihn einfach fallen lassen. Oder, noch besser, ich marschiere geradeaus und vorbei am Altar der Sherpas und schleudere ihn über die Felskante. Das ist ein gutes Stück näher, und außerdem geht es dort etwa zwölfhundert Meter in die Tiefe. Dann soll er mal versuchen, von dort zurückzukommen!

Aber nein, unmöglich.

Bis zum Abgrund sind es zwar bloß zwanzig Meter, doch ich wage es nicht, mich so weit von meiner Höhle zu entfernen. Falls die Bewölkung zunimmt und ich mich verirre, habe ich keine Chance.

Ich kann nichts tun.

Vergiss den Rucksack. Beiß die Zähne zusammen, warte darauf, dass morgen die Sherpas kommen.

Es war zwar schwierig, den Sack mit der Sagostärke aufzukriegen, doch ich habe es geschafft, einen körnigen, halb garen Porridge zusammenzurühren und ein paar

Löffel voll hinunterzuzwingen. Wenig später musste ich mich übergeben. Zum Glück landete das meiste auf dem Boden, nicht in meiner Koje.

Inzwischen bin ich nicht mehr so wackelig auf den Beinen. Hände und Füße tun höllisch weh, deshalb werden sie es mit ein wenig Glück überstehen. In der Höhle sind es mollige fünf Grad minus. Außerdem habe ich Schnee zum Teekochen geschmolzen. Nun, es ist eher ein teefarbenes, von Sagoresten getrübtes und mit Apricot Brandy angereichertes Gebräu. Die Flasche habe ich im hinteren Teil der Höhle entdeckt, und ja, verdammt, im Moment habe ich das Zeug bitter nötig.

Hin und wieder ächzt das Eis um mich herum, und manchmal geht in der Ferne donnernd eine Lawine nieder. Doch weder diese Geräusche noch der Wind oder das Zischen des Primuskochers können das ohrenbetäubende Schweigen des Berges übertönen.

Meine Atemzüge hallen rau durch die enge Grabkammer. Ich versuche, nicht daran zu denken, wie viele Millionen Tonnen Eis darauf lasten. Nur ein winziges Beben des Berges, und ich werde zermalmt.

Dass ich dem Schicksal auf Gedeih und Verderb ausgeliefert bin, ist für mich nur schwer zu ertragen. Eigentlich haben wir nicht das Recht, uns über die Sherpas und ihre Amulette lustig zu machen, schließlich sind wir keinen Deut besser. Nur dass es bei uns eben eine weiße Hasenpfote oder ein Kruzifix ist. Außerdem glauben wir – ganz wie die Sherpas – an ein Phänomen namens Glück. Wir sagen: »Das Glück hat ihn verlassen«, als handle es sich dabei um eine greifbare Präsenz, nicht um ein vom Menschen geschaffenes Trugbild. Glück gibt es nicht.

Obwohl ich mir dessen bewusst bin, gelingt es mir nicht, es auch wirklich zu glauben. Es beruhigt mich, Nimas weißes Band in meiner Tasche zu wissen. Was kommt wohl als Nächstes? Ein über dem Höhleneingang befestigtes Hufeisen? Ich hätte dem Pony, auf dem ich nach Sikkim geritten bin, eines stibitzen sollen. Wie war noch mal sein Name?

Doch halt, es war ja gar nicht beschlagen. Trotzdem wüsste ich gerne, wie es geheißen hat. Warum kann ich mich nicht an den Namen erinnern? Mir behagt nicht, dass dieser Berg mein Gedächtnis auslöscht wie der Wind meine Fußspuren im Schnee.

Als Jungen haben Kits und ich uns ständig darüber gestritten, wer von uns beiden das bessere Gedächtnis hat. Eigentlich haben wir sowieso immer gestritten. »Hört mit dem Gezanke auf«, schimpfte Tante Ruth dann, allerdings vergeblich. Kits trieb mich zur Weißglut, indem er darauf beharrte, ich müsse »tun, was die Älteren sagen«, womit er natürlich nur sich selbst meinte. Ich hingegen konnte ihn einfach damit in Rage versetzen, dass ich mich nach dem Zubettgehen weigerte, ihm eine gute Nacht zu wünschen.

Das Einzige, worüber wir nicht stritten, war die ausgestopfte Eule auf dem Treppenabsatz. Tagsüber war ich ziemlich stolz darauf. Schließlich nennt nicht jeder siebenjährige Junge einen echten Uhu in einem Glassturz sein Eigen. Nachts jedoch flößten mir die glotzenden Augen des Vogels, die gefährlichen Klauen und die ausgebreiteten Schwingen eine Heidenangst ein. Wenn ich aus einem Albtraum erwachte und mich nur die Flucht ins warme Bett meines Kindermädchens retten konnte, versperrte mir die Eule den Weg. Denn um dieses Bett zu erreichen, musste ich den dunklen Treppenabsatz überqueren und mich an dem geflügelten Geschöpf des Grauens vorbeipirschen. Da ich das allein nicht wagte, rüttelte ich stets Kits wach und flehte ihn an, mich zu begleiten, worauf er sich schlaftrunken aufsetzte: »Ach, nicht schon wieder!«

Ich habe über meiner Koje eine Nische für die Laterne ins Eis gehauen und das »Fenster« im hinteren Teil der Höhle mit Dosen und einem Hemd verbarrikadiert. Nun sammle ich meine letzten Kräfte, um in den Schlafsack zu kriechen.

In der Höhle riecht es nach Erbrochenem und Paraffin. Ich sollte sauber machen. Und was wäre schon dabei, wenn ich dabei zufällig nach dem Rucksack schaue? Schließlich muss ich mich vergewissern, dass er noch dort liegt, wo ich ihn zurückgelassen habe, also vor Kits' Höhle.

Ich kratze das gefrorene Erbrochene mit dem Topfdeckel zusammen, lüpfe einen Zipfel des Türvorhangs und werfe das Zeug hinaus. Um mir zu beweisen, dass ich alles im Griff habe, vermeide ich dabei jeden Blick auf den Rucksack. Erst als ich wirklich bereit bin, wende ich den Kopf und sehe hin.

Er befindet sich nicht mehr vor Kits' Höhle, sondern auf halbem Wege zu meiner und steht aufrecht und ein wenig zur Seite geneigt da. Die obere Lasche ist zurückgeschlagen und gibt die gefältelte, mit einem Zugband verschlossene Öffnung frei.

»Nein, nichts da«, murmle ich mit zusammengebissenen Zähnen. Als ich dem Ding einen heftigen Stoß mit dem Eispickel versetze, kippt es um und bleibt liegen. Schnee begräbt es unter sich.

Plötzlich ist mir das alles schrecklich peinlich. Herrje, Stephen, was kommt als Nächstes? Hast du vor, dieses Monstrum zu pfählen?

Offenbar habe ich den Rucksack bewegt, ohne es zu bemerken. Und auch geöffnet. Eine andere Erklärung gibt es nicht. Schließlich kann ein verdammtes Gepäckstück nicht von selbst seine Lage verändern.

Ich bereue diesen Gedanken sofort, denn er ruft das Bild wach, wie der Rucksack mit schräg gelegtem Kopf auf mich zustapft, um sich auf mich zu stürzen.

Habe ich ihn wirklich geöffnet? Spielt die Höhenkrankheit mir einen Streich? So wie letztens, als ich Garrards Höhenmesser in mein Zelt mitgenommen und mich nicht mehr daran erinnert habe?

Es gibt nur einen Weg, das herauszufinden. Vor dem Schlafengehen werde ich den Korken der Brandyflasche ansengen und mir mit dem Ruß die Hände schwärzen. Wenn der Rucksack morgen früh voller Ruß ist, weiß ich, dass ich ihn im Schlaf angefasst habe.

Die Idee mit dem angesengten Korken gefällt mir, denn es handelt sich dabei um ein empirisches Experiment, das beweist, dass ich noch bei klarem Verstand bin.

Doch bevor ich zur Tat schreite, muss ich noch etwas erledigen. Die tote Haut an meinen Fingerspitzen verfärbt sich bereits schwarz. Deshalb schäle ich sie mit dem Taschenmesser ab und creme die nässenden rosigen Stellen mit Galmeisalbe ein. Dabei vergesse ich auch die Schnittwunde an meiner linken Hand nicht. Anschließend ziehe ich Handschuhe an, damit kein Schmutz in die Wunden gerät.

Als ich fertig bin, pochen meine Hände höllisch. Aber ich bin froh über die Schmerzen, denn sie bedeuten, dass meine Finger nicht abgestorben sind.

»Gar nicht so übel, Stephen, alter Junge«, murmle ich. Meine Stimme hallt laut durch die Stille. Der Primus brennt nicht mehr, obwohl ich mich nicht erinnern kann, ihn ausgeschaltet zu haben. Die Laterne schimmert in ihrer Nische am Kopfende meines Lagers. Ihre Flamme flackert im kalten Hauch, der aus der Leere jenseits des »Fensters« hereinweht.

Zu spät fällt mir meine improvisierte Wärmflasche ein. Ich wickle mir den Schlauch um die Füße und binde ihn wie vorhin mit meinem Schal fest. Da in der Höhle ein Tohuwabohu herrscht, räume ich auf, breite mein Bettzeug aus und ordne die Vorräte in der leeren Koje.

Hinter dem aufgeplatzten Sagosack stoße ich auf mein Briefbündel. Ich starre darauf und schlucke heftig. Die Welt hat nicht aufgehört, zu existieren. Die vertraute Welt Londons mit ihren Omnibussen.

Wie sich herausstellt, birgt meine Post zwei dicke Briefe von Cousine Philippa, einen schmalen, nichts Gutes verheißenden Umschlag von Clares Vater (der wandert ganz unten in den Stapel) und ein zierliches, in braunes Papier gewickeltes Päckchen. Die Adresse ist mit schwarzer Tinte hingetuscht. Ich habe die Schrift noch nie zuvor gesehen.

Gütiger Himmel ... Die Absenderadresse auf der Rückseite lautet *C.F. Tennant, Juniper Cottage, Rungneet, Darjeeling.*

In dem Päckchen befinden sich einige getippte Seiten und ein handgeschriebener Brief. Er ist auf den 23. April datiert, zwei Wochen nach unserem Aufbruch aus Darjeeling.

Ich sehe Tennant noch vor mir, geduckt wie ein zerzauster alter Adler und in seinem altmodischen Rollstuhl sitzend. Seine stechenden Augen starren mich giftig an. Wir haben uns nicht unbedingt in Freundschaft getrennt. Was also mag er von mir wollen?

> *Verehrter Dr. Pearce,* schreibt er. *Sie haben mein Haus in einer Missstimmung verlassen, an der Sie keine Schuld trifft.*

Nun, da hat er recht, obwohl mich wundert, dass er das zugibt.

> *Sie haben mir eine Frage gestellt, die das ausgelöst hat, was meine Tochter als »Anfall« bezeichnet. Seitdem ist mir jedoch klar geworden, dass Ihre Bemerkung völlig*

harmloser Natur war. Sie wollten wissen, »was für ein Geräusch sie macht«, und meinten damit natürlich den kangling, also die aus einem Oberschenkelknochen bestehende Trompete auf meinem Schreibtisch. Sie konnten nicht ahnen, dass Ihre Worte mich allzu lebhaft an etwas erinnert haben, das sich im Jahr 1906 während der Expedition abgespielt hat und mich seitdem verfolgt.

»Verfolgt«, das kann er laut sagen. Inzwischen könnte auch ich einiges zu diesem Thema beitragen.

Damit möchte ich Ihnen auf etwas weitschweifige Weise sagen, dass ich Ihnen keine Flausen in den Kopf hätte setzen dürfen. Außerdem hätte ich mir die ziemlich melodramatische Warnung vor der Südwestflanke sparen sollen. Mittlerweile frage ich mich, warum ich Sie überhaupt gewarnt habe. Wollte ich verhindern, dass Sie denselben Fehler machen wie wir damals? Oder war es vielmehr meine Absicht, Sie zu provozieren, damit Sie es wagen, weil ich Ihre Expedition als meine letzte Chance sah? Vielleicht trifft ja Letzteres zu, denn damals hatte ich noch Hoffnung, Sie könnten Wards Leiche finden und ihn zur ewigen Ruhe betten.

Zur ewigen Ruhe betten … Was meint er damit? Hat er mir etwas verschwiegen? Hat er uns hierhergeschickt, in sicherem Wissen, was uns erwartet?

Im nächsten Absatz wirkt die Schrift dunkler, so als

habe Tennant kurz innegehalten. Hat er eine Pause eingelegt, um sich zu überlegen, wie viel er mir verraten soll? Oder musste er einfach nur Tinte nachfüllen?

Nun denn, in medias res: Sicher erinnern Sie sich, dass ich Sie irgendwann während unseres Gesprächs aufforderte, mir eine Schatulle von meinem Schreibtisch zu reichen. Eigentlich wollte ich Ihnen den Inhalt aushändigen. Es handelte sich um ebendie Niederschrift meiner Erinnerungen, die ich Ihnen hiermit sende. Im nächsten Moment jedoch haben Sie Ihre fatale Frage gestellt, und es ergab sich keine Gelegenheit mehr dazu.

Das wäre also der Stand der Dinge. Ich weiß nicht, ob die Anlage zu diesem Schreiben Sie erreichen wird. Sie können nach Gutdünken damit verfahren. Ich habe die Worte Anfang dieses Jahres zu Papier gebracht, um reinen Tisch zu machen und zu schildern, was genau 1906 auf dem Berg geschehen ist. Das heißt, die Wahrheit über Arthur Ward.

18

Als eine Windböe die Tür erst eindrückt und dann nach außen beult, zucke ich zusammen.

Die Wahrheit über Arthur Ward. Die Worte springen mir vom Blatt entgegen.

Dieser verlogene, miese alte Feigling. Warum hat er so lange gewartet? Weshalb hat er mir den Brief nicht geschickt, als wir noch in Darjeeling oder in den Hügelausläufern waren? Und warum ausgerechnet mir? Weshalb bürdet er mir diese Last auf? Nur weil ich zufällig in sein Arbeitszimmer geplatzt bin?

Zornig schleudere ich die Papiere auf die leere Koje. Ich muss mich aufwärmen und bettfertig machen, das hat oberste Priorität. Ich habe nicht vor, mir wegen dieses verdammten Mistkerls Charles Tennant Erfrierungen zu holen.

Zuerst lege ich Ersatzkerzen in die Laternennische und weitere auf die leere Koje, dann stecke ich die Streichholzdose in die Hosentasche. Die Flasche mit dem Apricot Brandy steht, bereit für die Aktion mit dem angesengten Korken, neben mir auf dem Boden. Der Anorak ist als Kälteschutz auf der Koje ausgebreitet. Ich ziehe einen zusätzlichen Pullover an und knülle einen zweiten als Kopfkissen zusammen. Danach quäle ich mich in meinen Schlafsack. Die Prozedur dauert wegen der Handschuhe an meinen Händen und des Heißwasserschlauchs um meine Füße sogar noch länger als sonst. Doch irgendwann liege ich endlich, den halb gelesenen Brief und Charles Tennants Memoiren vor mir, auf dem Bauch.

Erstaunlicherweise zögere ich die Lektüre hinaus. Ganz gleich, was auch auf diesen Seiten steht, es ist genug Sprengstoff, um es drei Jahrzehnte lang geheim zu halten.

Sicher fragen Sie sich, geht der Brief des alten Mannes weiter, *warum ich die Wahrheit neunundzwanzig Jahre lang verschwiegen habe. Zum Teil ist es Feigheit geschuldet. Vielleicht aber wollte ich Edmund Lyell auch Gelegenheit geben, aus freien Stücken ein Geständnis abzulegen. Aber wie Ihnen gewiss bekannt ist, starb er vergangenes Jahr im Schlaf, hochbetagt und nach einem langen, erfüllten Leben. Ich habe ihn bis zum Schluss gehasst, denn er hat mein Leben ruiniert.*

Geständnis? Es krampft mir den Magen zusammen. Ist es wirklich so schlimm, wie es klingt?

Ich finde keinen Trost in der einem Christenmenschen eigenen Hoffnung, dass Lyell im nächsten Leben, so es denn eines gibt, seine gerechte Strafe erhalten wird. Das Diesseits ist nicht gerecht, weshalb also sollten wir im Jenseits auf etwas anderes hoffen dürfen? Doch ich schweife ab. Bald werde auch ich tot sein. Der beigelegte Text gehört Ihnen, und Sie können damit verfahren, wie es Ihnen beliebt. Es existiert keine Abschrift.

Hochachtungsvoll, Charles Tennant

Keine Abschrift? Wie konnte er so leichtsinnig sein, dieses Schriftstück einem Boten anzuvertrauen? Was, wenn es unterwegs verloren gegangen wäre? Oder hat er genau das insgeheim gehofft? Gehofft, dass »die Wahrheit«, was immer das auch sein mag, nie ans Licht kommen wird?

Der Text trägt den schlichten Titel *Private Erinnerungen von Captain Charles Tennant (Januar 1935)*. Ich überfliege die Einleitung, eine kurze, aber vernichtende Charakterstudie von Edmund Lyell, die sich im Großen und Ganzen mit meinem eigenen Eindruck nach der Lektüre von *Besiegt, doch voller Kampfesmut* deckt. Die Passage schließt mit Tennants knapper Feststellung, er wolle jetzt reinen Tisch machen.

Seine Schilderung der Expedition überspringt die Reise zum Berg und den Beginn des Aufstiegs und setzt bei dem Ereignis ein, nach dem, wie er es ausdrückt, alles »den Bach runterging«.

Der Anfang des Tages verlief so, wie Lyell es in Besiegt, doch voller Kampfesmut *schildert. Wir hatten Camp Zwei noch vorm Morgengrauen verlassen. Nachdem wir den beeindruckenden Überhang aus Eis erklommen hatten, der sich über dem Lager erhebt, rasteten wir auf seiner Kuppe, wo Ward seinen Rucksack fallen ließ und bei dem Versuch, ihn zurückzuholen, abstürzte. Wie Lyell schreibt, landete er »mit einem abscheulich dumpfen Knall« etwa dreißig Meter tiefer am Rand der Felsspalte. Lyell stieg hinunter, stellte Wards Tod fest und kehrte zu uns zurück. Nachdem er die Kulis vom Gepäcktross angewiesen hatte, die Leiche zu bergen, sprach er mit uns ein kurzes Gebet, und wir setzten unseren Weg fort.*

All das trug sich so zu, wie Lyell es darstellt – nur mit einem bedeutenden Unterschied, auf den ich noch zu sprechen kommen werde.

Laut Lyells Bericht geschah nach unserem Aufbruch Folgendes: Wir waren noch nicht weit gekommen, als ein Schneesturm losbrach und uns zwang, Schutz in Camp Zwei zu suchen, wo wir drei Tage lang eingeschneit waren. Alles, was Lyell im Anschluss daran schildert, ist jedoch frei erfunden.

Er behauptet in seinem Buch, wir hätten erst bei unserer Rückkehr zu Camp Zwei erfahren, dass es den Kulis nicht gelungen sei, Wards Leiche zu bergen. Weiter behauptet er, wir hätten vermutet, die Leiche sei unter Schnee begraben oder vom Wind in die Felsspalte geweht worden. Das sind samt und sonders Lügen. Wards Leiche war gar nicht verschwunden. Als wir uns durch den Schneesturm zu Camp Zwei durchkämpften, sahen wir ihn zu unserem Entsetzen zusammengesunken und über und über mit Eis verkrustet oben auf dem Überhang. Ich wiederhole: Sein Körper befand sich auf dem Überhang, etwa dreißig Meter oberhalb der Absturzstelle.

Die Schlussfolgerung lag auf der Hand. Ward war bei dem Sturz nicht ums Leben gekommen, sondern nur verletzt worden. Ohne es zu wissen, hatten wir ihn im Stich gelassen.

Man male sich nur unser Entsetzen aus! Der Gerechtigkeit halber muss ich einräumen, dass Ward am äußersten Ende des Überhangs lag und unsägliche Wetterbedingungen herrschten. Deshalb wäre es Wahnsinn gewesen, ihn herunterholen zu wollen, denn wir selbst erreichten Camp Zwei nur mit knapper Not.

Stratton, Freemantle und Knight verkrochen sich in dem einen Zelt, Lyell, Dr. Yates und ich in dem anderen. Yates und ich stellten Lyell umgehend zur Rede, doch er schien ebenso schockiert wie wir. »Als ich zu ihm hinuntergeklettert bin, war ich überzeugt, dass er nicht mehr lebt!«

Dr. Yates nahm es sich besonders zu Herzen. Gewiss glaubte er, seine ärztliche Pflicht vernachlässigt zu haben, da er nicht selbst hinuntergestiegen war, um sich mit eigenen Augen ein Urteil über Wards Zustand zu bilden. Und obwohl wir es niemals aussprachen, warf die Tatsache, dass es Ward gelungen war, trotz seiner Verletzungen den Überhang zu erklimmen, eine unausweichliche Frage auf: Wie nah an der Schwelle des Todes hatte er wirklich gestanden, als Lyell nach dem Sturz zu ihm hinuntergeklettert war?

Lyell beharrte jedoch auf seiner Darstellung, der zufolge Ward keinerlei Lebenszeichen gezeigt habe.

»Außerdem«, fügte er mit gnadenlosem Pragmatismus hinzu, »ist er inzwischen so oder so tot.« Eine Antwort darauf schien sich zu erübrigen. Ich möchte auch zu bedenken geben, dass wir alle erschöpft waren, dass es allmählich dunkel wurde und dass die Wetterverhältnisse jeder Beschreibung spotteten. Deshalb unternahmen wir weder zu diesem noch zu einem späteren Zeitpunkt etwas, um die Leiche zu bergen. Obwohl mich bei dem Gedanken, was Lyell bei seinem Abstieg hinunter zu Ward vorgefunden haben mochte, ein unangenehmer Verdacht beschlich, bohrte ich nicht weiter nach. Warum? Weil Lyell der Leiter der Expedition und außerdem General war. Ich war nur Captain. Und ich hatte Angst.

An die drei Tage des Schneesturms habe ich nur eine vage Erinnerung. Allerdings werde ich niemals die Kälte oder den heulenden Wind vergessen, der an unseren Zelten zerrte und wie ein Wahnsinniger am Berg selbst zu rütteln schien. Dann wieder trat eine unheimliche Stille ein, in der wir hören konnten, wie der Sturm über die tiefer gelegenen Hänge fegte. In diesen Momenten bildete ich mir ein, dass der Wind meinen Namen rief. Da sich dies nicht nur einmal, sondern gleich dreimal wiederholte, fürchtete ich, allmählich den Verstand zu verlieren.

Während dieser »Ruhepausen« suchten wir Ablenkung, und so zwängten wir sechs »Sahibs« uns oft gemeinsam in ein Zelt. Bei einer dieser Gelegenheiten vertraute Stratton mir an, er habe im Wind seinen Namen gehört. Ein schrecklicher Gedanke schoss mir durch den Kopf: War das womöglich gar nicht der Wind gewesen?

Später fragte mich Knight, ob ich glaubte, dass auf dieser Höhe noch Raben lebten, denn er habe seltsame Schreie wahrgenommen. Während einer weiteren Ruhepause steckte ich den Kopf aus dem Zelt, um frische Luft zu schnappen. Mir bot sich ein Anblick, den ich mein Lebtag nicht vergessen werde. Ich sah Wards mit Eis verkrusteten Körper oben auf dem Überhang und bildete mir sogar ein, dass er die Arme bewegte, als wolle er unbeholfen die erfrorenen Fäuste aneinanderschlagen. Da das nur ein- oder zweimal geschah, redete ich mir ein, es sei der Wind, der selbst in diesen Momenten noch irgendwo wehte. Später jedoch schwand meine Gewissheit. Jedenfalls werde ich das Bild bis heute nicht los.

Als wir uns in jener Nacht wieder in einem Zelt zusammendrängten, erkundigte sich Freemantle leise bei Dr. Yates, ob eine Leiche zu reflexartigen Zuckungen in der Lage sei und zum Beispiel mit den Arme rudern könne. Yates' Antwort bestand aus einem knappen »absolut unmöglich«. In diesem Moment bemerkte ich, dass Stratton und Knight einen unbehaglichen Blick wechselten. Und da fiel es mir wie Schuppen von den Augen: Wir alle wussten, dass Ward dort oben noch am Leben war. Dennoch verlor keiner von uns ein Wort darüber. Vermutlich hielten wir es für die einfachste Lösung, zu schweigen und der Natur ihren Lauf zu lassen.

Außerdem – und ich bin mir nicht sicher, ob ich das

jemandem, der noch nie mehrere Tage auf knapp siebentausend Metern verbracht hat und bis an die Grenzen der menschlichen Leistungsfähigkeit gegangen ist, begreiflich machen kann – hatten wir das sonderbare Gefühl, Dinge zu erleben, die »nicht mehr von dieser Welt« waren. An einem Ort, wo weder Gesetze noch Regeln galten und es keine Zeugen gab.

Bislang habe ich Lyells Verhalten noch nicht angesprochen, was sich dadurch erklärt, dass er bis dahin kein Wort geäußert hatte. Kein einziges Wort – bis Freemantle Yates die Frage über sich bewegende Leichen stellte. Daraufhin nämlich ging Lyell sofort zum Angriff über und verbat sich barsch jede weitere »Demonstration weibischer Zimperlichkeit«. Ich weiß noch, dass ich erleichtert war. Wahrscheinlich ging es uns allen so. Der Leiter der Expedition hatte uns die Verantwortung abgenommen.

Endlich, am dritten Tag, endete der Schneesturm, und wir traten in eine gleißende, jungfräulich weiße Welt hinaus. Der Körper auf dem Überhang war verschwunden. Ob er in die Felsspalte geweht oder unter einer Schneewehe verschüttet worden war, konnten wir von unserer Position aus nicht feststellen, und uns fehlte die Kraft, einen Suchtrupp loszuschicken. Unsere Vorräte gingen zur Neige, außerdem litten wir alle an verschiedenen Formen der Höhenkrankheit. Deshalb blieb uns nichts anderes übrig, als den Aufstieg abzubrechen und ins Basislager zurückzukehren.

Natürlich ändert nichts von alldem etwas an der

Wahrheit. Ward war während des Schneesturms noch am Leben gewesen. Er hatte gelebt! Wir hatten ihn schreien gehört. Wir hatten gesehen, wie er mit den Armen fuchtelte und die erfrorenen Fäuste aneinanderschlug. Und dann, irgendwann, vielleicht erst drei Tage und drei Nächte später, war er gestorben. Allein und in Sichtweite seiner Kameraden. Die keinen Finger krumm gemacht hatten, um ihm zu helfen.

Der Rest der Ereignisse ist wohlbekannt und rasch erzählt. Auf dem Weg nach unten wurden wir von einer Lawine eingeholt. Freemantle und Knight waren sofort tot. Stratton und Yates wurden schwer verletzt. Für eine Weile vergaß ich Ward beinahe, so beschäftigt war ich damit, die Toten zu bergen und den Verwundeten die letzten Stunden zu erleichtern. All das wird in Lyells Buch ausführlich geschildert, allerdings in widerwärtig selbstgefälligen Worten, in denen er sich den Löwenanteil an unseren Heldentaten zuschreibt. Dabei kehrt er unter den Teppich, dass der arme Dr. Yates, der uns als Letzter verließ, seinen Tod als Strafe für unterlassene Hilfeleistung betrachtete. Doch Lyell wäre nicht Lyell, wenn er solche Selbstvorwürfe nicht als das Gefasel eines geistig verwirrten Mannes im Angesicht des eigenen Ablebens abgetan hätte.

Nach dem Tod von Dr. Yates blieben Lyell und ich als einzige Überlebende zurück; nur wir wissen, was in Wahrheit mit Ward geschah. (Ich spreche nicht von den Kulis, die natürlich großzügig abgefunden wurden und in ihre Dörfer flohen, zu verängstigt, um zu schildern, was sie womöglich beobachtet hatten.)

Auf dem Rückweg nach Darjeeling gab es Momente, in denen ich meine toten Kameraden beneidete, denn sie hatten es ausgestanden. Allerdings möchte ich eines klarstellen: Ich trauerte nicht um Ward. Der Mann war mir nie sympathisch gewesen. Er war ein unangenehmer Zeitgenosse und gehörte nicht in unsere Kreise. Dieses Schicksal hat er trotzdem nicht verdient.

Außerdem ließ mich eine Frage nicht los. Hatte Lyell bei seinem Abstieg nach dem Sturz gewusst, dass Ward noch lebte? Sosehr mir das auch zu schaffen machte, ich hakte nicht weiter nach.

Wieder zurück in England, kam mir zu Ohren, dass Lyell gerade einen Bericht über die Expedition verfasste, und ich war naiv genug, zu hoffen, dass er die Angelegenheit nun endlich aufklären würde. Sein Buch wurde veröffentlicht, und man feierte ihn als Helden. Ich war entsetzt. Denn seine Schilderung erwähnte mit keinem Wort, dass Ward den Sturz überlebt hatte, nur um im Schneesturm zugrunde zu gehen. Lyell hatte die ganze Episode einfach unter den Tisch fallen lassen.

Zwei Jahre nach Besiegt, doch voller Kampfesmut *hatte ich an einem trüben, nebligen Freitag in der letzten Novemberwoche endlich die Courage, Lyell in seinem Club zur Rede zu stellen. Ich fragte ihn, was er bei seinem Abstieg zu Ward am Rand der Felsspalte wirklich vorgefunden hatte.*

Seine Antwort fiel kühl und distanziert aus, und er versuchte gar nicht erst, sich hinter Ausflüchten zu verschanzen. Er habe Ward bei Bewusstsein, unter

Schock und mit einem gebrochenen Oberschenkel angetroffen. In aller Seelenruhe fügte er hinzu, er habe die Situation wie folgt eingeschätzt: Den Verletzten zu retten und ihn den Berg hinunterzuschaffen, hätte so viel Zeit in Anspruch genommen, dass wir angesichts des kurz bevorstehenden Monsuns keine Chance mehr gehabt hätten, den Gipfel zu erreichen. Außerdem wäre Ward ohnehin gestorben, davon war er, Lyell, fest überzeugt. Ergo (dieses Wort stieß mir ganz besonders auf), so sagte er, habe er den Verletzten zurückgelassen und sei wieder zu uns hinaufgestiegen. Nachdem er Wards Tod gemeldet habe, habe er der Form halber ein Gebet gesprochen, und dann hätten wir unseren Weg fortgesetzt.

Als wir so in unseren Ohrensesseln am Kaminfeuer saßen, schockierte es mich am meisten, dass Lyell offenbar nichts Falsches an seinem Verhalten sah. »Ich habe eine strategische Entscheidung gefällt«, verkündete er. »Hinzu kam, dass der Mann ohnehin im Sterben lag.« Offenbar hatte er sich das so lange eingeredet, bis er es selbst glaubte. Vielleicht war es ihm auch schlicht einerlei. Ich werde es nie erfahren. Doch an der Wahrheit ist nicht zu rütteln: Ward hatte nichts weiter als einen Schock und ein gebrochenes Bein davongetragen und sich sogar so weit erholt, dass es ihm gelungen war, den Überhang zu erreichen. Man hätte ihn retten können.

An diesem Punkt unseres kleinen Geplauders schürte Lyell das Feuer und läutete, um einen Whisky Soda zu bestellen. Die Situation war gespenstisch. Als sprächen wir über Billard, nicht über das lange und qualvolle Sterben eines Kameraden.

Schließlich waren unsere Getränke serviert, und wir waren wieder allein, und so kam ich auf die drei Tage zu sprechen, die Ward auf dem Überhang den Elementen ausgesetzt gewesen war, während wir in Camp Zwei Schutz vor dem Schneesturm suchten. Endlich fand ich den Mut, einzugestehen, wir alle hätten gewusst, dass Ward noch lebte. Lyell wurde ungehalten. »Na und? Der Mann hatte nicht mehr lang. Außerdem habe ich Ihnen nicht zugetraut, dort raufzuklettern, um ihn runterzuholen. Ebenso wenig wie Knight, Freemantle oder Stratton!«

»Das mag durchaus zutreffen«, erwiderte ich. »Aber beabsichtigen Sie zumindest jetzt, reinen Tisch zu machen?«

Als er diese Worte hörte, riss er in gespielter Verwunderung die Augen auf und schenkte mir ein gönnerhaftes Lächeln. »Mein guter Mann, was um alles in der Welt soll das nützen?«

»Dann werde ich es tun«, entgegnete ich.

Mit einem süffisanten Grinsen auf den Lippen blickte er mich an. »Niemand wird Ihnen glauben, das wissen Sie genau. Einem Mann, der mehrere Aufenthalte in Sanatorien hinter sich hat und Irrenärzte wegen seiner Nerven konsultieren musste? Man wird sagen, dass Sie nicht klar bei Verstand sind. Und dass Sie mir meinen Erfolg neiden. Außerdem: Wenn in Ihrer Geschichte auch nur ein Körnchen Wahrheit steckte, hätten Sie doch sicher nicht so lange damit gewartet.«

Er hatte recht. Zumindest sagte ich mir das damals, weil ich es vorzog, den Mund zu halten. Weil ich ein Feigling war.

Nun ist es heraus. Neunundzwanzig Jahre lang habe ich geschwiegen. In dieser Zeit habe ich oft mit dem Gedanken gespielt, alles zu beichten. Eigentlich fühlt es sich an, als hätte ich an kaum etwas anderes gedacht. Das war meine Strafe.

Was Edmund Lyell betrifft, hat er im Laufe seines langen, glücklichen Lebens vermutlich keine Sekunde lang Gewissensbisse verspürt.

19

Langsam falte ich Tennants Erlebnisbericht zusammen und stecke ihn samt dem Brief zurück in den Umschlag, den ich in meinem Seesack auf der leeren Koje verstaue. Anschließend krame ich die Streichholzdose und Zigaretten hervor. Nach einigen Versuchen gelingt es mir, eine anzuzünden, und ich ziehe kräftig daran.

Früher kannten die Menschen Mittel und Wege, um sich vor den Toten zu schützen. »Man trägt nicht aus Pietät Schwarz«, pflegte mein Kindermädchen zu sagen. »O nein, wir tun es, um die Toten zu überlisten, damit sie uns nicht verfolgen. Sprich ja niemals schlecht über die Toten. Und behalte bloß nichts, was ihnen gehört hat, denn damit lockst du sie ganz sicher an.« Mir war jedes Mittel recht, um ihren Zorn von mir abzulenken.

Und dieser Tote ist zornig, daran besteht nicht der geringste Zweifel. Und ich weiß jetzt auch, warum.

Drei Tage im Schneesturm mit einem gebrochenen Oberschenkel. In dem Wissen, dass man in Sichtweite zum Lager im Stich gelassen worden ist. Wegen der drei eingeritzten gezackten Linien auf seiner Streichholzdose bin ich ziemlich sicher, dass er volle drei Tage überlebt hat.

Neunundzwanzig Jahre lang hat Tennant die Schuld mit sich herumgetragen. Verkrochen in seinem Arbeitszimmer mit Blick auf den Berg. Dazu die aus einem Oberschenkelknochen gefertigte Trompete auf seinem Schreibtisch, ein Erinnerungsstück, deutlich sichtbar versteckt vor aller Augen. »Jede Nacht sehe ich sie, verstehen Sie mich? ... Ja, ich werde sie immer sehen.« Er hat von Ward gesprochen.

Kein Wunder, dass er bei meiner Frage, wie sie wohl klingt, zusammengebrochen ist. Ich habe das Instrument gemeint. Doch er hat es völlig anders verstanden. Er weiß, wie es klingt, denn er hat es mit eigenen Ohren gehört: die Schreie und das dumpfe Aneinanderschlagen steif gefrorener Fäustlinge.

Der arme, feige, von Selbsthass und Selbsttäuschung zerfressene Tennant. Nicht einmal jetzt schafft er es, sich der ganzen Wahrheit zu stellen, obwohl er doch »reinen Tisch machen« will. Er muss Lyell als den Haupttäter anprangern. Auch wenn sich in Wirklichkeit alle gleichermaßen schuldig gemacht haben. Sie wussten, dass Ward noch lebte. Warum sind sie während einer der Ruhepausen im Sturm nicht zu »der Leiche« hinaufgestiegen? Warum spricht Tennant ständig von einem »Körper«?

Seine Worte, Ward habe »nicht zu unseren Kreisen gehört«, verraten ihn. Das ist der wahre Grund, warum sie ihn nicht gerettet haben. Es lag nicht an ihrer Erschöpfung, der Höhenkrankheit oder am »jeder Beschreibung spottenden« Wetter, nein, es war der älteste Grund der Welt: Ward war ein Außenseiter.

Wenn Freemantle, Knight, Stratton, Yates oder – Gott bewahre! – Lyell selbst sterbend auf dem Überhang gelegen hätte, dann hätten die anderen mit Sicherheit Leib und Leben riskiert, um den Verunglückten zu bergen. Wie sie es nach der Lawine dann ja auch mit ihren verletzten Kameraden getan haben.

Außerdem ist mir gerade noch etwas eingefallen: Bisher habe ich mich gefragt, warum der Tote ausgerechnet hier umgeht – und darauf die Antwort parat gehabt, es müsse einen triftigen Grund dafür geben. Beispielsweise ein Unrecht, das er aus der Welt schaffen wollte, oder einfach nur Rache. In diesem Fall bräuchte ich bloß dahinterzukommen, um was genau es geht, das Problem aus der Welt zu schaffen, und alles wäre wieder im Lot.

Aber wie kann man eine solche Schandtat gutmachen? Ward ist einen einsamen, qualvollen Tod gestorben, der zu verhindern gewesen wäre. Nichts kann dieses Verbrechen sühnen.

Wenn McLellan jetzt hier wäre, würde er sicherlich dafür beten, dass Ward seinen Frieden findet. Doch inzwischen weiß ich genau, wessen Geist auf diesem Berg spukt – und dass er niemals beschwichtigt werden kann. Denn dieser Geist will keine Ruhe finden, sondern Angst und Schrecken verbreiten. Es tut nichts zur Sache, dass ich unschuldig bin und niemandem ein Leid zugefügt habe – denn ich lebe noch, und das ist Schuld genug.

Vielleicht ist es ja nicht einmal mit meinem Tod ausgestanden. Ja, nicht einmal dann, wenn ich an diesem grässlichen Ort verrotte, bei vollem Bewusstsein und ohne jede Hoffnung auf Rettung …

Die Kerze in der Laterne flackert auf und erlischt.

Auf dem Bauch liegend krümme ich mich zusammen und kämpfe gegen die Panik an. Die Dunkelheit ist eine Wand, die sich gegen mein Gesicht presst.

Die Laterne ist doch nur ausgegangen, weil ich vergessen habe, die Kerze auszutauschen. Mehr steckt nicht dahinter. Die Stirnlampe und die Taschenlampe befinden sich griffbereit auf der leeren Koje.

Nein, eben nicht, denn ich habe vergessen, sie dort hinzulegen. Ich habe sogar vergessen, dass es sie gibt. Sind sie im Seesack? Im Rucksack? In diesem Fall könnten sie genauso gut am Grunde der Felsspalte liegen, denn nichts würde mich dazu bringen, meine Hände mitten in stockfinsterer Nacht in eine Stofftasche zu stecken.

Zu meinen Füßen kann ich rings um den Höhleneingang einen dunkelgrauen Schimmer ausmachen. Das ist doch sicher nicht mehr die Abenddämmerung, oder? Der Mond vielleicht? Schneeleuchten? Keine Ahnung, wie spät es ist. Meine Uhr ist nicht an meinem Handgelenk, auch wenn ich mich nicht daran erinnern kann, sie abgenommen zu haben.

Ich taste nach der Laternennische, bis meine Hand auf eine Ersatzkerze stößt, krame die Streichholzdose aus der Tasche, schraube den Deckel ab … und lasse das verdammte Ding fallen, sodass sich die Streichhölzer in alle Richtungen verstreuen.

Während ich hektisch nach ihnen suche, verdunkelt sich der Schimmer am Höhleneingang für einen Moment.

Ich erstarre wie ein Tier, das in der Falle sitzt. Etwas ist gerade an meiner Tür vorbeigegangen.

Der Wind hat sich gelegt. Die Stille ist grausig. Mein Verstand hastet uralte, tief in mir verborgene Gedankengänge entlang. Es gibt nichts außer der Gefahr, die da draußen lauert.

Die »Tür« flattert laut. Der Wind ächzt. Das Etwas ist fort.

Ich zwinge mich, in der Dunkelheit nach einem Streichholz zu tasten. Endlich finde ich eines und zünde es an. Schatten tanzen, als die erlösende Flamme aufleuchtet.

»Sehr gut«, flüstere ich und stelle die Laterne in ihre Nische. »Alles ist gut.«

Im hinteren Teil der Höhle hat sich das Hemd vom »Fenster« gelöst, sodass ein eiskalter Hauch aus dem Nichts hereinweht. Rasch stopfe ich es wieder fest.

Plötzlich ist das »Fenster« verschwunden. Ich liege halb über der Felsspalte. Über mir erhebt sich drohend der Überhang. Mit meinem Bein ist etwas nicht in Ordnung. Mitten am Oberschenkel ist eine abgeknickte Stelle. Wie bei einer kaputten Puppe.

Weit über mir erkenne ich die anderen, die über den Rand des Überhangs spähen. Nun steigt ein Mann an einem Seil zu mir herunter. Gott sei Dank! Sie werden einen Weg finden, mich zu retten. Gleich bin ich in Sicherheit.

»Gott sei Dank«, flüstere ich, diesmal laut, als der Mann sich über mich beugt.

Durch die Schneebrille blickt er mir in die Augen. Keine Spur von Gefühl. Ich könnte genauso ein Eisklotz sein.

Er hebt den Kopf, um den anderen etwas zuzurufen. »Er ist tot! Ich komme wieder rauf!«

Was? Was soll das heißen? Er wird doch nicht etwa ... Er wird mich doch nicht etwa hier liegen lassen? Er weiß, dass ich noch lebe. Er hat mich sprechen gehört. Mir in die Augen geschaut.

Er klettert bereits wieder nach oben. Von seinen Stiefeln spritzen mir Eissplitter ins Gesicht. Niemand oben auf dem Überhang zweifelt an seinen Worten oder fragt: »Sind Sie sicher, dass er tot ist?«

Ich versuche, zu schreien, zu brüllen, zu kreischen, aber ich bringe nur ein Stöhnen heraus. *Ihr Schweine! Lasst mich in der Kälte und Dunkelheit allein! Lasst mich hier verrecken ...!*

Mit einem Aufschrei schrecke ich hoch. Schlaffe Hemdsärmel hängen vor dem »Fenster«. Der Hauch des Nichts weht mir kalt ins Gesicht.

Sosehr ich mich auch dagegen sträube, meine Gedanken kehren wieder und wieder zu der Szene zurück. Mir ist schwindelig und übel. Ich darf nicht noch einmal einschlafen. Ich wage es nicht.

Mein Gott, ist das still hier drin! Ich vermisse Nimas Flöte und Pasangs tonlosen Gesang. Cedrics Schnüffeln. Kits, wie er durch die Zähne pfeift ...

Sie sind alle fort. Selbst der *gorak* hat mich verlassen. Es ist, als hätten sie sich abgesprochen.

Ich ziehe Nimas Band aus der Tasche und erinnere mich an seine Miene, als er es mir gegeben hat. An das Mitleid in seinen braunen Augen.

Oder wollte er sich bei mir entschuldigen? Wusste er, dass ich ganz allein hier enden würde?

Und warum hat er Lobsang nicht den Rucksack mitgegeben, damit der das Ding ins Basislager bringt? Hat Lobsang sich geweigert? Hat Nima es in seiner Sorge um Cotterell vergessen? Oder hat er es absichtlich hiergelassen?

Falls ich tatsächlich mit Absicht im Stich gelassen worden bin, kann ich mir den Grund denken. Wenn man Besuch von einem Geist bekommt, kündigt das nicht nur den eigenen Tod an, sondern wirkt auch wie eine Art Kainsmal. Ein Gezeichneter ist eine Gefahr für seine Mitmenschen. Sind Nima und Pasang deshalb fort? Und Cedric?

Haben sie es alle gewusst?

Es dauert zwar eine Ewigkeit, mir die Hände mit angesengtem Kork zu beschmieren, aber es ist die Mühe wert, weil es beweisen wird, dass ich noch bei klarem Verstand bin. Nun sind meine Hände rußgeschwärzt. Meine Uhr habe ich auch gefunden, und zwar unter dem Sack mit Sago. Der Himmel weiß, wie sie dort hingeraten ist.

In dieser dünnen, toten Luft ist das Atmen unendlich mühsam. Ich spüre jeden einzelnen angestrengten Herzschlag. Selbst wenn es mir noch so schwerfällt, die Augen offen zu halten, ich werde nicht klein beigeben. Ich liege da und beobachte, wie die Kerzenflamme in ihrem Gehäuse aus Mikanit flackert. Meine Talismane habe ich an die Brust gedrückt: die Streichholzdose, die Uhr und Nimas Band.

Die Zeit ist wie ein Gummiband. Minuten dehnen sich zu Stunden, Stunden schnurren zu Momenten zusammen. Ich empfinde die kleinen Leuchtziffern meiner Armbanduhr als beruhigend. Sie zeigen mir, dass die Zeit in gleichmäßige Stücke portioniert ist.

Die Decke meiner Höhle befindet sich nicht so nah über meinem Gesicht, wie ich gedacht habe. Genau genommen ist da gar keine Decke, denn ich liege oben auf dem Überhang und starre in einen schwarzen Himmel, aus dem dichte Schneeflocken zu mir herunterfallen.

Noch immer umklammere ich Nimas Band. Aber meine Uhr ist fort – und wo ist die Streichholzdose?

Gleich hier neben mir. Ich darf sie nicht mehr loslassen.

Wenige Meter von mir entfernt sitzt, leicht zur Seite geneigt, ein Mann in altmodischer Bergsteigerkleidung. Sturmhaube und Anorak sind mit Eis verkrustet. Mit seinem Bein stimmt etwas nicht.

Ich selbst bin dieser Mann. Mit steif gefrorenen Fingern umklammere ich die Streichholzdose. Ich darf sie nicht loslassen.

Meine Augenlider sind gefroren, ich kann sie nicht schließen. Ich kann nicht einmal blinzeln. Schnee kratzt wie zermahlenes Glas über meine Augäpfel. Ich kann ihn nicht wegwischen. Ein spitzes Knochenstück bohrt sich durch den Stoff meines Schneeanzugs. Ich muss es wieder hineinschieben, aber ich kann mich nicht bewegen. Ich bin in einem eisigen Kokon aus gefrorener Kleidung gefangen.

Der Schneeschleier reißt auf, und ich kann ein Stück unter mir ein Zeltlager erkennen. Männer gehen im gelben Schein von Laternen hin und her. Hoffnung glimmt in mir auf. Ich rufe nach Hilfe. Meine Lippen sind zu steif, um die Worte zu formen, und der Wind weht meine heiseren Schreie davon.

Über mir drehen sich die Sterne. Mond und Sonne wirbeln über den Himmel, während Wind und Schnee weiter auf mich einpeitschen. Mit einem unbeholfenen, schmerzhaften Ruck, der mir den gebrochenen Knochen ins Fleisch treibt, führe ich die Streichholzdose an den Mund und beiße darauf, um den Tag zu markieren. Schmerz schießt mir ins Gehirn. Ein Zahn ist abgebrochen. Blut strömt mir aus dem Mund und ist im Bruchteil einer Sekunde gefroren.

Unten im Camp steckt ein Mann den Kopf aus einem der Zelte. Es ist Tennant. Ich erkenne seinen Helm.

Langsam geht er zum Fuß des Überhangs. Er hat mich gesehen!

Mit dem Fäustling wischt er sich über die Schneebrille. Er hebt das Fernglas. Ich versuche, zu rufen. Ich schlage die erfrorenen Fäuste aneinander. *Hilf mir!*

Er bemerkt mich, blickt mich unverwandt an, verzieht aber keine Miene. Keinen Mucks gibt er von sich. Langsam lässt er das Fernglas sinken, dreht sich um, stapft zurück zum Zelt und schlüpft hinein.

Danach kommt er nicht wieder. Er wollte sich nur

kurz die Beine vertreten. Ich bin kein Mensch, sondern ein Fleischklumpen. Er hat mich in der Kälte und der dröhnenden Dunkelheit allein gelassen. Für immer. Blut rinnt mir aus dem gebrochenen Schenkel. Schnee dringt mir wie aus einem Sandstrahlgebläse in Nase und Mund und schabt über meine Augäpfel …

Nach Luft schnappend schrecke ich hoch.

Es ist stockfinster. Die Kerze ist ausgegangen. Die Tür wird vom Wind mal in die Höhle, mal aus ihr hinausgeschleudert…

Keuchend liege ich da und warte darauf, dass sich der Albtraum verzieht. Ich war in einem Eispanzer gefangen und dennoch so schrecklich lebendig, so schrecklich bei Bewusstsein …

Langsam lässt die Beklemmung nach, mein Atem beruhigt sich. Der Pullover, den ich als Kissen benutze, fühlt sich unter meiner Wange kratzig an. Zu meinen Füßen kann ich am Höhleneingang einen hellgrauen Schimmer ausmachen. Ich liege da und beobachte, wie der Sack davor herein- und hinausgeweht wird. Erschaudernd drehe ich mich zur Seite und vergrabe das Gesicht im Kissen …

Das ist nicht mein Pullover. Mein Gesicht presst sich in knittrigen, altersmürben Stoff. Der muffige Geruch feuchter Leinwand steigt mir in die Nase. Mit einem Aufschrei fahre ich hoch und stoße gegen die leere Koje. Der Rucksack ist hier drinnen bei mir; er ist in meinem Schlafsack.

Die andere Koje ist auch nicht leer. Hinter mir höre ich, wie ein steif gefrorener Anorak knackt. Dann bewegt sich die Dunkelheit im grauen Dämmerlicht, und ich erkenne undeutlich eine zusammengekauerte Gestalt.

Grellweiße Todesangst packt mich. Den Bruchteil einer Sekunde sehe und höre ich nichts. Ich will zur Tür stürzen, doch meine Beine verheddern sich im Schlafsack, und der Schal mit dem Heißwasserschlauch wickelt sich um meine Füße. Das Etwas in der Koje bewegt sich und trottet mir nach. Auf dem Bauch krieche ich zum Höhleneingang und trete um mich, bis ich Fesseln und Schlafsack los bin. Einer meiner Füße trifft auf etwas, das sich knisternd um meine Knöchel legt. Wimmernd strample ich mit den Beinen, kralle die Finger ins Eis und ziehe mich mit aller Kraft weiter. Bis ich aus der Höhle purzele.

Der Wind dringt mir messerscharf in die Lunge, als ich mich aufrapple und durch die graue Dämmerung taumle. Der Höhleneingang hinter mir ist pechschwarz. Doch jeden Moment wird eine gebeugte Gestalt erscheinen und sich auf mich werfen.

Inzwischen stehe ich am Rand der Felsspalte. Wie bin ich hierhergekommen?

In der einen Hand den Rucksack, schwanke ich hin und her. »Jetzt ist Schluss«, keuche ich. »Jetzt ist Schluss!«

Mit einem Aufschrei schleudere ich den Rucksack in die Felsspalte.

»So, das wäre erledigt«, presse ich heraus. »Basta! Aus und vorbei!«

Hinter mir rutscht Eis klimpernd den Hang hinunter.

Ich stehe am Altar der Sherpas, obwohl ich mich nicht erinnern kann, mich von der Felsspalte hierhergeschleppt zu haben. Ich trage weder Stiefel noch Anorak und habe nur Handschuhe, aber keine Fäustlinge an. Meine Füße stecken in Strümpfen. Dafür habe ich noch immer Nimas Band und die Uhr in der Hand.

Es ist zwanzig vor fünf. Gott sei Dank! Nicht mehr lang bis zum Morgengrauen.

»Egon!«, ruft da eine Stimme über mir.

Mir bleibt fast das Herz stehen. Ich dachte, es wäre vorbei. Ich dachte, wenn ich den Rucksack in die Felsspalte werfe, ist es ausgestanden.

»Egon!«, hallt die Stimme von Gipfel zu Gipfel wider.

Ein Schneeball trifft mit voller Wucht meine Brust. Gleich darauf erscheint Kits am Ende des Hohlwegs. »Hallo, Bodge! Wolltest du uns entgegenkommen?« Hinter ihm erkenne ich Garrard und Tenrit, Angdawa, Dorjit und Pasang. Grinsend kommen sie den »Highway der Träger« herunter, auf mich zu.

20

»Gütiger Himmel, Bodge, wo sind denn deine Stiefel?«

Kits grinst inzwischen nicht mehr, Garrard auch nicht. Die Sherpas starren mich entgeistert an.

»G... Gott sei Dank, dass ihr hier seid!«, stammle ich und taumle auf sie zu. »Wenn wir sofort aufbrechen, schaffen wir es zurück ins Basislager ...«

»Wovon redest du?«, ruft Kits aus.

»Ich bringe ihn rein«, murmelt Garrard. »Damit er sich aufwärmt.«

»Lass mich ausreden ...!«

»Herrje, Bodge, was soll dieser Blödsinn? In einer Stunde wird es dunkel!«

»Was?«, protestiere ich. »Es ist fünf Uhr morgens und wird gerade hell!«

Schweigen.

»Stephen«, sagt Kits. Seine Stimme hat sich verändert. »Es ist fünf Uhr nachmittags. Und jetzt sei still und komm mit rein!«

Ich begreife nicht, wie das passieren konnte. Ich habe einen ganzen Tag in dieser Höhle zugebracht. Einmal ist die Nacht gekommen und wieder abgezogen …

Da ich mich hartnäckig weigerte, meine eigene Eishöhle zu betreten, war Garrard so freundlich, mich in seiner aufzunehmen. Er blieb bei mir, während Pasang meine Sachen holte, wärmte mich auf und kümmerte sich um meine Füße.

Nach einer Weile traf ein frisch genesener Cherma aus Camp Zwei ein. Er brachte einen Brief von Cotterell mit, den Garrard uns laut vorlas: *»Zustand bessert sich in großen Schritten. Bin in ein oder zwei Tagen wieder in Form …«* Cotterell hatte ich ganz vergessen. So viel zu meinen ärztlichen Pflichten. Obwohl ich nicht einmal ein schlechtes Gewissen hatte, denn dazu war ich viel zu benommen.

Zum Abendessen kippte ich vier Tassen Tee in mich hinein und verschlang eine ganze Packung Gewürzplätzchen sowie einen Topf voller Tapiokabrei mit reichlich Rübenkraut. Es kehrte wieder Normalität ein – nur nicht für mich. Ständig wiederholte ich in Gedanken, dass ich bei diesen Menschen in Sicherheit war. Dass ich, da der Rucksack nun fort war, nichts mehr zu befürchten hatte. Es war der Rucksack, der die Gestalt angelockt hatte, und deshalb drohte mir nun keine Gefahr mehr. Allerdings glaubte ich das selbst nicht. Zwischen mir und den anderen spürte ich eine Kluft. Ganz wie in *Macbeth,* wenn Banquos Geist beim Festmahl auftaucht. Selten so gelacht.

Während Garrard ungewöhnlich still war, redete Kits

in bester Hochstimmung pausenlos über einen möglichen Weg auf den Gipfel und darüber, wie wundervoll es gewesen sei, als erster Mensch einen Fuß auf das Große Eisschelf zu setzen. Dabei bedachte er mich, seinen kleinen Bruder, der die Nerven verloren und sich in eine Panik hineingesteigert hatte, mit einem mitleidigen Blick.

Wenn Kits nur geahnt hätte, wie herzlich gleichgültig mir der Gipfel inzwischen war. Er weiß es nicht, dachte ich, während er immer weitersprach. Sie wissen es alle nicht.

Im nächsten Moment begriff ich, dass er und Garrard gerade Pläne schmiedeten, um am nächsten Morgen zu Camp Vier aufzusteigen. »Das dürft ihr nicht tun«, sagte ich leise.

Die zwei sahen sich vielsagend an.

»Ich kann es euch jetzt nicht erklären«, fuhr ich fort. »Außerdem würdet ihr mir sowieso nicht glauben. Aber irgendetwas liegt hier im Argen. Verdammt noch mal, wir müssen runter von diesem Berg, und zwar so schnell wie möglich, sonst geschieht ein Unglück!«

Garrard saß da, zupfte an seiner Nase und konnte mir nicht in die Augen schauen. Kits seufzte laut. »Hör zu, alter Junge! Es war ein Riesenpech, dass du allein geblieben bist und ein paar Albträume hattest. Aber es ist *vorbei.*«

»Es ist mir egal, was du denkst, solange wir nur von hier verschwinden!«

Sein Blick wurde hart. »Hast du überhaupt eine Vorstellung davon, in welchem Zustand du warst?«

»Das heißt nicht ...«

»Über und über mit Ruß beschmiert? Mit den Armen rudernd wie ein Verrückter? Keine Stiefel, kein Anorak …«

»Ich bin nicht verrückt«, presste ich zwischen zusammengebissenen Zähnen heraus.

»Das habe ich auch nicht behauptet. Aber ich werde nicht wegen einer deiner Launen die gesamte Expedition in den Wind schreiben. Die Sherpas sagen, dass das gute Wetter höchstens noch ein paar Tage anhält. Deshalb sind wir heruntergekommen. Ich brauche jeden verfügbaren Mann, um Proviant zu Camp Vier zu bringen, damit wir den Sturm auf den Gipfel …«

»Zum *Teufel* mit dem Gipfel!«, rief ich aus.

Kits sprach ungerührt weiter, als ob ich nichts gesagt hätte. »… und da Cotterell noch außer Gefecht ist, übernehme ich jetzt das Kommando. Um halb fünf brechen wir auf. Was dich betrifft, Stephen, kannst du tun und lassen, was du willst.«

Es war nicht mit ihm zu reden. Kurz darauf legten wir uns schlafen. Kits übernachtete mit Pasang in meiner Höhle, Garrard und ich in seiner. Kurz bevor Garrard die Kerze auspustete, erkundigte er sich, was ich mit »im Argen« gemeint hatte. Doch da ich in der Dunkelheit nicht darüber sprechen konnte, wimmelte ich ihn ab. Ich hatte bereits eine Veramon-Tablette genommen, um mich selbst zu überlisten.

Ehe ich mich's versah, war es Viertel nach vier, und wir schnallten uns die Steigeisen an. Unsere Atemzüge und das Rascheln von Anoraks hallten laut durch die Höhle. Ich flüchtete mich nach draußen, sobald ich konnte …

Inzwischen herrscht fahles Morgengrauen. Diesmal ist es ein richtiges Morgengrauen: bitterkalt, aber kaum Wind. Schwere, grünlich schimmernde Schneewolken hängen tief am Himmel. Die Sherpas warten. Der Atem steht ihnen als eisiger Dampf vor dem Mund.

Als wir das Plateau überqueren, fängt es zu schneien an. Ein leichtes, unablässiges Prasseln auf meiner Kapuze. Rechts von der Eisklippe kann ich gerade noch die roten Fahnen des »Highway der Träger« ausmachen, der sich den Hohlweg hinaufschlängelt.

Die Lichtkegel unserer Stirnlampen bohren sich wie gelbe Stecknadelköpfe durch den Dunst. Kits marschiert voran. Ich komme als Nächster, Garrard ist hinter mir. Die Sherpas folgen. Wir sind nicht angeseilt, und kurz frage ich mich, ob das klug ist. Aber die Eisstufen werden bis hinauf zu dem walrückenförmigen Kamm nicht steiler.

Weil mir der Mut fehlt, allein ins Basislager abzusteigen, bin ich gezwungen, die anderen zu Camp Vier zu begleiten.

Allerdings bezweifle ich, dass das Schicksal mir gestatten wird, Camp Drei wirklich hinter mir zu lassen. Das habe ich bereits versucht, und dabei hat sich alles gegen mich verschworen, um mich zurückzuholen. Wieso sollte es diesmal anders sein?

Als wir am Altar der Sherpas vorbeikommen, bleibe ich stehen, um mir mit dem Kopf des Eispickels den zusammengebackenen Schnee von den Steigeisen zu klopfen. Das ist nicht leicht, außerdem schmerzen meine Hände. Meine Füße kann ich nicht einmal mehr spüren.

Wahrscheinlich sind sie erfroren. Inzwischen ist mir selbst das egal.

Hinter mir höre ich das Knirschen von Garrards Schritten. Sein Bart ist weiß verkrustet, und er reibt sich mit der Faust die Schneebrille sauber. »Was hast du gestern mit deiner Bemerkung gemeint, dass etwas im Argen liegt?«, keucht er.

»Nicht jetzt, Beak.«

»Glaubst du, hier oben ist etwas? Etwas Böses?«

Etwas Böses ... Ein zittriges Lachen steigt mir die Kehle hoch. Im nächsten Moment bemerke ich durch seine Schneebrille hindurch den verängstigten Ausdruck in seinen Augen. »Du hast auch etwas gesehen.«

Er schaut sich um und vergewissert sich, dass die Sherpas außer Hörweite sind. »Kein Wort zu Kits. Er wird denken, dass ich ...«

»Wann? Was hast du gesehen?«

»Gestern. Auf der Klippe, kurz bevor wir den Hohlweg erreichten.« Er fährt sich mit der Zunge über die Lippen. »Es ist uns gefolgt. Am helllichten Tag ... Unfassbar.«

»Beeilung, ihr Faulpelze!«, ruft Kits.

»Kein Wort zu ihm«, zischt Garrard mir eindringlich zu.

Ich starre zum Altar der Sherpas. Meine Gedanken wirbeln wild durcheinander. Noch vor wenigen Tagen, an dem Nachmittag, als sie den Rucksack gefunden haben, haben wir alle hier in der Sonne gesessen und uns unterhalten. Habe ich das Ding mit in die Eishöhle genommen, ohne es zu bemerken? Offenbar. Und sicher war es voller Ruß, als ich es in die Felsspalte geworfen habe. Nur erinnere ich mich nicht mehr daran.

Außerdem: Was spielt das jetzt noch für eine Rolle? Garrard hat dasselbe gesehen wie ich. Ich bilde es mir nicht nur ein.

Die Stufen auf dem »Highway der Träger« sind spiegelglatt und uneben. Wir sind noch nicht weit auf dem Hohlweg gekommen, als das Schneetreiben plötzlich dichter und heftiger wird. Innerhalb von Minuten ist alles um uns herum weiß, sodass wir einander aus den Augen verlieren. Nur mit Mühe kann ich den Schein von Kits' Stirnlampe ausmachen. Ich bin eingeschlossen in Schnee. Mein Atmen hallt mir laut in den Ohren, mein Anorak ist verkrustet und steif gefroren.

Wir quälen uns weiter, aber es ist zwecklos. Garrards Stimme weht zu mir herauf. »Es hat keinen Sinn, wir müssen umkehren!«

Über mir ist Kits kaum noch zu sehen. Er klettert verbissen weiter.

»Kits!«, rufe ich. »Wir müssen umkehren!«

Seine Stirnlampe blitzt auf. Dann höre ich seine Antwort: »Einverstanden! Alle Mann zurück zum Camp!«

Damit endet mein zweiter Fluchtversuch aus Camp Drei.

Der Abstieg den Hohlweg hinunter erweist sich als unerwartet schwierig, weil ich die Stufen nicht mehr erkennen kann. Ein letzter Sprung bringt mich auf das anderthalb Meter tiefer gelegene Plateau. Der Schnee reicht mir bis zu den Knien. Um mich herum wirbelt es weiß.

Einen Moment lang begreife ich nicht, wo ich eigentlich bin.

Ich wanke noch ein paar Schritte, bis der Altar der Sherpas hoch vor mir aufragt, und lehne mich schwer gegen ihn. Wie ich feststelle, versucht Garrard, sich zu den Höhlen durchzukämpfen. Ein Stück weiter oben erklingt Kits' Stimme. »Stephen! Wo bist du?«

»Beim Sherpa-Altar!«, antworte ich laut. »Ich warte hier, bis du es geschafft hast!«

»Gut!«

Doch er taucht nicht auf, und allmählich mache ich mir Sorgen. Dann endlich sehe ich ihn, wie er sich mit dem Eispickel die letzten Stufen hinuntertastet.

Inzwischen hat Garrard das Warten bei den Höhlen offenbar satt und kehrt mit vorgebeugtem Kopf zu mir zurück.

»Ich warte auf Kits«, keuche ich, als er mich erreicht hat. »Bleib du hier am Altar! Ich gehe ihm …«

Es ist nicht Garrard.

Eine weiße Wand aus Lautlosigkeit baut sich um mich herum auf. Kein Knirschen von Schritten, kein Knistern eines gefrorenen Anoraks. Die gesichtslose Gestalt trägt eine Kapuze und ist mit Eis überkrustet. Ihre rasende Wut lässt mir die Knie weich werden.

Langsam wie in einem Traum versuche ich, zu fliehen. Kits ruft meinen Namen. Ich öffne den Mund, bringe jedoch keinen Ton heraus. Jetzt ist die Gestalt fast bei mir. Ich rutsche aus und falle hin. Kann nicht aufstehen. Unter meinen Steigeisen haben sich Schneeklumpen gebildet.

Inzwischen steht die Gestalt so dicht bei mir, dass ich sie berühren könnte, wenn ich die Hand ausstrecken würde. Falls sie noch einen Schritt näher kommt, platzt mir das Herz.

Mit letzter Kraft hole ich Schwung, werfe mich zur Seite und beobachte durch einen fast undurchdringlichen Schleier aus Schnee, wie die Gestalt links an mir vorbeistapft. Den Rucksack hat sie auf dem Rücken.

»Stephen, wo bist du?«, schreit Garrard.

Der echte Garrard. Mühsam stapft er auf mich zu.

Wieder ein Ruf von Kits: »So, Stephen, jetzt kann ich dich sehen!«

Aber ich sehe *ihn* nicht. Wo ist er?

Im nächsten Moment teilt sich der wirbelnde Schnee, und ich habe Kits vor mir. Er hat den Altar der Sherpas passiert, ohne ihn zu bemerken. Anstatt auf die Höhlen zuzusteuern, geht er in die entgegengesetzte Richtung und schleppt sich auf die mit Eis bedeckte Gestalt zu, die ihn erwartet. Ich reiße den Mund auf, um einen Warnschrei auszustoßen. Doch heraus kommt nur ein albtraumhaftes Krächzen. Garrard ist es, der zu schreien beginnt, ein grausiges, schrilles Geräusch wie von einem waidwunden Tier: »Kits, dreh um, das ist die falsche Richtung! Du bist gleich an der Kante!« Aber Kits hört ihn nicht. Sobald er die Gestalt erreicht hat, die er offenbar mit mir verwechselt, ertönt ein ohrenbetäubendes Dröhnen. Unter ihm bricht eine gewaltige Eisplatte weg …

… und er ist verschwunden.

Kits ist fort.

21

Menschen schreien nicht auf, wenn sie abstürzen. Jedenfalls war es bei Kits so. Er gab keinen Mucks von sich.

Ich stand wie gelähmt da. Während der Schnee auf meine Kapuze einprasselte, schossen mir zusammenhanglose Gedanken durch den Kopf: Wer wird es seiner Frau sagen? Gott sei Dank, dass Tante Ruth das nicht mehr erleben muss. Wie kann er einfach weg sein?

Garrard taumelte schreiend direkt auf den Abgrund zu. »O Gott, Kits, nein, nein, nein!« Als ich ihn zu Boden drückte, schlug er nach mir. Die Sherpas eilten herbei, und mit vereinten Kräften zerrten wir Garrard zu den Höhlen. Wir mussten ihn fesseln. Ich verabreichte ihm ein Beruhigungsmittel und hielt ihn im Arm, als er herzzerreißend schluchzte. Ich weinte nicht. Noch nicht. Nach wie vor konnte ich nicht fassen, dass es Kits nicht mehr gab.

Später erfuhren wir, dass McLellan das Ganze vom Basislager aus mit dem Feldstecher beobachtet hatte. Er hatte gesehen, was uns verborgen geblieben war. Nämlich, dass der Rand des Plateaus aus einer gewaltigen überhängenden Schneewechte bestand, die sich gelöst und Kits in die Tiefe gerissen hatte.

Eigentlich wollte McLellan mir die Einzelheiten verschweigen, aber ich zwang ihn, mir alles haarklein zu erzählen.

»Es geschah ganz langsam«, berichtete er an jenem ersten Abend im Basislager, wo wir zwei Flaschen Scotch vertilgten. »Die Wechte brach nicht etwa plötzlich ab, sondern eher wie in Zeitlupe. Und dann ist er einfach gefallen. Gott möge mir verzeihen, doch ich konnte nicht wegschauen. Auf halbem Weg ist er … ist er gegen einen Felsvorsprung geprallt. Er wurde durch die Luft geschleudert, kam dann am Hang auf und schlitterte rasend schnell weiter. Ich verlor ihn aus den Augen … Nach einer Weile habe ich weiter unten aber etwas Dunkles gesehen, das langsam abbremste, bis es endlich anhielt.«

Als ich ihn fragte, was er mit »etwas Dunkles« gemeint habe, blieb er mir die Antwort schuldig.

Ich erkundigte mich auch, was er *vor* Kits' Sturz beobachtet hatte. Da er keine weitere Person auf der Felskante erwähnte, dürfte er nur Kits gesehen haben. Was Garrard angeht, bin ich mir nicht so sicher. Er hat mir nur gesagt, er habe mich, starr vor Schreck, auf den Knien liegend angetroffen, den Blick auf Kits gerichtet, kurz bevor das Eis brach.

Abgesehen von Cedrics Geheul ist mir nicht viel von jenen ersten Tagen im Basislager im Gedächtnis geblieben. Der Hund hatte den Weg zurückgefunden und McLellan Gesellschaft geleistet. Nach dem Unglück musste der Schotte ihn anbinden, damit er uns nicht ständig störte. Er jaulte stundenlang. Als Cotterell ihn einmal zu mir brachte, kauerte er sich wimmernd vor Angst zusammen, sodass der Major ihn wieder wegführte. Wir versuchten es kein zweites Mal. Es tat mir weh, dass das arme Tier sich so fürchtete. Bei McLellan hat er es mit Sicherheit besser …

Es heißt, ich sei in jenen Tagen bemerkenswert gefasst gewesen. Ständig hätte ich »Wir dürfen Kits nicht dort liegen lassen, wir müssen ihn bergen« wiederholt. Und so geschah es auch. McLellan hatte beobachtet, wo genau er abgestürzt war. Und schließlich gingen er, Cotterell und Nima ohne mein Wissen los, um ihn zu holen. Sie brachten ihn in seinem Schlafsack zurück. Cotterells Miene war finster, und er schwieg beharrlich. Vermutlich hatte er aus den Schützengräben Erfahrung in solchen Dingen. Nima zitterte am ganzen Leibe. McLellans sommersprossiges Gesicht war aschfahl.

Obwohl sie sich bemühten, mir die Wahrheit zu verheimlichen, fand ich heraus, dass Kits nicht mehr in einem Stück gewesen war. Wie auch, nach einem Zusammenprall mit einem Felsvorsprung und einer Schlitterpartie über Granitgestein und das raue Eis des Himalaya?

Meine Kameraden hatten zwar eingesammelt, was sie von seinen Überresten finden konnten, doch es reichte nicht, um einen Sarg zu füllen, sondern nur für eine kleine Packkiste. Oder vielleicht einen Rucksack.

Die Berggeschichten, die Tante Ruth uns in unserer Kindheit erzählte, endeten stets auf dem Berg selbst. Sie erwähnte nie, dass es auch noch den Rückweg gibt.

Man hat mir gesagt, ich hätte mich unterwegs »bewundernswert gut im Griff« gehabt, doch die Wahrheit lautet, dass ich überhaupt nichts mehr spürte. Ich war zu einem Automaten geworden, der sich um Garrard kümmerte und Cotterell und McLellan half, Berichte für den Himalayan Club in Darjeeling und den Alpine Club in London aufzusetzen. Allerdings erinnere ich mich gut daran, wie wir bei Yates' Steinpyramide den Gletscher verließen. Und wie ich ungläubig feststellte, dass wir in die Welt zurückgekehrt waren und der Frühling Einzug gehalten hatte. Hoch in der Luft trillerte eine Lerche, das Gras war grün, und die blauen Mohnblumen des Himalaya blühten.

Am nächsten Morgen stieg ich auf die Moräne und verabschiedete mich vom Berg. Dieser Klotz aus Fels und Eis wird noch da sein, wenn die Menschheit längst untergegangen und ihre Geschichte wie eine Welle verebbt ist, dachte ich. Nie wird dieser Gigant erfahren, welche Träume und Ängste, ja welches Verlangen er entfacht hat. Nie wird er erfahren, was auf ihm herumspukt.

Plötzlich senkte sich ein kaltgrauer Regenvorhang herab und verbarg alles vor meinem Blick. Der Monsun hatte eingesetzt.

Ich hatte mich bis Darjeeling »im Griff«. Dann aber erlitt ich einen ziemlich spektakulären Zusammenbruch. Ich weiß nur noch, dass ich mit Nima und Cotterell vor Tennants Bungalow in einem Pferdefuhrwerk saß. Im nächsten Moment stand ich vor dem alten Mann in seinem Rollstuhl und beugte mich schreiend über ihn: »Haben Sie das gewusst? Haben Sie das gewusst?«

Man schleppte mich zurück in die *tonga*. Es regnete in Strömen, alles war klatschnass, und sämtliche Geräusche klangen gedämpft, als ich in Nimas Armen lag und so bitterlich weinte wie nie zuvor in meinem Leben.

Zwei Tage später starb Tennant an einem Herzinfarkt. Hatte er es gewusst? Waren er und Lyell in ihren letzten Tagen auf dem Berg auch von einer Gestalt verfolgt worden?

Als ich mir ihre Schriften noch einmal vornahm, stieß ich auf den einen oder anderen Satz, den man als möglichen Hinweis deuten könnte. Die Stelle am Anfang von Tennants Memoiren, wo er schreibt, der Berg habe fünf Männer getötet, doch sie hätten nur vier zur letzten Ruhe gebettet. Und irgendwo in *Besiegt, doch voller Kampfesmut* spricht Lyell davon, dass »mit der Luft etwas nicht stimmte«, und von einem »unheimlichen Schweigen«. Natürlich kann es sein, dass ich etwas hineingeheimnisse. Außerdem hat Lyell ja laut Tennant »nie einen einzigen Moment Gewissensbisse verspürt«.

Und selbst wenn sie es gewusst hätten – selbst wenn Tennant mich an jenem ersten Abend vor unserem Aufbruch gewarnt hätte –, ich hätte doch nicht auf sie gehört.

Auf der Heimreise war Cotterell uns eine große Hilfe. Er kümmerte sich rührend um Garrard und las mir etwas vor, wenn ich nicht einzuschlafen wagte: *Der Landprediger von Wakefield* und drei Romane aus der *Barchester*-Reihe von Trollope.

Ich vermisste Nima entsetzlich. Er hatte uns nach Bombay begleitet und war bei mir geblieben, als man mir dort die Zehen amputierte. Zu meiner Schande konnte ich ihm meine Dankbarkeit nur mit Geld zeigen, aber er war überglücklich. Er sagte, er werde nach der Rückkehr in sein Dorf viele Yaks erwerben. Als ich ihn bat, mir zu schreiben, lächelte er und antwortete freundlich, das habe er nie gelernt. Also war es ein Abschied für immer.

Lange gab ich mir die Schuld an Kits' Tod, denn ich hatte ihn nicht durch einen Zuruf gewarnt. Die Frage beschäftigt mich bis heute: War ich *wirklich* nicht in der Lage gewesen, zu rufen? Oder hätte ich mich bloß mehr anstrengen müssen? Ich werde es nie erfahren. Und so klammere ich mich an die einzige Gewissheit, die mir geblieben ist: Ich habe ihm nie verraten, dass ich den Rucksack weggeworfen habe. Auch von Tennants Memoiren habe ich ihm nie erzählt. Er ist in dem Glauben gestorben, dass Lyell und seine Begleiter Helden waren. Wenigstens das habe ich richtig gemacht.

Auch Kits' Witwe gab mir die Schuld an allem, als ich sie, ein einziges Mal nach dem Unglück, aufsuchte. Sie konnte nicht begreifen, warum ich ihn nicht gewarnt hatte – und ich konnte es ihr nicht erklären. Garrard, der mich begleitete, beteuerte, das hätte nichts genützt, da Kits bereits an der Kante gestanden habe, aber sie glaubte ihm nicht. Als wir uns verabschiedeten, blickte sie mir in die Augen und sagte in eiskaltem Ton: »Du wolltest ihn ja immer übertreffen. Tja, jetzt hast du es geschafft.«

Das denkt sie sicherlich nicht wirklich. Nicht tief in ihrem Herzen. In welcher Hinsicht soll ich gewonnen haben? Zum Glück habe ich keinen Penny geerbt. Es ist alles an seine Söhne gegangen.

Nach Kits' Tod hoffte ich wochenlang, er würde mir im Traum erscheinen und mir sagen, dass alles bestens sei. Aber das ist nie geschehen. Ich nahm es als gutes Zeichen, denn es bedeutet, dass der Tod für ihn wirklich das Ende war. Oder nicht? Mein Gott, ich hoffe es inständig. In Bombay hat Nima einmal versucht, mir klarzumachen, warum er keine Angst vor dem Tod hat: Dieser sei nur ein Übergang in eine andere Form des Seins. Mir fehlten die Worte, um ihm zu vermitteln, dass seit meinem Erlebnis auf dem Berg eine andere Form des Seins genau das ist, wovor mir am allermeisten graut.

Inzwischen habe ich mit einigen Überlebenden von Bergunglücken gesprochen, die mir versichert haben, man spüre beim Sturz weder Angst noch Schmerzen, dazu reiche die Zeit einfach nicht aus. Ich hoffe – obwohl hoffen zu schwach ist, um auszudrücken, wie verzweifelt ich mir wünsche, es möge wahr sein –, dass es bei Kits so gewesen ist. Außerdem hoffe ich, dass er nie gewusst hat, was ihn an der Felskante erwartet. Dass er nur einen weißen Wirbel sah. Und danach das Nichts. Alles schwarz. Alles aus. Kein letztes Aufbäumen des Bewusstseins in dieser Eiswüste, unter den Augen der Erscheinung, die dort ihr Unwesen treibt.

Inzwischen sind drei Jahre vergangen, doch nach wie vor korrespondiere ich mit McLellan. Er ist in Indien geblieben, obwohl er weiß, dass es nur eine Frage der Zeit ist, bis die ganze verdammte Kolonie den Bach runtergeht. Ich habe ihn eingeladen, mich bei seinem nächsten Heimaturlaub zu besuchen. Bis heute hat er das nicht getan. Ich vermute, dass er Cedric nicht allein lassen will, selbst wenn er das niemals zugeben würde.

Ein Verlag hat mir eine Stange Geld für einen Bericht über »die Tragödie« angeboten. Als ich dankend ablehnte, hat Garrard eigene Erinnerungen im Andenken an Kits zu Papier gebracht. Darin erwähnt er weder seine Beobachtung auf dem Berg noch meinen Gemütszustand in Camp Drei. Wir beide haben nie wieder darüber gesprochen. Sein Buch ist ein Verkaufsschlager geworden. Nun, das war vorauszusehen, schließlich hat es ein Todesopfer gegeben. Vom Erlös hat Garrard sich ein Haus in Marrakesch gekauft, seitdem habe ich nichts mehr von ihm gehört.

Ungeachtet dessen drängen mich verschiedene Verleger immer wieder, »meine Seite der Geschichte« aufzuschreiben. Aber wer würde mir glauben? Außerdem würde es bedeuten, dass ich alles noch einmal durchleben müsste, aber das bringe ich nicht über mich.

Hinzu kommen meine Gedanken über die Verkettung von Umständen, die Kits und mich auf den Kangchenjunga geführt haben. Es fing in unserem Kinderzimmer mit dem *Glasberg* an, gefolgt von *Besiegt, doch voller Kampfesmut,* als wir Schuljungen waren. Und genau das ist der wahre Grund, warum ich niemals ein Buch schreiben werde. Mir wäre die Vorstellung unerträglich, dass ich mit einem Werk aus meiner Feder jemanden veranlassen könnte, sich auf den Weg dorthin zu machen – wo er dann das Gleiche erleben muss wie ich.

Natürlich ging mein Wunschtraum, mich als Arzt in Sikkim niederzulassen, nicht in Erfüllung. Ich komme von Londons engen, überfüllten Straßen nicht los. Da Clares Vater von einer Klage absah – er fand, ich sei genug gestraft –, konnte ich eine kleine allgemeinmedizinische Praxis in South Kensington eröffnen. Sie geht gut. Wahrscheinlich suchen die Patienten mich aus Neugier auf. Oder weil sie Mitleid mit mir haben.

Cotterell machte zwar keine großen Worte, war jedoch schwer erschüttert wegen Kits' Tod. Er ist seitdem stark gealtert. Ich besuche ihn oft in seinem kleinen Landgut in Sussex. Auch wenn ich nicht Kits' Platz in seinem Herzen einnehmen kann und dies auch gar nicht erst versuche, sind wir einander sympathisch. Er spricht gerne über Kits, und da er ganz in der Nähe des ehemaligen Landsitzes unserer Familie wohnt, besuchen wir häufig gemeinsam Kits' Grab auf dem Gemeindefriedhof.

Kits in die Heimat zu überführen, war auch etwas, das ich richtig gemacht habe. Auf dem Gletscher habe ich seine sterblichen Überreste mit Eis gekühlt. Sobald wir dann die Moräne erreicht hatten, habe ich sie in Salz konserviert. Nima hat mir dabei geholfen, noch ein Akt der Nächstenliebe, für den ich ihm gar nicht genug danken kann.

Obwohl ich selbstverständlich nicht glaube, dass diesem armen, geschundenen Leichnam auch nur eine Spur des Menschen innewohnt, der Kits einmal gewesen ist, konnte ich ihn einfach nicht zurücklassen. Es war mir schlichtweg unmöglich, ihn auf dem Hügel oder neben Yates an der Moräne zu begraben. Also brachte ich ihn nach Hause. Oder vielmehr seine »sterblichen Überreste«. Und ich weigere mich strikt, auch nur in Erwägung zu ziehen, dass irgendein Teil von ihm sich noch auf dem Berg befindet, wo dieses »Etwas« umgeht.

Zu trauern ist eine holperige, sprunghafte Angelegenheit. Manchmal bin ich wütend auf Kits, weil er so verdammt gedankenlos, engstirnig und nervtötend sein konnte. Aber elender Mist, Kits, deshalb hättest du doch nicht gleich zu sterben brauchen. Ich ergebe mich! *Pax.*

Wie würde er brüllen vor Lachen, wenn er von dem Salz wüsste! »Gütiger Himmel, Bodge, du hast mich tatsächlich eingepökelt!«

Das ist das Schlimmste daran. Dass wir nicht mehr zusammen lachen können. Obwohl: Selbst das ist nicht das Schlimmste. Ständig stoße ich auf neue Steigerungen des Wortes »schlimm«. Die nächste dürfte nicht lange auf sich warten lassen …

Möglicherweise war es für Garrard sogar noch belastender. In Bombay meinte er einmal in einem Gespräch unter vier Augen: »Er war mein bester Freund. Mein bester und einziger Freund.«

»Ich weiß«, erwiderte ich.

Plötzlich sah er mich hasserfüllt an. »Du mochtest ihn nicht wirklich, oder?«

Ich zögerte. »Nein, nicht sehr. Er mochte mich auch nicht. Wir waren zu verschieden.«

»Warum tust du dann so, als würdest du trauern?«

»Ich tue nicht nur so.«

Garrard verstand die Welt nicht mehr, doch ich konnte es ihm nicht erklären. Wie sollte er als Einzelkind das auch begreifen? Kits und ich mochten einander zwar nicht, aber wir waren Brüder. Wir waren in ein undurchschaubares Netz aus Liebe und Hass, Grausamkeit und Schuld verstrickt, das Ganze gelegentlich erhellt von einem Funken Gemeinschaftsgefühl. So wie damals in Camp Drei, als wir die Eishöhlen gruben und kurz den Eindruck hatten, die Welt wäre in Ordnung. Nun ist dieses verworrene Netz in zwei Hälften gerissen worden, und ich bin allein. Niemand erinnert sich mehr mit mir daran, wie Tante Ruth uns aus *Scrambles Among the Alps* von Whymper vorlas, oder an die ausgestopfte Eule auf dem Treppenabsatz. Niemand nennt mich mehr Bodge.

Die Eule! In unserer Kindheit war Kits Spezialist für »lustige« Streiche, einer gemeiner als der andere. Doch ganz gleich, wie oft ich ihn nach einem Albtraum weckte und ihn anflehte, mich auf meinem Weg über den Treppenabsatz und vorbei an dieser gruseligen Eule zu begleiten, er zog mich nie deswegen auf. Und er hat mir die Bitte kein einziges Mal abgeschlagen.

Als wir wieder in England waren, fror ich noch monatelang, obwohl wir einen wunderschönen Sommer hatten. Selbst heute, an einem sonnigen Mainachmittag – die Spatzen tschilpen in der Ulme, und unter meinem Fenster schlendern die Leute in leichter Sommerkleidung durch die Straße –, kauere ich, eine Decke über den Knien, dicht am Kaminfeuer. Der Berg ist noch bei mir. Ich trage ihn in mir. Das wird für immer so bleiben.

Gestern beim Buchhändler Hatchards habe ich ihn auf einem Foto gesehen. Die übliche Ansicht, von Darjeeling aus betrachtet. Sofort war alles wieder da. Die Kälte. Die Stille. Das Grauen. Es überwältigte mich mit solcher Wucht, dass ich nach draußen taumelte und mich auf offener Straße übergab. Die Leute hielten mich für einen Betrunkenen.

Dasselbe passierte vor einem Jahr, als ich Tennants Memoiren noch einmal las, um sie anschließend dem Alpine Club zu stiften. Auf meine jüngste Anfrage hat man mir mitgeteilt, man habe noch nicht entschieden, ob man sie veröffentlichen werde. Es kümmert mich nicht, was sie damit anfangen. Denn ich gebe mich nicht der Illusion hin, dass die Erscheinung mich in Ruhe lässt. Das ist völlig ausgeschlossen. Sie wird immer da sein. Erst heute Morgen habe ich sie wiedergesehen.

Der Traum war so schrecklich wie nie zuvor. Stets stellt er sich kurz vor Tagesanbruch ein, im trüben, fahlen Morgengrauen. Ich wache auf und bin wieder im Schnee, unmittelbar vor Kits' Absturz. Nur stoße ich einen Warnschrei aus, worauf er kehrtmacht und auf mich zustapft. Weg von der Felskante. Im nächsten Moment bemerke ich, dass die Gestalt nicht ihn belauert, sondern mich. Stille umschließt mich. Das Etwas kommt immer näher. Ich ertrage es nicht, gleich platzt mir das Herz …

An dieser Stelle wache ich normalerweise auf, Nimas Band fest in der Hand. Heute Morgen ging mein Traum jedoch weiter, und ich musste feststellen, dass ich mir alles, was seit Kits' Tod geschehen ist – der Rückmarsch, die Heimreise, London, einfach alles –, nur eingebildet hatte. Ich habe den Berg nie verlassen. *Ich* war derjenige, der abgestürzt ist. Deshalb bin ich noch immer dort, gekettet an diese Erscheinung und gefangen in einem Schweigen, das niemals enden wird …

Erst da erwachte ich.

Der Eisverkäufer fährt an meinem Fenster vorbei, und die Spatzen zanken sich um die Krümel, die ich für sie aufs Fensterbrett gestreut habe. Diese Spatzen waren mir die größte Hilfe. Die Spatzen, mein winziger Garten und das Beobachten der Reiher am Serpentine im Hyde Park. Es war eine gute Idee von McLellan, Cedric zu behalten. Ich stelle mir gerne vor, wie es wäre, eines Tages selbst einen Hund zu haben. Er würde mir Gesellschaft leisten. Vorausgesetzt, er hätte keine Angst vor mir.

Vielleicht hatte Charles Tennant ja deshalb seine Spaniels. In letzter Zeit denke ich häufig an ihn. An den armen, verbitterten, von Schuldgefühlen gequälten alten Mann. Inzwischen verstehe ich ein wenig besser, wie all das für ihn gewesen sein muss. Denn für mich war es mehr oder weniger genauso.

Jede Nacht habe ich – so unbegreiflich es auch sein

mag – dieselbe Szene vor Augen. Die Gestalt an der Felskante und Kits, der zielstrebig darauf zusteuert.

Ja, ich werde sie immer sehen.

Anmerkungen der Autorin und Danksagung

Wie Stephen wurde ich beim ersten Mal vom Anblick des Kangchenjunga völlig überrascht. Ich hielt mich in Darjeeling auf und war am Vortag um halb vier Uhr morgens aufgestanden, um mich zum Aussichtspunkt auf dem Tiger Hill auf den Weg zu machen und einen Blick auf den Berg im Morgengrauen zu erhaschen: nichts als Wolken. Doch als ich am nächsten Morgen die Vorhänge am Fenster meines Hotelzimmers aufzog, war er plötzlich da. Gewaltig und überdeutlich scharf konturiert füllte er den ganzen Fensterrahmen aus. Der Kangchenjunga hatte den Moment, sich zu zeigen, selbst gewählt.

Das war im April 2014, als ich im Zuge meiner Recherchen zu *Thin Air* mit einer kleinen Gruppe kühner Bergsteiger und noch kühnerer Träger sowie einigen *dzos* (eine Kreuzung aus Yak und Kuh) in die Hügelausläufer des Kangchenjunga marschierte. Wir folgten derselben Route wie Frank Smythe und G. O. Dyhrenfurth im April 1930; die Cotterell-Expedition im Roman sollte sie ebenfalls nehmen. Nach einer Autofahrt von Darjeeling zum Dorf Yuksom in Sikkim stiegen wir zu Fuß durch den Dschungel ins Hochland von Dzongri auf. Einige Tage campierten wir dort, erkundeten die Umgebung und unternahmen Touren zu einem nahe gelegenen Pass sowie zu einem heiligen See namens Lakshmi Pokari (der offizielle Name lautet Kabur Lam Lake). Wir hatten eine atemberaubende Aussicht auf den Kangchenjunga und wurden in einer unvergesslichen Nacht vom heftigsten Sturm heimgesucht, den ich je miterlebt habe.

Die Expeditionen von Lyell und Cotterell sowie sämtliche Teilnehmer habe ich frei erfunden. Doch alle übrigen im Roman erwähnten Bergsteiger wie Bauer, Smythe und natürlich Mallory und Irvine haben tatsächlich gelebt. Sie haben den Himalaya durchquert und/oder versucht, den Gipfel des Kangchenjunga zu bezwingen. Manche haben das mit ihrem Leben bezahlt, wie zum Beispiel Alexis Pache, der am Fuße des Berges begraben ist.

Um jene Jahre lebendig werden zu lassen, habe ich viele heute veraltete Redewendungen verwendet. Die Weltanschauung der handelnden Personen entspricht ebenfalls der damaligen Zeit. Dazu gehört auch der Rassismus, dem man in vielen, wenn auch nicht allen Berichten aus der fraglichen Ära begegnet. (Apropos: Bei dem »Crowley«, der in der Geschichte erwähnt wird, handelt es sich um den sogenannten »Aleister« Crowley, einen unangenehmen, größenwahnsinnigen Fantasten, der sträflich mit seinen Trägern umsprang.)

Um den Expeditionen von Lyell und Cotterell Leben einzuhauchen, habe ich auf zahlreiche damalige Berichte zurückgegriffen. Die Zähigkeit und der Mut jener Bergpioniere haben mir gewaltigen Respekt eingeflößt. Paul Bauer hat wirklich große Eishöhlen hoch oben in die Nordwestwand des Kangchenjunga gehauen. Sein Hund Wastl hat ihn bis auf siebentausend Meter Höhe begleitet. Auch die Bergsteigerfreundin von Tante Ruth habe ich mir nicht ausgedacht. Gegen Anfang der 1900er-Jahre entrollte eine Amerikanerin namens Fanny Bullock Workman ein Transparent mit der Aufschrift *Votes for Women* auf einem Gipfel in den Karakorums und hinterließ dort ihre Visitenkarte in einem Schraubdeckelglas.

Die Cotterell-Expedition die Südwestflanke hinauf folgt in groben Zügen der Route einer britischen Mannschaft unter der Leitung von Charles Evans, die den Gipfel 1955 als Erste überhaupt erreichte. Um des besseren Verständnisses willen habe ich sowohl die Strecke als auch die Beschaffenheit des Berges vereinfacht und Landmarken wie den Hogsback und den Great Buttress weggelassen, wichtige Orte wie das Große Eisschelf und den Eisfall jedoch erwähnt. Außerdem bezeichne ich einen Punkt schlicht als »Vorbau«, obwohl es sich dabei eigentlich um den Western Buttress handelt.

Im Jahr 1955 war der Kangchenjunga ein heiliger Berg, und das ist er für viele Menschen bis heute. Dass Charles Evans und seine Gruppe der Regierung von Sikkim versprechen mussten, den Gipfel nicht zu entweihen, indem sie mit den Füßen darauf traten, gibt davon ein beredtes Zeugnis ab. Sie haben ihr Wort gehalten. Als George Band und Joe Brown am 25. Mai 1955 den Gipfel erreichten, widerstanden sie der Versuchung, die letzten anderthalb Meter auch noch zu erklimmen; Norman Hardie und Tony Streather taten es ihnen am nächsten Tag nach, ebenso Major Prem Ghand und Naik Nima Dorje Sherpa mit ihrer indischen Expedition 1977 oder Dough Scott, Peter Boardman und Joe Tasker, die den Gipfel 1979 ohne künstlichen Sauerstoff bezwangen (damals merkte einer von ihnen an, sie hätten nicht stören wollen, was auch immer dort oben lebte). Der Kangchenjunga blieb bis 1980 der »unbetretene Gipfel«, dann stiegen die Mitglieder einer japanischen Expedition bis ganz nach oben auf.

Was die Geschichte des Bergsteigens in dieser Region anbelangt, stehe ich tief in der Schuld der Autoren folgender Werke: *Climbing and Exploration in the Karakoram-Himalayas* (W.H. Conway, London 1894), *Climbing on the Himalaya and Other Mountain Ranges* (J.N. Collie, Edinburgh 1902), *Round Kangchenjunga* (D.W. Freshfield, London 1903), *Mountain Craft* (G.W. Young, 1920), *The Kangchenjunga Adventure* (F.S. Smythe, London 1930), *The Naked Mountain* (E. Knowlton, New York 1933), *Annapurna* (M. Herzog, London 1952), *Am Kanghenzonga – Kampf um den Himalaya* (P. Bauer, 1935), *Kangchenjunga* (J. Tucker, London 1955), *»Die Erstbesteigung des Kangchenzönga« in: Berge der Welt* (C. Evans, Frankfurt 1957), *The Boardman Tasker Omnibus* (P. Boardman & J. Tasker, London 1996), *Nanda Devi Exploration and Ascent* (E. Shipton & H.W. Tilman, Textsammlung, London 1999), *Fallen Giants: A History of Himalayan Mountaineering from the Age of Empire to* *the Age of Extremes* (M. Isserman & S. Weaver, Yale 2008).

Zum Thema Höhenkrankheit und Psychiatrie zwischen 1900 und den 1930er-Jahren waren die folgenden Werke besonders hilfreich: *High Life: A History of High-Altitude Physiology and Medicine* (J. West, New York 1998), *High Altitude, Illness and Wellness: The Prevention of a Killer* (C.S. Houston, Connecticut 1998), *Psychology and Psychotherapy* (W. Brown, London 1934), *Instinct and the Unconscious* (W.H. Rivers, London 1922).

Außerdem danke ich von Herzen Jan Faull und Rob Turnock, die im Herbst 2013 im National Film Theatre das Festival »Extreme Summits« für die British Film Institutes ausgerichtet haben. Es war ein unschätzbarer Glücksfall, dass ich mir das originale Filmmaterial der frühen Himalaya-Expeditionen auf der Großleinwand ansehen konnte, insbesondere gilt dies für folgende Filme: John Noels Aufnahmen von den Expeditionen auf den Mount Everest in den Jahren 1922 und 1924; Frank Smythes Film über seine Ersteigung des Kamet aus dem Jahr 1931 (*Wings over Everest,* 1934, Regie Ivor Montagu und Geoffrey Barkas) sowie Charles Evans' Aufnahmen von der Besteigung im Jahr 1955, die das National Film Theatre zum ersten Mal öffentlich zeigte.

Zu guter Letzt möchte ich auch einigen mir persönlich bekannten Menschen danken. An erster Stelle Nawang Ldorba Leh von World Expeditions (Indien). Nawang war der Leiter meiner Tour nach Dzongri und kann auf zwanzig Jahre Erfahrung im Bergsteigen und Tourengehen in Sikkim, Himachal, Ladakh und anderswo zurückblicken. Ich danke ihm von Herzen für sein Fachwissen, seine gute Laune, seine Geduld angesichts meiner ständigen Fragen und dafür, dass er so liebenswürdig war, mich zum heiligen See mitzunehmen. Außerdem danke ich Om Bhadhur Chattri (»Jatha«), der die Strecke von Yuksom nach Dzongri im Laufe der Jahre mehr als zweihundertfünfzigmal zurückgelegt hat. Unterwegs hat er uns unermüdlich auf sämtliche Pflanzen und wilden Tiere in diesem faszinierenden Landstrich hingewiesen.

Ich danke auch Jon Wood, Programmdirektor bei der Orion Publishing Group, für seine grenzenlose Begeisterungsfähigkeit und seine hilfreichen Anmerkungen zum Text. Ebenso danke ich Jemima Forrester, Leitende Redakteurin, und Bethan Jones, Lektorin, für ihre anregenden und kreativen Vorschläge in der redaktionellen Phase. Und last, but not least, gilt mein Dank wie immer meinem wundervollen Agenten Peter Cox, der mir zur Seite gestanden hat, seit diese Geschichte im Winter 2012 zum ersten Mal scheu ins Tageslicht blinzelte.

MICHELLE PAVER
London 2015